LE MÉDAILLON
D'ESTHER

Le Coffret de Noël, Flammarion, 1995.

RICHARD PAUL EVANS

LE MÉDAILLON D'ESTHER

traduit de l'anglais par
Nora Camelo

l'Archipel

Ce livre a été publié sous le titre
The Locket
par Simon & Schuster Inc., New York, 1998.

Si vous désirez recevoir notre catalogue et
être tenu au courant de nos publications,
envoyez vos nom et adresse, en citant ce
livre, aux Éditions de l'Archipel,
4, rue Chapon, 75003 Paris.
Et, pour le Canada, à
Édipresse Inc., 945, avenue Beaumont,
Montréal, Québec H3N 1W3.

ISBN 2-84187-225-4

A Keri
Et à Dieu pour ne pas me l'avoir enlevée

« Honore ton père et ta mère afin d'avoir longue vie sur la terre que Yahvé ton Dieu te donne. »

Exode, XX, 12

« Croire. Croire en la providence et en notre propre étoile. Croire que l'on est une des flèches décochées ici-bas par le Seigneur tout-puissant. Cette vérité universelle berce depuis la nuit des temps les plus grands de ce monde, tandis que les fantômes réfugiés dans l'ombre hurlent dans le vent leurs regrets plaintifs. Croire comme si votre vie en dépendait, car il n'y a pas de vie sans foi. »

Extrait du journal intime
d'Esther Huish

Prologue

Qu'un homme ose mettre sa plume au service des sentiments et on le taxera aussitôt de ridicule. Alors que dirait-on s'il s'aventurait à parler d'amour ? Est-il si bien vu de mépriser la sensibilité ? Les vertus du stoïcisme, je l'avoue, m'échappent. Je n'ai rien d'un révolté mais les années qui ont glissé des fils d'argent dans mes cheveux ont sans doute tempéré mon respect des règles de bonne conduite.

Car il s'agit bien ici d'une véritable histoire d'amour, même si beaucoup ne voudront pas l'admettre. Le roman sentimental choisit rarement ses héroïnes parmi les résidentes d'une maison de retraite. Cependant, il y a des histoires qui refusent de se laisser enfouir dans le silence des tombeaux comme les vies qui leur ont donné le jour. Celle d'Esther Huish se conte ainsi – elle a débuté et s'est achevée au pied des majestueuses montagnes de l'Utah, dans une ville enfantée par l'or des Oquirrh et qui a pour nom Béthel.

Béthel est aujourd'hui une ville morte. Mais elle a eu une double naissance, toute cité pouvant vivre plus d'une fois. En 1857, un vagabond du nom de Hunter Bell, prospecteur et évangélisateur à ses heures, se vit un beau jour expulsé d'un camp de chercheurs d'or appelé Goldstrike. En errant au hasard dans le paysage rocailleux des Oquirrh, il découvrit un filon du précieux métal. Hunter Bell demanda aussitôt le terrain en concession. Un mois était à peine écoulé que plus de seize mille hommes, arrivés de tous les coins du pays, piochaient déjà le flanc de la montagne. Bell, qui était pétri de paroles bibliques sans pour autant s'en trouver plus sage, baptisa sa ville Béthel – la maison de Dieu.

Goldstrike et Béthel avaient beau être des villes sœurs, il était difficile d'imaginer deux lieux plus dissemblables. Dominée par la silhouette de l'église qui servait aussi de mairie et d'école, Béthel affichait un conservatisme collet monté et industrieux. Tandis que le bâtiment le plus remarquable de Goldstrike n'était autre que le saloon, qui faisait aussi office de bordel. «La Sodome de l'Ouest» – ainsi la qualifiaient les journaux de Salt Lake City. Mais, comme elle était plus grande et plus facile d'accès, ce fut elle qui accueillit la station de chemin de fer, les usines de traitement du minerai et un commerce florissant.

Une année après le tournant du siècle, tandis que déclinait l'extraction d'or dans chacune des deux bourgades, Goldstrike se trouva frappée par une tragédie. Un incendie se déclara dans les cuisines du saloon, qui réduisit toutes les maisons en cendres. Peu après, des crues inopinées provoquèrent l'effondrement des mines. Cette catastrophe acheva d'anéantir la ville – un baptême de feu et d'eau que les prédicateurs n'hésitèrent pas à comparer à l'Apocalypse, le châtiment de Dieu. Quant à Béthel, pourtant rescapée du courroux divin, elle mourut simplement parce que, privée de chemin de fer, elle était désormais coupée du reste du monde, hors d'atteinte. Seuls y demeurèrent les vieillards et les malades, misérables débris laissés sur la grève par le reflux de la fièvre de l'or.

Près de trente années s'écoulèrent : Béthel demeura assoupie. Puis vint 1929 ; la crise économique frappa l'Amérique de plein fouet. Alors, tout à coup, la ville suscita un regain d'intérêt.

Esther Huish était arrivée peu avant cette renaissance. Jeune et belle, elle était le seul enfant et la seule compagne d'un homme vieillissant qui espérait faire fortune dans la prospection minière. Mais sa fille unique se révéla être son seul trésor. Devenu grabataire, il fit l'objet de tous ses soins. Elle travailla à la réception de l'auberge de Béthel. Esther était une vieille dame quand je l'ai rencontrée, quelques mois avant sa disparition. Elle menait une existence recluse et préférait à notre époque celle qui survivait dans sa mémoire et ses journaux intimes ; une époque qui semblait tout entière condensée dans un minuscule médaillon en or qu'elle portait autour du cou. Cette rencontre a changé le cours de ma vie.

L'ironie a voulu que je reçoive le goût de vivre d'un être proche de la mort et que je comprenne ce qu'est le véritable amour grâce à la personne la plus solitaire et retirée qui fût.

Il y a un temps pour tout, dit la chanson, un temps pour gagner et un temps pour perdre, un temps pour aimer et un temps pour haïr, un temps pour danser et un temps pour pleurer, un temps pour naître et un temps pour mourir. Les mois passés à côté d'Esther furent tous ces temps à la fois mais, avant tout, celui où j'ai appris la foi, le pardon et la rédemption. Le temps d'un hiver dans une maison de retraite qui avait pour nom Arcadia.

1

Une ville nommée Béthel

> « Étendue dans mon lit à l'écoute du travail
> de mon corps sous les infirmités du grand âge,
> mon cœur se transporte de nouveau à Béthel et je
> me demande par quel sortilège le temps qui a
> mené ma vie à son terme a pu transmuter ces
> lieux de chagrin et de mémoire en lieux de bon-
> heur et de rêve. »
>
> *Extrait du journal intime d'Esther Huish*

Béthel, 2 avril 1989

*T*andis que, par la fenêtre, défilaient les reflets clairs et mouvants de la lumière du désert, Faye, blottie contre la portière, le flot sombre de sa chevelure ruisselant sur son visage, gardait les yeux fermés. Voilà longtemps que les derniers échos de musique country s'étaient évanouis, noyés dans le grésillement de la radio. On n'entendait plus que le bruit des secousses de la voiture sur la route défoncée et les soupirs qu'exhalait parfois ma compagne endormie. Nous avions déjà parcouru quatre-vingts kilomètres au milieu de cette plaine caillouteuse inondée de blancheur depuis la barrière de pin que nous avions laissée derrière nous comme le dernier bastion de la civilisation et, pourtant, Faye ne m'avait pas encore demandé où je l'emmenais. Elle semblait posséder la même foi en cette expédition qu'en notre histoire, une confiance absolue enracinée au plus profond de la mystique féminine, avec ses inaltérables vertus d'espoir et de patience. Elle ne savait pas où nous allions, mais elle savourait chaque instant du voyage.

C'était la première fois que je m'aventurais dans cette partie du monde dont seulement huit mois plus tôt je ne connaissais pas même le nom. Néanmoins, grâce aux récits que j'avais entendus, la réalité de la ville morte me semblait étrangement familière. Plus je m'en rapprochais, plus, je l'avoue, mon cœur se serrait. Nichée dans les contreforts de la chaîne des Oquirrh, elle était, disait-on, sans cesse assaillie par de grands vents. Mais, ce jour-là, il n'y avait pas un souffle et le nuage de poussière rouge soulevé par la voiture restait suspendu dans l'air immobile comme une longue écharpe vaporeuse au-dessus de la route déserte.

Tout, ce matin-là, me remplissait de joie, jusqu'à l'opalescence du ciel sans nuages. Mon âme embrassait la solitude de cette terre immense dont je me sentais singulièrement proche. Mais je n'étais pas inconscient au point d'oublier les périls que nous courions. D'un moment à l'autre, la route risquait de s'affaisser brusquement. Car ici les rivières étaient sujettes à des crues aussi brèves que brutales. Presque toutes les mines désaffectées s'étaient effondrées sous l'assaut des inondations. Pareils cataclysmes faisaient la joie des amateurs de chasse au trésor, friands de reliques en tout genre, vieilles pièces de monnaie et rares pépites d'or. C'était ainsi depuis toujours – les hommes venaient prendre à la terre ou prendre à ceux qui prenaient à la terre – et c'était encore vrai par-delà la mort.

Seulement, aujourd'hui, je ne venais pas pour prendre mais pour donner.

La route criblée de nids-de-poule escalada une côte abrupte puis dégringola dans une vallée sèche qu'ornaient, çà et là, les touffes roses des claytonies de Virginie en fleur et les tiges gracieuses des joncs, preuves tangibles que le cours d'eau revenait quelquefois à la vie. Je laissai la voiture, le moteur en marche, sur la rive étroite et marchai jusqu'au lit pierreux sur lequel je posai la main. Pas la moindre trace d'humidité. J'examinai l'endroit où je comptais traverser, soulevant une pierre pour m'assurer qu'il n'y avait pas trace d'eau, puis je retournai à la voiture. Un kilomètre plus loin, sur une éminence recouverte de prosopis, s'élevait l'imposant squelette d'un concasseur, fabuleuse machine à extraire l'or, enduit de goudron de bois, aux cylindres dentés et aux engrenages rongés par la rouille au même titre que les rails où, naguère, des wagonnets roulaient à la sueur des hommes et des chevaux. Je jetai un coup d'œil au plan maladroitement dessiné, sidéré de voir avec quelle précision, après tant d'années et malgré une mémoire défaillante, Esther s'était rappelé la topographie des lieux. Au fond, me dis-je, elle n'avait peut-être jamais vraiment quitté cet endroit.

Après la mine, je bifurquai vers l'ouest et fis grimper tant bien que mal ma vieille voiture jusqu'en haut de la colline. De là, la route s'enfonçait dans une plaine de blé qui s'étendait à perte de vue vers le nord et vers le sud. Je montai jusqu'à la ville. Alors que nous approchions d'une série de pauvres maisons délabrées, vestiges d'une prospérité envolée, Faye ouvrit les yeux et se redressa sur son siège.

– Où sommes-nous ?

– Dans la ville d'Esther.

Faye contempla la scène avec une apparente fascination et déclara :

– Ce qu'il en reste.

En passant devant le portail en fer forgé du cimetière, j'ajoutai :

– Bienvenue à Béthel, la maison de Dieu.

– C'est ici qu'Esther est née ?

– Quand elle est arrivée, elle était déjà une jeune femme, dis-je en regardant le paysage sinistré. On se demande ce qui a bien pu pousser les gens à venir s'enterrer dans ce désert.

– Et nous, pourquoi sommes-nous là ? demanda Faye en se tournant vers moi.

– Pour tenir une promesse.

Faye se renfonça dans son siège, momentanément satisfaite de ma réponse pourtant bien vague.

Je garai la voiture près du centre de la défunte cité, sous les branches noueuses d'un caroubier noir.

Nous avions mis deux heures pour parvenir à destination ; c'était, en fait, l'ultime étape d'un long voyage de presque six mois. Un voyage commencé le jour de la mort de ma mère.

2

La résidence Arcadia

« La résidence Arcadia n'est pas comme cet établissement glacial au sol carrelé d'où je viens, où tout ce qui vous séparait du sépulcre était la soirée cinéma. »

Extrait du journal intime d'Esther Huish

Six mois plus tôt.
Ogden, 30 octobre 1988

*P*our la troisième journée consécutive, une tempête de neige enveloppait la ville d'un manteau presque uniformément blanc. Par la fenêtre, je vis l'épaisse silhouette noire de l'employé des pompes funèbres se frayant un chemin entre les monticules immaculés sous lesquels les voitures étaient enfouies comme des baleines échouées au bord du trottoir. Il portait sous le bras un grand sac en plastique plié. A un moment donné, le gros homme trébucha et disparut dans un nuage de poudreuse. Il se releva tant bien que mal en jurant et essuya du plat de la main la neige sur son manteau. Quelques secondes plus tard, il tambourinait de son poing ganté à la porte de la maison. Il avait une figure large, les joues rouges et il respirait bruyamment, essoufflé par la course.

– Je n'arrive pas à voir les numéros, dans cette rue. Je suis bien chez les Keddington ?

– Oui, répondis-je.

– Le corps de la défunte est chez vous ?

– Ma mère est à l'intérieur.

L'homme frappa le sol avec ses bottes puis passa devant moi. Il promena son regard autour de lui dans la salle de séjour meublée, avec une simplicité spartiate, d'un fauteuil en bois, d'un canapé rouge et or lustré par l'usure et d'un lampadaire en cuivre à l'abat-jour à moitié brûlé. La pièce était seulement éclairée par la lumière du jour.

– Où est votre maman ?

J'indiquai d'un signe de la main le bout du couloir.

– Dans la chambre du fond à droite.

L'homme déboutonna son manteau mais ne l'enleva pas. Je le suivis. Dans la pièce baignée d'ombre, il se dirigea droit sur celle qui reposait sous la courtepointe qu'elle avait cousue elle-même. Il repoussa la couverture, ôta un gant et posa deux doigts sous le menton de la morte, puis il examina ses ongles.

– Quand nous a-t-elle quittés ?

Je contemplai de nouveau le visage de ma mère.

– Quelques minutes avant que je ne vous téléphone, répondis-je en jetant un coup d'œil à la face obscure de l'horloge sur le manteau de la cheminée. Il y a trois heures, peut-être...

– Le *coroner* est passé ?

– Le certificat de décès est sur la table de chevet.

– Un autre témoin ?

– Non, nous étions tout l'un pour l'autre.

– Je suis désolé, dit-il d'un ton empreint de sympathie. Pas d'autre famille ?

– J'ai un oncle. Mais il ne compte pas.

– Et votre père ?

– Il est mort il y a quelques années... mais il ne comptait pas non plus.

L'employé des pompes funèbres se renfrogna :

– Comment ça ?

Je fis machinalement le geste de boire au goulot, une habitude que j'avais prise au fil des années chaque fois qu'on m'interrogeait sur mon père :

– L'amour de la bouteille a fini par le tuer. Nous ne l'avions pas vu depuis sept ans.

Hochant tristement la tête, l'homme ôta son deuxième gant. Puis il se positionna au pied du lit et déplia son grand sac de manière à pouvoir y glisser le pauvre corps frêle et sans vie.

– Je ne veux pas me mêler de ce qui ne me regarde pas, mais vous n'avez pas l'air très triste pour quelqu'un qui vient de perdre la personne qui constitue sa seule famille.

J'étais trop abruti, trop engourdi, pour me sentir offensé.

– Ma mère agonise depuis le début de l'été. Mes yeux n'ont plus de larmes pour pleurer.

Il referma le sac au-dessus de sa tête.

– Elles finiront par venir, vous verrez, dit-il en se redressant comme pour contempler son travail. Maintenant, j'ai quelques papiers à vous faire signer.

L'homme étala sur la table de la cuisine plusieurs formulaires ; il me montra les encadrés où je devais signer.

– Vous êtes propriétaire ou vous louez ?

– La maison est à nous, ou plutôt seulement en partie à nous, puisque nous avons un crédit à la banque.

– Si vous voulez vendre, je connais une bonne agence. En ce moment, ils démolissent ces vieilles baraques à la douzaine pour construire des hypermarchés. De toute façon, vous allez sans doute partir d'ici.

– Pourquoi partirais-je ?

– C'est toujours comme ça. Les démons finiront par vous chasser.

– Seulement les démons de l'organisme de crédit. Je n'ai pas pu travailler depuis qu'elle est tombée malade cet été. Entre les frais médicaux et les mensualités du prêt, je n'ai plus un sou, avouai-je en signant le dernier papier.

– Vous avez un emploi en vue ?

– Je prendrai ce qui se présentera. Il n'y a pas beaucoup de travail, dans le coin.

L'homme sortit de la poche de son manteau une carte de visite passablement écornée. Il la retourna et griffonna derrière une adresse et un numéro de téléphone. Puis il me tendit le petit carton.

– Vous recrutez ?

– Non, pas nous. Je vous ai donné l'adresse d'une maison de retraite. J'y étais pas plus tard qu'hier. La directrice m'a dit qu'ils cherchaient du personnel. Dites-leur que Roger vous envoie. Ils m'aiment bien, là-haut.

– Mais je n'ai aucune expérience.

– Vous avez soigné votre mère, c'est déjà pas mal. Dites-leur que je vous envoie, répéta-t-il. Je suis, comme qui dirait, un de leurs habitués.

– Quel est le nom de cet endroit ?

– Arcadia.

Je glissai sa carte de visite dans la poche de ma chemise. L'employé des pompes funèbres se leva.

– Je ne voudrais pas abuser de votre gentillesse, mais vous ne pourriez pas m'aider à transporter votre mère jusqu'au fourgon ? On n'est pas très nombreux au bureau, en ce moment, à cause de cette tempête de neige.

Quelques minutes plus tard, de retour à mon poste devant la fenêtre, je regardai le véhicule noir s'éloigner dans la rue blanche. Il emportait ma mère loin de moi. Je fermai les yeux et je pleurai.

Avec un geste d'un naturel désarmant, Faye déposa un bouquet sur le cercueil de ma mère avant qu'on le descende dans la terre glacée. Au cours de ces derniers mois, à chacune de ses visites, elle lui avait apporté des fleurs. Et aujourd'hui elle avait choisi des bleuets, symboles non seulement de la persévérance mais aussi de la fragilité. Une fois cueillies, les petites clochettes perdent vite leur fraîcheur ; la fleur se fane. Je connais des photographies de ma mère quand elle était jeune. Un beau visage. Elle l'avait sans doute vu se flétrir jour après jour dans le miroir. La vie avait été si dure pour elle, si laborieuse. Son seul péché avait été d'épouser un homme qui préférait l'alcool à tout le reste. Le démon de l'intempérance qui l'habitait le poussa, à la longue, à tourmenter ceux qu'il aurait dû au contraire aimer et protéger. Et ma mère ne recula devant aucun sacrifice pour me préserver de ce tourment et pour insuffler à ma petite âme d'enfant un espoir qu'elle-même avait perdu. Si j'ai réussi à accomplir quelque chose, c'est grâce à elle et s'il y a de l'amour dans mon cœur, c'est à elle que je le dois. J'ignore s'il y a un livre d'or à la porte du paradis – si le paradis existe vraiment – mais si c'est le cas, je suis sûr que le nom de ma mère y figure.

La mort de ma mère aurait dû produire sur moi une impression inoubliable aussi intense et profonde que la douleur exprimée par les hurlements des aborigènes autour de la dépouille d'un des leurs. Cette femme avait plié l'échine sous l'orage pour abriter son seul enfant et s'était moins souciée de ses propres souffrances que d'éviter de lui montrer ses plaies. Sa mort aurait dû être digne de cette noblesse de cœur. Au lieu de quoi sa lente dégradation avait été pour moi un spectacle que j'avais supporté stoïquement. Et son dernier soupir ne m'avait pas semblé plus saisissant que tous ceux exhalés au cours de ces longs mois de lente agonie. Peut-être parce que je l'avais trop souvent imaginée morte, peut-être parce que je pensais que la vie n'avait plus rien à lui offrir.

Pendant les derniers mois de la vie de ma mère, je demeurai à son chevet, coupé de toute vie sociale, comme l'alpiniste qui fait l'ascension d'un glacier et concentre toute son attention sur son parcours, de point d'appui en point d'appui. La seule exception à cette solitude était la présence de Faye.

Faye était entrée dans ma vie l'été précédent, Chez Heller, la supérette où je travaillais à l'époque comme manutentionnaire. Le premier jour, elle était arrivée en compagnie de quelques camarades d'université, une bande de jeunes filles plus élégantes, plus ravissantes, plus joyeuses les unes que les autres. J'avais jeté un coup d'œil dans sa direction tout en m'occupant d'entasser les pamplemousses dans un linéaire. Soudain elle s'était tournée vers moi. Nos regards s'étaient croisés, brièvement. Et je m'étais détourné, à la fois gêné d'avoir été surpris à regarder une fille d'une façon trop insistante et honteux de mon tablier d'épicier. Le lendemain, elle était revenue sous le prétexte d'acheter des gombos. Par je ne sais quel miracle, j'avais surmonté ma timidité coutumière pour l'inviter à boire un café – ou était-ce elle qui avait fait le premier pas ? Car, par la suite, elle devait m'avouer ne pas avoir eu la moindre idée de ce qu'était un gombo : ayant aperçu un panneau publicitaire devant le magasin, elle avait seulement pensé que cela ferait une bonne entrée en matière.

Nous sortions ensemble depuis environ six semaines lorsque la maladie de ma mère s'était déclarée et m'avait arraché à mon travail comme à la société en général. Je m'étais employé à cacher notre pauvreté à Faye et je ne lui avais donc pas communiqué mon adresse. Mais, comme elle ne recevait plus de coup de téléphone de moi, au bout de quelques semaines, elle avait mené son enquête et fini par me retrouver dans notre quartier délabré. Je ne sais lequel de nous deux fut le plus choqué. Je gardai mon regard fixé sur elle tandis qu'elle examinait l'ameublement minable de notre pauvre demeure. Je me contentai de bredouiller de vagues excuses. Faye était manifestement sidérée, horrifiée même. J'étais convaincu que j'allais la perdre pour toujours. Je lui mentis, lui promettant de lui téléphoner quand les choses se seraient arrangées, car je savais parfaitement que je m'en garderais bien et qu'elle finirait par se lasser d'attendre. Malgré mon chagrin, je me sentis soulagé : l'inévitable s'était enfin produit. Les riches et les pauvres ne pouvaient pas se fréquenter. Car ma famille n'avait jamais connu autre chose que la misère. Ma mère acceptait n'importe quels gros travaux pour donner un toit et de quoi manger à son fils ; elle m'avait parfois emmené avec elle chez des gens qui la payaient pour laver leurs carreaux, cirer leur parquet – des gens comme les parents de Faye, pour qui les démunis ne figuraient qu'à la rubrique «Faits divers» des journaux.

Quand vous êtes en train de perdre un être cher, vous n'économisez pas sur les frais médicaux. Aussi m'étais-je de plus en plus endetté. Je me serais peut-être résigné à me déclarer insolvable si le souvenir de ma mère me l'avait permis. Mais, même à genoux, elle avait gardé toute sa fierté et toute sa dignité. «Je n'ai de dette qu'envers Jésus», disait-elle souvent.

En réalité, de tout ce qui nous séparait, Faye et moi, le problème le moins grave était sans doute la question matérielle. Car, pour sortir de la pauvreté, il suffit de gagner assez d'argent.

Mais l'abandon de mon père avait laissé en moi des séquelles plus irrémédiables encore.

Chez certains, l'alcool pousse à la violence dirigée contre autrui. Chez d'autres, à la haine de soi. Mon père appartenait à la seconde catégorie. Reste que son ivrognerie m'a privé pour toujours de certaines choses sur lesquelles je suis incapable de mettre un nom. Pourtant, en présence de Faye, j'avais soudain la sensation de devenir un être complet. Le jour où je me suis rendu compte qu'elle comblait tous mes manques, je fus parcouru d'un frisson de terreur. Parce que Faye allait bientôt me quitter. Je l'avais su dès notre premier baiser. Je me le disais alors même qu'elle me consolait pendant les funérailles de ma mère. C'était un fait. C'était indéniable. Son père l'exigeait. Faye était à mes côtés pour peu de temps. Alors, pourquoi ne partait-elle pas tout de suite ?

La maison de retraite médicalisée Arcadia se dressait au bord de la route à flanc de coteau, dans les hauteurs d'Ogden Canyon. C'était l'une des demeures les plus anciennes de la ville. Une grande maison à pignons de trois étages dont la façade de pierres était surmontée d'un toit en tuiles.

J'y montai moins de deux semaines après la mort de ma mère et garai ma voiture dans le parking devant une haute muraille de neige déblayée, étincelante de blancheur. Sous la véranda, dans un fauteuil à bascule, totalement immobile en dépit du froid, se tenait l'homme le plus sombre que j'aie jamais vu. Petit et frêle, le menton argenté par une barbe naissante, il avait des yeux profondément enfoncés dans les orbites, aussi noirs que l'encre. Il portait une veste d'un rouge délavé et un jean usé jusqu'à la corde. En fait, la jambe droite de son pantalon était épinglée au-dessus du genou. Une seule béquille était appuyée sur le côté du fauteuil, dans un équilibre instable. Une mince volute de fumée montait du bout de la cigarette qui se consumait au coin de ses lèvres. Il paraissait incroyablement vieux.

Je le saluai d'un hochement de tête et d'un «bonjour».

Il garda le silence; ses yeux d'ébène papillonnèrent, puis fixèrent de nouveau l'immense paysage blanc qui s'étalait devant lui. Brusquement, il fut pris d'un accès de toux. Je passai devant lui et me dirigeai vers l'entrée de l'établissement.

Dans les maisons de retraite, on est en général accueilli par une odeur âcre de médicaments. Mais pas à Arcadia. Des murs se dégageait un parfum boisé. Le vaste foyer se terminait au fond, à droite, par un grand escalier en spirale et par la porte métallique de l'ascenseur. Plusieurs résidents en fauteuil roulant semblaient attendre qu'elle s'ouvre devant eux. De l'autre côté s'allongeait un comptoir en formica derrière lequel était assise une jeune femme brune, plutôt jolie, vêtue d'une blouse bleue. Yeux mordorés, sourcils marqués, cheveux noirs coupés court, un teint un peu cireux. Elle devait avoir deux ans de plus que moi et elle me regarda approcher sans cacher sa curiosité.

– Que puis-je faire pour vous? demanda-t-elle d'une voix douce.

– Je suis à la recherche d'un emploi, répondis-je en posant, sur le comptoir, la carte de visite de l'employé des pompes funèbres.

Elle y jeta un coup d'œil désabusé.

– Il cherche sans doute à augmenter le chiffre d'affaires de son entreprise, observa-t-elle d'un ton sarcastique. Il faut demander à la directrice. Je vais voir si elle peut vous parler.

Elle disparut quelques instants puis revint avec une femme de forte corpulence dont le visage aimable paraissait illuminé par une chevelure bouclée flamboyante. Son chemisier fuchsia, qui dépassait de sa blouse blanche, et son collier de grosses perles en plastique rehaussaient encore son air plein de vitalité.

– Je m'appelle Helen Staples. Que puis-je pour vous? demanda-t-elle.

– Vous êtes la directrice?

– C'est moi la patronne ici, oui, répondit-elle avec vivacité.

– Roger Clemmens, des pompes funèbres, m'a dit que vous cherchiez du personnel.

– Roger, ah! oui? fit-elle en prenant la carte. Et vous avez de l'expérience?

– Je viens de passer deux ans à soigner ma mère.

– Votre mère est une personne âgée?

– Elle avait un cancer. Elle est morte il n'y a pas longtemps.

– Je suis désolée.

Elle semblait sincèrement attristée. Elle me rendit la carte de visite et m'invita à la suivre. Dans son bureau régnait un joyeux désordre; les livres et les dossiers s'empilaient un peu partout sur les chaises et par terre. Punaisé au mur et en bonne place, un calendrier grand format servait manifestement de planning, car la feuille du mois en cours était griffonnée dans tous les sens. Sur la table, une boîte remplie de beignets saupoudrés de sucre glace invitait à la gourmandise.

– Maintenant, reprit la directrice d'un ton chaleureux en s'asseyant en face de moi. Racontez-moi un peu votre histoire. Vous êtes de la région?

– J'habite la vingt-quatrième rue, à l'ouest du viaduc, derrière Union Station.

D'ordinaire, la simple évocation de ce quartier d'Ogden suscitait un mouvement de recul chez celui ou celle à qui je parlais. Mais Helen Staples ne manifesta aucune émotion.

– Vous avez un diplôme ?

– J'ai dû abandonner mes études pour m'occuper de ma mère. Je compte les reprendre à la rentrée prochaine.

– Cela vous arrangerait, par conséquent, de travailler de nuit à partir de la rentrée universitaire ? Mais en attendant, est-ce que vous seriez prêt à travailler pendant la journée ?

– Oui, bien sûr.

– Bon. Pouvez-vous me préciser ce que vous avez fait pour votre mère ?

– Tout, absolument tout. Je l'ai nourrie, lavée, je lui ai donné ses médicaments.

– Avez-vous déjà travaillé ?

– Oui, à la supérette Chez Heller, pendant un an. Mais à cause de la mauvaise santé de ma mère, mes absences étaient trop fréquentes. Si je n'étais pas parti de mon plein gré, je pense que j'aurais fini par être renvoyé.

– Au moins, vous êtes honnête, monsieur...

– Keddington. Michael Keddington.

– Bien, Michael. Ici, ce qui prime, ce n'est pas tellement la compétence – il ne faut pas être un génie pour changer des draps –, c'est l'intérêt que notre personnel prend aux résidents, dit-elle en regardant du côté de la réception, de sorte que je me demandai s'il n'y avait pas, dans ses paroles, un sous-entendu concernant la jeune femme qui m'avait accueilli.

– Quel salaire proposez-vous ?

– Mille quatre cents dollars par mois pour commencer, avec une augmentation dans six mois. La cafétéria est gratuite... évidemment, certains trouvent que ce n'est pas vraiment un bonus.

– C'est plus que Chez Heller.

– Si vous êtes d'accord, quand pouvez-vous commencer ?

– Vous m'embauchez ?

– Pour tout vous avouer, nous cherchons désespérément de l'aide depuis deux mois. Le plus tôt sera le mieux. Nous vous ferons passer un test, bien sûr.

– Je suis prêt.

– Magnifique ! Suivez-moi, je vais vous faire visiter. Comme par hasard, nous avons une absente aujourd'hui, alors vous allez m'aider à changer les draps, annonça-t-elle en se levant.

Comme je l'imitai, elle me considéra des pieds à la tête, puis me demanda :

– Vous mesurez combien ?

– Un mètre quatre-vingt-trois.

– Je vous trouverai une salopette. En attendant, je pense que celle-ci vous ira, dit-elle en ouvrant un placard et en me tendant une blouse blanche sur un cintre.

J'enfilai la blouse par-dessus mes vêtements et la suivis dans le foyer. Helen Staples s'arrêta devant le comptoir de la réception.

– Alice, je te présente Michael. Il est des nôtres à partir d'aujourd'hui.

Alice me serra la main en ajoutant avec un petit sourire ironique :

– Bienvenue en Arcadie, le séjour du bonheur.

Je sentis Helen se raidir légèrement. Manifestement, les relations entre les deux femmes étaient un peu tendues. Mais, comme si de rien n'était, la directrice enchaîna rapidement :

– Les médicaments de Wilm sont arrivés ?

– Pas encore, répondit Alice d'un air absent.

– Vous me préviendrez quand ils seront là.

– Je n'y manquerai pas, répliqua Alice sur-le-champ tout en me souriant de nouveau. Vous êtes le bienvenu parmi nous, Michael.

En marchant devant moi, Helen me présenta les lieux avec une précision et un entrain dignes d'un guide touristique :

– Arcadia est un centre de soins généraux spécialisés en gériatrie et en réadaptation fonctionnelle intensive. L'établissement héberge aujourd'hui trente-neuf résidents. Mais nous pouvons en accueillir jusqu'à quarante-six. Leur nombre change selon les semaines. En général, ce sont des sujets âgés qui ont besoin d'être totalement pris en charge. Mais certains sont ici parce qu'ils n'ont nulle part ailleurs où aller. Nous maintenons une équipe soignante de six personnes de jour comme de nuit. Le foyer, la cafétéria et les salles de rééducation sont au rez-de-chaussée. Les chambres sont au premier et au deuxième étage, dit-elle en se dirigeant vers l'ascenseur. Nous œuvrons pour une ambiance familiale...

Arrivés au deuxième niveau, la porte de l'ascenseur s'ouvrit devant une vieille dame toute courbée sur un déambulateur.

– Comment vous sentez-vous aujourd'hui, Grace ? lança Helen gaiement en passant devant moi pour sortir.

La femme leva un visage perplexe vers celle qui l'interpellait :

– Qui êtes-vous ?

Toujours souriante, Helen répondit :

– Je suis la directrice. Helen.

– Ah ! fit la vieille dame d'un air vague en s'installant dans la cabine de l'ascenseur.

Quelques secondes plus tard et tout en frappant à une porte, Helen me confiait avec un sourire un peu moqueur cette fois :

– C'est la chambre de Stanley. Attention !

A l'autre bout de la pièce, un vieux monsieur de haute taille, aux cheveux gris et hirsutes, se tenait appuyé contre le mur. Même voûté par l'âge, il me dépassait d'une bonne tête. A côté de lui, sa table de chevet croulait sous un amoncellement de bondieuseries, d'images saintes et de bougies jamais utilisées.

Il posa sur nous un regard sauvage et éructa :

– Hors d'ici ! Anges surgis des ténèbres !

Helen, imperturbable, répondit :

– Bonjour, Stanley, nous allons changer vos draps.

Il s'empara d'un crucifix en bois et d'une Bible et se mit à les brandir vers nous à bout de bras :

– Je vous chasse, esclaves de la corruption, vils blasphémateurs ! cria-t-il en agitant le crucifix. Hors d'ici, impies ! Sortez !

Comme je ne réagissais pas, il finit par baisser la tête et par se diriger, en traînant des pieds, vers sa chaise. Il s'assit, puis se balança en serrant dans ses bras ses objets d'exorcisme. Helen me fit un signe. En quelques minutes, sous l'œil désespéré du vieillard impuissant devant l'œuvre de Satan, nous avons refait son lit. En sortant, Helen se tourna vers moi, visiblement plus intriguée par ce que j'avais pensé de l'incident que par la prestation du vieux monsieur.

– Que dites-vous de notre doux Stanley ?

– Il est toujours comme ça ?

– Je l'ai trouvé particulièrement en forme, aujourd'hui. D'ordinaire, il se contente de me vouer aux flammes de l'enfer.

– C'est un ancien prédicateur ?

– Non, il était comptable.

Une vieille dame en fauteuil roulant, gênée par une perfusion, me suivit des yeux tandis que nous nous dirigions vers la chambre voisine. Elle m'adressa un clin d'œil. Je lui souris. Elle m'en adressa un second.

– Que fait-on s'ils sont au lit ?

– En général, il faut les lever. On change la position des grabataires toutes les deux heures pour éviter les escarres. Sharon vous montrera comment procéder. Sharon est l'une de nos aides-soignantes.

– Vous êtes ici depuis longtemps ?

– Depuis l'ouverture d'Arcadia. Mais je travaille en maison de repos depuis dix-sept ans.

De chambre en chambre, il nous fallut près d'une heure pour monter à l'étage supérieur. Nous commençâmes par la porte au bout du couloir.

– C'est la chambre d'Esther ; elle est toujours là, déclara Helen. Elle ne se mêle jamais aux autres.

– Pourquoi ?

– D'abord parce qu'elle est presque aveugle. Mais, même avant, elle restait déjà à l'écart.

Helen frappa très doucement avant d'ouvrir. En face de nous, une femme âgée se tenait penchée sur un ouvrage au crochet. La chambre me sembla plus petite que les autres ; l'espace était presque entièrement occupé par un lit étroit. Mais avec ses cheveux argentés, son teint frais, translucide, délicat comme de la porcelaine, son occupante me parut d'emblée fort charmante. Sur le mur, au-dessus d'elle, était encadrée une phrase brodée au point de croix : « La vieillesse, c'est pas pour les mauviettes. » Il se dégageait de cette pièce bien ordonnée, où flottait l'odeur de lilas d'une bougie parfumée, une atmosphère paisible et sereine. A côté du lit-cage trônant au centre, un secrétaire en noyer surmonté d'un miroir contourné apportait une note de raffinement un peu désuet. Sur le napperon en dentelle blanche qui en protégeait le plateau s'accumulaient des flacons de parfum et d'onguents, une Bible reliée de cuir et trois photographies. La plus grande, au centre, dans un cadre de bois verni, représentait un groupe de cinq soldats au visage triste et vêtus d'uniformes d'un autre âge. Celle de gauche datait d'une période plus récente : un soldat encore, mais celui-ci portait un uniforme flambant neuf et souriait avec toute la fougue et la confiance de la jeunesse qui n'a pas encore essuyé le feu du combat. Sur la troisième, dans un cadre en étain de style rococo, figurait une jeune femme ravissante.

– Bonjour, Esther, dit Helen.

– Vous avez quelqu'un avec vous ? demanda la vieille dame.

– Oui, je vous présente Michael. Il est venu nous donner un coup de main.

– Un nouveau ?

– Oui, je viens de l'embaucher.

Sans interrompre le gracieux ballet de ses doigts au-dessus de l'ouvrage en crochet qui déroulait ses plis sur ses genoux, la vieille dame dit doucement :

– Je pense que ça ira.

Helen esquissa un pas vers la bougie, souffla la petite flamme et confisqua la boîte d'allumettes.

– Esther, vous savez que vous ne devez pas l'allumer quand vous êtes seule.

– Ça commençait à sentir l'hospice, là-dedans.

Helen eut un sourire entendu, puis elle se tourna vers moi :

– Je vous laisse, maintenant. Vous terminerez seul le troisième étage. Ensuite, vous viendrez me retrouver en bas.

Après le départ d'Helen, un profond silence nous enveloppa tandis que la vieille dame se renfermait sur elle-même, comme s'il n'y avait plus personne dans la chambre. J'entrepris d'enlever les draps du lit. Pas un instant, ses doigts souples et habiles n'avaient cessé de créer le motif que ses yeux ne verraient jamais. Je rassemblai les draps et les entassai par terre. Ce silence prolongé finit par me peser.

– Je m'appelle Michael, dis-je.

– C'est ce que j'avais cru comprendre.

Je jetai un coup d'œil aux portraits sur son secrétaire :

– Ce sont des photos de famille ?

Avec un temps de retard, elle répondit :

– Qu'est-ce que ça peut vous faire ?

Je me tournai vers elle :

– Oh ! C'était juste comme ça, pour dire quelque chose.

Comme elle se taisait, je retournai sans un mot à mon travail. Je dépliai les draps propres sur le lit.

– Un des soldats, reprit-elle finalement, celui de gauche, c'est mon père.

Je regardai à nouveau la photographie et le visage sombre du jeune homme en uniforme.

– Ils ne souriaient jamais, à l'époque.

– Ils souriaient tout le temps, mais pas devant l'objectif.

Je jetai vers elle un regard perplexe, osant à peine m'aventurer à lui poser une autre question. Finalement, je lançai :

– Et l'autre, c'est votre mari ?

Encore une fois, elle ne répondit pas tout de suite. Puis, d'une voix faible :

– Non, ce n'est pas mon mari.

J'observai alors avec attention le visage de la jeune femme sur la troisième photographie ; un ovale parfait, des traits délicats, une peau diaphane.

– C'est moi, dit-elle, sans que je ne lui demande rien. J'étais belle, dans le temps.

Je l'examinai pour voir si je distinguais une quelconque ressemblance.

– Vous avez des photos ? poursuivit-elle.

Je trouvai la question curieuse de la part d'une aveugle.

– Pas sur moi.

Elle parut déçue, comme si je lui avais menti.

– Vous ressemblez à quoi ?

– Je mesure un mètre quatre-vingt-trois, j'ai les cheveux bruns et des yeux bleus.

– Vous avez quel âge ?

– Bientôt vingt-deux ans.

– Vous êtes marié ?

– Non.

– Vous êtes laid, alors ?

Je tressaillis, regrettant presque de l'avoir tirée de sa solitude – c'était d'ailleurs peut-être l'effet qu'elle recherchait.

– Non.

– Oui, vous devez être assez beau garçon, dit-elle assez sèchement.

– Comment le savez-vous puisque vous ne me voyez pas ?

– Fermez les yeux devant le poste de télé. Vous verrez, ça s'entend. Bien sûr, ils sont tous beaux à la télévision, c'est pour ça qu'ils les font passer. Je parie que personne d'ici ne serait accepté. Sauf vous, peut-être.

– Et Alice, elle est jolie, avançai-je en bordant le dernier coin de drap.

– Elle ne passerait pas avec cette façon qu'elle a de toujours froncer les sourcils.

– Comment pouvez-vous le savoir ?

– Rien qu'à sa façon de parler.

– Je n'ai rien remarqué.

– Vous verrez ce que je vous dis.

– Bien. Je m'en vais, dis-je en soulevant le tas de linge sale.

– Ça vaut mieux pour vous.

– A plus tard.

– C'est inévitable.

Je quittai la chambre soulagé et achevai ma tournée de l'étage sans autre incident que les « au feu ! » stridents poussés par une résidente quand elle me vit pousser sa porte. Elle hurla tant et si bien qu'Alice finit par venir à ma rescousse. Après avoir terminé l'étage et déposé une véritable montagne de draps dans la buanderie, je descendis retrouver Helen dans le foyer. Une demi-douzaine de fauteuils roulants étaient installés autour du poste de télévision qui diffusait un feuilleton. Le son était monté au maximum, la stridulation des banjos perçait les tympans.

– C'est fait ? dit Helen en haussant la voix au-dessus du vacarme.

– J'ai changé les draps de tous les lits que j'ai pu trouver.

– Comment ça s'est passé avec Esther ?

– Pas très bien.

– Vraiment ?

– Elle est un peu bourrue, fis-je observer.

Helen ne parut pas prendre l'affaire trop au sérieux.

– Les âmes tendres ont besoin d'une bonne carapace, déclara-t-elle. Il faudra vous y faire. Elle a besoin de sortir un peu plus souvent de sa chambre, je compte sur vous pour l'accompagner.

Cette perspective ne me réjouissait que moyennement. Helen me présenta les derniers résidents et me montra les autres tâches qui allaient m'incomber. Sous ses airs de directrice pétulante, elle était en fait d'une extrême gentillesse ; elle respectait la dignité de chacun et traitait les petites manies des uns et des autres avec une bonne dose d'humour. A cinq heures, elle m'indiqua mon emploi du temps de la semaine et me donna congé jusqu'au lendemain.

Je rentrai chez moi pour trouver la BMW gris métallisé de Faye garée devant la maison, le pot d'échappement fumant. Faye se trouvait à l'intérieur, renversée sur le siège qu'elle avait pris soin d'incliner. Emmitouflée dans un long manteau, elle lisait un livre. Je frappai à la vitre. Elle sursauta. Puis, elle sourit. J'ouvris la portière.

– Salut, beau gosse, dit-elle en accompagnant ses paroles d'un baiser. Où as-tu passé la journée ?

Je m'accroupis au bord du trottoir.

– J'ai commencé à travailler.

– A la maison de retraite ?

– Ils avaient vraiment besoin de quelqu'un.

– Je suis tellement contente pour toi, dit Faye dans un sourire en passant son bras autour de mon cou. Ça te va mieux que le rayon frais de Chez Heller. Tu as tellement de qualités, les poireaux et les carottes ne sauraient t'apprécier.

A cet instant, je remarquai la présence d'une pile de livres sur le siège du passager.

– Tu m'attends depuis combien de temps ?

– Environ deux chapitres de Kant, répondit-elle en se penchant pour couper le contact.

Je la pris par la main pour l'aider à descendre de voiture :

– Pourquoi ne pas m'avoir attendu à l'intérieur ?

– C'est ce que j'ai fait. Mais il faisait trop froid dans la maison.

Et tandis que nous nous dirigions vers la porte d'entrée, elle me dit plus bas :

– J'ai découvert, hier soir, que mon père espionne nos communications téléphoniques.

– Quoi ? m'exclamai-je, ne voulant pas y croire.

– D'après la conversation que j'ai eue avec lui, c'est fort probable.

– Un grand chirurgien comme lui a sûrement mieux à faire.

– Que de s'occuper de sa petite fille chérie ? Apparemment pas... Qu'est-ce que c'est ? demanda-t-elle en indiquant le sachet que je tenais à la main.

J'étais, en effet, passé, à l'épicerie sur le chemin du retour.

– Des beignets.

– Ne me dis pas que c'est ton dîner.

– Tu n'aimes pas les beignets ?

– C'est moi qui fais la cuisine ce soir.

– Pour ça, il faut des ingrédients.

– Je sais, dit-elle en ouvrant la porte de la maison. Je me suis chargée des courses.

Ce n'était pas la première fois que Faye remplissait mon réfrigérateur depuis que je lui avais confié un double des clés de chez moi. Après l'avoir débarrassée de son manteau, je m'occupai de monter le chauffage.

– Il y avait une offre spéciale sur le saumon Chez Heller : les *fettuccine* aux épinards et au saumon, tu aimes ? Ça te changera de tes éternelles céréales...

– Et de tous ces beignets.

– C'est vrai, tu serais un sujet d'étude passionnant pour un diététicien.

Je mis le couvert et versai du jus de raisin blanc dans les verres. Faye termina de faire mijoter une sauce Alfredo et ce fut vite prêt.

– J'ai tellement hâte de voir arriver la fin de ce trimestre, tu ne peux pas savoir. Je n'ai jamais autant travaillé.

– Oui, le week-end de Thanksgiving sera le bienvenu.

– Au fait, tu acceptes toujours de venir déjeuner chez nous pour Thanksgiving ?

– Je crois que c'est une idée de ton père. Il n'a pas eu beaucoup l'occasion de m'humilier récemment ; sa tête de turc lui manque – il a peur de perdre la main.

– Oh ! De ce côté-là, ne t'inquiète pas, il a d'autres souffre-douleur, répondit Faye avec un sourire tendre. Donne-lui une chance de mieux te connaître. (Faye était d'un optimisme à tous crins.) Au fait, tu as reçu des nouvelles de ta bourse ?

– Rien depuis le dépôt des candidatures. Mais je suis convoqué devant la commission qui décide de son attribution début décembre.

– Tu vas voir, tu l'auras, je le sens.

– Si on me la refuse, je pourrai toujours demander une subvention.

Faye fronça les sourcils. Elle m'accusait toujours d'être un pessimiste impénitent, alors que je considérais simplement que j'avais le sens des réalités.

– Maintenant, raconte-moi ton premier jour à la maison de retraite.

– Tout s'est très bien passé, sauf qu'un type m'a pris pour le diable en personne. Mais j'ai quand même réussi à lui changer ses draps.

– C'est ça ton travail... changer les draps ?

– Oui, et aussi vider les pots de chambre.

– Moi, je trouve que c'est formidable, tu aides les autres, déclara-t-elle en buvant une petite gorgée de jus de raisin. Et comment sont les autres employés ?

– Je ne les ai pas tous vus. Mais ils m'ont l'air gentil, ou plutôt, elles ont l'air gentilles. Je crois que je suis le seul homme dans la maison.

Faye leva vivement la tête et fit une grimace, feignant la jalousie :

– Oh ! Ce n'est peut-être pas un travail aussi génial que ça, après tout.

Après le dîner, c'est avec volupté que nous nous enfonçâmes dans les coussins du vieux canapé. Faye s'endormit dans mes bras devant la télévision. Je la réveillai au moment où se terminait l'émission de Johnny Carson.

– Tu veux que je te raccompagne chez toi ?

– Non, dit-elle en se serrant tendrement contre moi et en m'embrassant, encore à moitié endormie. Je n'aurais pas dû rester aussi tard. Demain, c'est le mariage de Shandra.

Je l'enveloppai dans son manteau.

– Si ça peut te consoler, tu as déjà commencé ta nuit, il y a une heure, dis-je.

J'ouvris la porte. L'air nocturne resserra sur nous son étau glacé, tandis que nous marchions vers sa voiture. Faye frissonna contre moi au moment où j'ouvris la portière. Son haleine forma un petit nuage blanc qui flotta entre nous deux.

– Tu me retrouves au mariage demain soir ?

– Je viendrai dès que possible.

– Je t'attendrai. Tu vas voir, ce sera magnifique, dit-elle en me regardant et en frissonnant de nouveau. Je n'arrive pas à croire que tu es sorti sans manteau.

J'enroulai mes bras autour d'elle.

– J'ai la peau dure, répondis-je.

Après un dernier baiser, elle se glissa au volant. Je fermai doucement sa portière. Le téléphone sonna quelques minutes après son départ. Les parents de Faye s'inquiétaient toujours quand leur fille s'attardait, le soir, dans mon quartier.

3

Henri

« Tous les héros ne sont pas représentés peints,
à cheval, sur un étalon blanc. »

Extrait du journal intime d'Esther Huish

*L*a demeure aux murs en pierre de taille qui abritait Arcadia datait de 1818, date à laquelle le territoire de l'Utah ne faisait pas encore partie de l'Union – la guerre de Sécession n'avait même pas encore eu lieu.

A l'origine, elle appartenait à une ancienne et vénérable famille toscane que le puissant attrait de l'or avait conduite aux confins de l'Ouest sauvage. Les Deluca, en gens riches et influents, recevaient sous leur toit tous les notables de la région, politiciens comme négociants. Mais cette famille n'était restée là que l'espace de deux générations, préférant, finalement, partir pour la Californie où la manufacture de fusils à répétition lui permit de tirer plus d'or de la guerre que de la mine. La propriété passa alors aux mains du major Ardell Carnahan, un escroc de haut vol qui, après avoir mené grand train jusqu'en 1876, disparut corps et biens avec la quasi-totalité du coffre de la municipalité. Rachetée à cette dernière, elle fut alors transformée en auberge, l'Arcadia Paradise Inn. Mais en 1929, avec la crise, elle fit faillite. Laissée à l'abandon, la maison finit par servir de refuge aux vagabonds. Cette partie de son histoire ne fut ni brillante ni paisible à l'époque, car les pauvres se battaient pour trouver un toit – au moins deux hommes y furent sauvagement assassinés.

Six ans plus tard, la vieille bâtisse fut achetée par un Australien, un excentrique qui élut domicile au premier étage et se servit du rez-de-chaussée comme étable. Des porcs et des ânesses se vautraient là où, jadis, avaient dîné des politiciens. Cette idée semblait lui plaire. Le personnage s'était d'ailleurs si bien isolé de ses semblables, que lorsqu'il mourut de sa belle mort, on mit plus d'un an à découvrir sa dépouille : personne ne s'était aperçu de son absence.

Après quoi, la grande maison, que la municipalité avait entre-temps récupérée, servit d'entrepôt pour du matériel de terrassement. Puis, en 1973, du jour au lendemain, par la grâce d'une simple signature au bas d'un papier, elle fut transformée en maison de retraite.

Avec un zèle typiquement bureaucratique, on avait entrepris alors de lui donner l'allure d'un établissement public : les superbes bibliothèques en bois de rose furent enlevées de façon à pouvoir installer des classeurs métalliques ; les plafonds lambrissés disparurent sous le Placoplâtre, tandis qu'une fine moquette industrielle recouvrit le parquet en chêne. Malgré tout, la beauté de la vieille demeure – qu'elle devait à l'amour du travail des artisans qui avaient laissé une parcelle de leur âme dans chaque coup de ciseau – n'avait pu être totalement étouffée.

Ce matin-là, alors que j'étais déjà depuis plusieurs jours à la résidence Arcadia, un épais brouillard tapissait le fond du canyon et s'élevait jusqu'à la grande maison comme le ressac d'une mer ouatée à l'infini. Peu à peu, je distinguai la silhouette d'Helen debout sur le perron ; elle boutonnait fébrilement sa parka doublée de fourrure.

– Vous partez ? lui demandai-je.

– Oui, et je vous attendais. J'ai besoin que vous conduisiez Henri à l'hôpital des anciens combattants. Sa bronchite ne s'arrange pas...

Jetant un coup d'œil à ma vieille voiture, elle ajouta :

– Il vaut mieux que vous preniez la camionnette. Je vais vous chercher les clés.

Je suivis Helen dans son bureau.

– Où allez-vous ?

– Un imbécile de bureaucrate veut reprendre la maison pour en faire une crèche. Je ne sais pas pourquoi, nous sommes toujours dans le collimateur. Comme si je ne me battais pas assez comme ça pour justifier notre existence ! J'ai une amie dans l'administration qui a accepté de nous aider. Je vais lui demander conseil.

En me tendant les clés, elle s'enquit :

– Savez-vous où vous allez ?

– Oui, à l'hôpital des anciens combattants, dans Wall Avenue.

– Ils devraient déjà avoir son dossier médical. Attendez qu'il ait terminé sa consultation et ramenez-le. A moins qu'ils ne jugent bon de le garder pour la nuit. Vous avez des questions ?

– Oui, qui est Henri ?

– Chambre 6, premier étage. Le Noir qui a la jambe amputée.

– J'y vais de ce pas.

La chambre d'Henri était coupée en deux aussi efficacement que le yin du yang. Il la partageait avec un autre résident. Leurs quartiers n'étaient séparés que par un mince rideau, mais un abîme de différences les divisait. Le second occupant était un Asiatique, aux longs cheveux gris, qui se faisait appeler par son nom de famille, Chen, personne n'arrivant à se souvenir et encore moins à prononcer les deux syllabes de son prénom. Chen avait aménagé son coin avec un éclectisme digne d'un sanctuaire chinois : bouddhas dorés et brûle-parfum en forme de dragon, bâtons d'encens qui dégageaient, même éteints, une odeur âcre et sucrée. Un énorme vase en émail cloisonné, représentant une poule, se dressait à son chevet. Accrochés au mur, des rouleaux de papier rouge s'ornaient de calligraphie chinoise dorée, de natures mortes de bambous et de paysages noyés de brume. Du côté d'Henri, en revanche, la décoration était réduite à son minimum. Pas même une photographie. Seule une petite boîte en carton rectangulaire semblait lui appartenir – elle était restée fermée sur sa table de nuit depuis le jour de son arrivée à la résidence ; personne ne savait ce qu'elle contenait et personne n'avait la curiosité de lui demander ce qu'il y rangeait.

Je trouvai Henri sous ses draps, tout habillé, tourné vers le mur.

– Henri, je vais vous emmener à l'hôpital, dis-je en me penchant vers lui et en contemplant les gouttes de sueur qui perlaient sur son front.

En guise de réponse, il partit d'une terrible quinte de toux qui parut lui arracher la gorge. Puis, une fois l'accès calmé, il se redressa péniblement et prenant la béquille appuyée contre son lit, il se leva pour passer devant moi et me précéder dans l'ascenseur.

Il ne desserra pas non plus les dents dans la camionnette. Alors que nous avions parcouru un peu plus d'un kilomètre, je lançai finalement :

– Vous êtes à Arcadia depuis longtemps ?

Une fois encore, il ne répondit pas et se mit à tousser, la main devant la bouche.

– On dirait que ça vous fait mal. Vous toussez comme ça depuis longtemps ?

Toujours pas de réponse.

– Alice m'a dit que vous chantiez aux veillées du vendredi...
et que vous dansiez aussi...

Il se détourna. Je me tus. Nous restâmes en silence. Je regrettai ma remarque.

L'hôpital des anciens combattants était une longue bâtisse en brique jaune. Dans le hall d'entrée, l'éclat froid du carrelage, le vert pâle au sol, le beige sur les murs et au plafond, renforçaient l'impression d'anonymat. Je passai au bureau des admissions remplir quelques papiers, puis une infirmière vint chercher Henri pour la consultation. Je m'installai dans la salle d'attente avec un magazine. Peu après, l'infirmière réapparut :

– C'est bien vous qui nous avez amené le vieux monsieur de la maison de retraite ?

– Oui.

– Le Dr Heath voudrait vous voir.

Henri était assis sur le vinyle d'une table d'examen, vêtu seulement d'une mince blouse d'hôpital en coton nouée dans le dos. Il me parut frêle, comme diminué. Sa béquille était loin de lui, appuyée contre le mur. Il regardait à droite et à gauche, comme pris de panique. Assis sur un tabouret à ses côtés, le médecin griffonnait quelques mots sur une feuille. A mon arrivée, il rechaussa ses lunettes et se tourna vers moi.

– Cet homme a fait une chute ?

J'interrogeai Henri du regard, qui fit mine de ne pas avoir entendu.

– Je n'en sais rien. On m'a seulement dit qu'il avait une bronchite.

– Regardez ça, dit le médecin en soulevant la blouse du vieux monsieur pour découvrir de larges ecchymoses et des bandages sur ses côtes et sur ses hanches. La peau noire était presque violette aux endroits que le médecin avait badigeonnés d'iode puis recouverts, en partie, de compresses maintenues par des élastiques adhésifs blancs.

– Ce sont des escarres ?

– Non, des contusions. Il s'est cogné contre quelque chose, en tombant, sans doute. Il n'a qu'une seule béquille à ce que j'ai vu. Peut-être lui faudrait-il un fauteuil roulant ?

– On est pourtant très vigilant sur la question des escarres à la résidence, dis-je. On vérifie tous les jours. Normalement, on aurait dû le remarquer. Je vais demander à la directrice de vous téléphoner.

– C'est inutile, répondit le médecin en se remettant à écrire. Je voulais simplement attirer votre attention là-dessus.

Il termina de griffonner, puis me tendit plusieurs papiers noircis d'une écriture incompréhensible.

– Il a une chambre pour lui tout seul ?

– Il la partage avec un autre homme.

– Il faudrait l'isoler. La broncho-pneumonie, c'est contagieux et ça peut être fatal, surtout pour des personnes âgées. Je lui ai prescrit un antibiotique plus fort que celui qu'il prenait déjà. A prendre quatre fois par jour après les repas. Je lui ai fait une seconde ordonnance pour du sirop contre la toux. Ça risque de le rendre un peu somnolent. Prend-il d'autres médicaments ?

– Je n'en sais rien. Mais je peux vérifier dès que je rentre.

– Prévenez-moi dans ce cas.

J'aidai Henri à s'installer dans la camionnette. De tout le trajet, on n'entendit que le bruit de la route et les violents accès de toux du vieux monsieur. La brume s'était presque levée. J'arrêtai la camionnette devant le perron. Dès que j'eus ouvert la portière de son côté, Henri, sans un mot, s'empara de sa béquille et refusant mon aide, s'en alla en claudiquant comme si je n'avais pas existé. Je fermai la camionnette et le rejoignis à l'intérieur. Alice était plongée dans le journal, à la page des mots croisés. Je posai les deux ordonnances sur le comptoir devant elle.

– Comment est-ce qu'on se procure ces médicaments ? demandai-je.

– Laisse, je m'en occupe. C'est moi qui m'occupe des médicaments.

– Il me les faut d'urgence. Henri prend-il autre chose ?

– Non, répondit Alice.

Je remis les clés de la camionnette dans le bureau d'Helen et pris le journal pour Esther. Lorsque je retrouvai Alice dans le foyer, je fus étonné de voir qu'elle avait déjà deux flacons d'antibiotique à la main.

– Voilà les médicaments d'Henri. Il nous en restait, expliqua-t-elle.

– Il en restait ? Je croyais que lorsqu'on vous prescrivait un antibiotique, il fallait suivre le traitement jusqu'au bout ?

Alice posa les flacons sur le comptoir :

– Pas si le malade meurt.

Je restai un moment sans voix, puis marmonnai :

– Je suppose que ce serait du gâchis de les jeter.

Je pris les médicaments pour les monter dans la chambre d'Henri. Les lumières étaient éteintes et les rideaux tirés ne laissaient filtrer qu'une légère lumière. Henri était pelotonné sous ses couvertures. Mais malgré la pénombre, je vis que ses yeux étaient grands ouverts et suivaient chacun de mes gestes. Je trouvai un verre dans la salle de bains, le remplis d'eau du robinet, puis versai l'épais sirop dans une cuillère.

– Voici votre médicament, Henri.

Il se redressa avec une extrême lenteur, les yeux fixés sur la drogue rouge foncé. Je m'assis à côté de lui et avançai avec précaution la cuillère vers sa bouche. Soudain, comme agité par un puissant ressort invisible, son bras se projeta en avant, renversant la cuillère et le verre d'eau que je tenais à la main. Il se mit ensuite à grogner et à se tordre dans d'atroces convulsions. Son regard était à présent tendu vers la porte. Je me retournai pour voir Alice, debout, sur le seuil de la chambre. Elle hochait la tête.

– C'est une crise d'épilepsie ? interrogeai-je.

– Non, il est juste sénile, répondit-elle. C'est pourquoi il n'arrive pas à se rétablir. Il refuse de prendre ses médicaments.

Et, en hochant de nouveau la tête, elle ajouta :

– Bonne chance !

Après son départ, je massai doucement les épaules du vieillard et il sembla peu à peu s'apaiser.

– C'est rien, Henri, je vais nettoyer. On essayera encore une fois tout à l'heure.

J'allai chercher un balai pour ramasser les éclats de verre, puis j'épongeai par terre. Quand j'eus fini, Henri dormait.

4

La Caille

« Aujourd'hui, un homme a été abattu à Béthel.
Alors que le meurtre est monnaie courante à
Goldstrike, ce n'était encore jamais arrivé ici.
Il s'agissait d'une dispute à propos de la conces-
sion abandonnée d'une mine appelée " Layola "...
Vendre son âme pour de l'argent, c'est la
vendre à très bon marché. »

Extrait du journal intime d'Esther Huish

*C*e soir-là, je me rendis directement d'Arcadia – où
j'avais pris soin après ma journée de travail de mettre une chemise et une cravate – à Salt Lake City, qui se trouvait à une
heure de route de la maison de retraite, pour retrouver Faye
au dîner de mariage de sa meilleure amie.

Mes relations avec Faye m'avaient ouvert la porte d'un
monde jusque-là insoupçonné – à des aspects de la vie américaine qui me seraient demeurés à tout jamais fermés. La Caille
comptait parmi ceux-là. Je franchis l'énorme portail après la
nuit tombée, avec l'impression de pénétrer sur les terres d'un
château plutôt que de me rendre au restaurant. Les pavés de
l'allée bordée de neige scintillaient dans la douce clarté ambrée
des lampes tempête qui se succédaient au bout de poteaux
aux rubans multicolores. J'admirai l'étendue immaculée des
pelouses enneigées où, disait-on, à la belle saison, couraient

paons, rennes, lamas, émeus. Au bout de cette longue allée, après un dernier virage, je vis un valet en livrée qui m'attendait sous le porche. Il se saisit des clés de ma voiture et me donna un ticket avec un numéro.

Au début, à l'époque où je ne connaissais pas encore très bien Faye, pareil déploiement de luxe avait eu l'art de me plonger dans de terribles angoisses. Mais l'habitude aidant, j'avais appris à m'y sentir plus à l'aise, presque comme si j'appartenais au même monde. Du moins, c'est ce que je croyais.

Je laissai mon manteau au vestiaire puis, d'un pas tranquille, empruntai le vaste escalier circulaire aux murs tendus de tapisseries. Il menait à la grande salle où le dîner commençait tout juste. Un orchestre jouait dans la rotonde, sous la verrière, à l'endroit même où l'union des jeunes époux avait été bénie une heure plus tôt. Une gigantesque pièce montée à six étages, blanche comme neige et piquée de fleurs pâles, trônait au milieu de la salle à manger, sur une table ronde où brûlaient quatre candélabres en argent. A l'autre bout de la pièce, Faye était assise à la table des époux, à côté de la mère de la mariée. Elle était habillée d'un chemisier crème en soie avec capuche, assorti d'une large ceinture de la même couleur, coupée dans une étoffe encore plus douce et veloutée. Les convives avaient déjà été servis. Faye était occupée à disséquer un vol-au-vent. Son visage s'illumina en me voyant et elle se leva d'un bond pour m'accueillir :

– Que tu es beau ce soir ! dit-elle en prenant ma main dans la sienne.

– Ce soir seulement ? plaisantai-je.

Je jetai un coup d'œil à ses compagnons de table. Shandra était appuyée contre son mari – un jeune homme grand et brun, vêtu d'une queue-de-pie anthracite.

– Savais-tu, murmurai-je à l'oreille de Faye, que tu commets un crime de lèse-majesté : les demoiselles d'honneur ne sont pas censées être plus belles que la mariée.

Ses joues se colorèrent légèrement :

– Chut ! fit-elle gaiement en me poussant un peu en avant. Tu racontes n'importe quoi. Viens, je vais te présenter.

Shandra leva vers nous un visage souriant. En réalité, je l'avais déjà rencontrée à plusieurs reprises et, surtout, elle avait accompagné Faye le jour de notre première rencontre, Chez Heller.

– Michael, reconnais-tu Shandra sous les traits de Mme Millett ?

– Tu es resplendissante, Shandra.

Le bonheur rendait son sourire extraordinairement rayonnant.

– Merci, je suis tellement contente que tu aies pu venir. Tu vas enfin faire la connaissance de Tim, dit-elle en prenant la main du marié qui laissa sa phrase en suspens pour se tourner vers nous. Tim, je te présente l'amoureux de Faye.

Le marié me tendit cordialement la main.

– Je suis ravi de faire enfin votre connaissance, Michael. Faye ne tarit pas d'éloges sur vous...

– Sur vous non plus, répondis-je. Mes félicitations, j'adore votre femme.

– Pas trop, j'espère, dit-il en riant.

Shandra me présenta ensuite à ses parents :

– Maman, papa, voici Michael, le petit ami de Faye.

La mère de Shandra était une femme raffinée, aux traits fins et aux cheveux teints en noir qu'elle coiffait relevés en un chignon parfait – un style qui tranchait sur celui de son mari, un colosse hirsute aux gros sourcils gris broussailleux et à la mâchoire volontaire. Je l'aurais volontiers imaginé en tenue de trappeur. Les petites rides aux coins de ses yeux se creusèrent quand il me sourit.

– C'est une joie de connaître l'ami de Faye, énonça aimablement la mère de Shandra.

– Oui, une joie, appuya son mari un peu rudement. Venez donc vous asseoir avec nous, ajouta-t-il en balayant du regard la table où il ne restait plus une seule place libre. Apportez donc une chaise !

Shandra eut soudain l'air un peu gêné.

– Je suis désolée...

Je levai vivement la main :

– Oh ! non monsieur, tout va bien. J'ai une place réservée là-bas, fis-je en indiquant vaguement l'autre bout de la salle à manger. Je venais juste de lancer un regard sur *ma* Faye pour veiller à ce qu'on ne me l'enlève pas.

L'homme éclata d'un bon rire.

– J'y songeais justement, dit-il d'un ton enjoué avant d'ajouter en se penchant vers moi : elle est plutôt mignonne.

Décidément, cet homme me plaisait. Sa franchise un peu brutale détonnait avec l'ambiance feutrée qui régnait dans l'immense salle à manger.

– C'est aussi mon avis. Encore une fois, toutes mes félicitations, dis-je en m'écartant.

Faye suivit mon mouvement.

– Tu t'en es bien tiré, me chuchota-t-elle.

– Où est-ce que je m'assois ?

– Ils t'ont mis à la table 7. Près de la baie vitrée...

Je repérai en effet, à l'autre bout de la pièce, une place vacante.

– Je suis vraiment désolée, je pensais qu'on nous aurait mis ensemble, s'excusa Faye. Je ne savais pas que les demoiselles d'honneur étaient placées automatiquement à la table des mariés.

– Ça n'a pas d'importance, je t'assure. Amuse-toi bien.

– Je te rejoins dès que possible.

Comme elle avait toujours une expression inquiète, je changeai de sujet de conversation.

– Tout s'est bien passé aujourd'hui ?

Elle me contempla avec des yeux rêveurs.

– Comme dans un conte de fées. Shandra est follement heureuse.

– Ça te donne des idées, dis-moi ?

En guise de réponse, elle se contenta de m'adresser un sourire.

– Bon, eh bien ! je vais rester bien sagement à la table 7 jusqu'à ce que tu aies fini.

– Ce ne sera pas long, promit-elle.

Elle leva légèrement les sourcils et ajouta joyeusement :

– On dansera ensuite dans la grande salle du bas.

J'allais la quitter quand un sourire éclaira de nouveau son visage, un sourire malicieux cette fois, et elle me dit :

– Rappelle-moi de te raconter l'histoire du champagne.

Je traversai la salle à manger et m'assis à la seule place libre. A côté de mon assiette se trouvait un petit cadre en argent portant une carte à mon nom. Le couvert était dressé autour d'un grand vase en cristal débordant des mêmes fleurs que celles qui composaient le bouquet de la mariée. Je saluai les autres convives d'un signe de tête, mais ils étaient tellement pris par leur conversation qu'ils remarquèrent à peine mon arrivée.

Une serveuse dans un chemiser moulée au décolleté généreux approcha et se pencha aussitôt vers moi en me présentant une carafe de vin rouge.

– Vous vous êtes finalement décidé à venir ? me dit-elle comme si elle me connaissait depuis toujours. Un peu de vin ?

– Non merci. Mais j'aimerais bien manger quelque chose.

– Nous avons deux plats principaux : du *halibut* grillé au feu de bois ou, si vous préférez, une selle d'agneau à l'américaine ?

– Une selle d'agneau, s'il vous plaît.

– Et pour le dessert, fit-elle en acquiesçant d'un signe de tête, nous avons une nougatine à la vénitienne ou des crêpes maison.

– Des crêpes, ce sera très bien.

– Vous les voulez flambées ?

Je lui jetai un coup d'œil perplexe.

– Excusez-moi, je ne comprends pas.

La serveuse sourit.

– Arrosées d'un alcool que l'on fait ensuite brûler.

Mon voisin d'en face se pencha vers sa compagne d'un air moqueur. Cette dernière porta son regard dans ma direction. Pour ma part, je fis comme si de rien n'était.

– Ce sera parfait, merci.

Je me mis en devoir de beurrer un croissant tout en épiant de manière discrète mes compagnons de table. Il y avait là deux couples d'âge mûr très élégants ; le premier avait visiblement abusé du vin rouge ; le second aurait eu besoin de boire un peu plus. Prise en sandwich entre ces deux couples était assise une très vieille dame au visage empourpré et aux cheveux argentés dont on remarquait surtout l'énorme broche en améthyste. A ma gauche se tenaient trois jeunes filles : une grande blonde très mince, une fausse blonde joufflue portant un collier de chien de velours noir et une rousse au petit nez pointu et aux lunettes rectangulaires. Toutes trois étaient vêtues de robes portant la griffe de stylistes en vogue et faisaient tourner leur nourriture dans leur assiette comme si elles se demandaient ce qui pouvait bien être le plus décoratif. Malgré leur jeunesse, elles s'exprimaient avec des intonations et un vocabulaire plus appropriés dans la bouche de femmes deux fois plus âgées qu'elles :

– La robe est sublime, mais elle aurait pu se passer du diadème. Je trouve cela déplacé.

– Ma chère, Shandra a meilleur goût pour les vêtements que pour les hommes, dit la rousse.

– C'est vrai pour nous toutes, dit la fausse blonde. C'est plus facile de choisir un vêtement qu'un homme.

– Le problème avec les hommes, c'est qu'une fois que vous avez fait votre choix, vous n'avez plus qu'à prier le ciel qu'il reste à la mode jusqu'au bout.

– Qui dit que l'on n'a qu'une seule occasion de choisir ? lança la fausse blonde en riant.

– Je ne vois pas ce qui te déplaît chez lui, dit la rousse d'un ton indigné. Il est beau garçon et son père possède la moitié de Park City, ce qui le rend au moins deux fois plus séduisant.

Park City est une ancienne ville minière transformée en station de ski. La fausse blonde poussa alors un morceau au bord de son assiette avec le bout de sa fourchette en argent.

– Qu'est-ce ? Du brie *rôti* ? Sous prétexte que le brie est considéré comme de la grande cuisine, on le met aujourd'hui à toutes les sauces. Bientôt, on nous le servira en gâteau...

– Et flambé ! ajouta la maigre en s'esclaffant, et je me demandai si elles faisaient référence à ma bévue d'il y a un instant.

– Qui est la demoiselle d'honneur aux jolis cheveux auburn ? s'enquit la rousse.

– C'est Faye, répondit la maigre.

– Faye est adorable, dit la fausse blonde. On a commencé nos études ensemble. Maintenant, elle est en prépa de médecine.

– Tout le monde prétend être en prépa de médecine, dit la rousse.

– Faye ne fait pas semblant. Elle est très douée en chimie et son père est neurochirurgien. Elle est très intelligente.

– Je préférerais mourir que de faire travailler autant mes méninges, soupira la maigre.

– Au moins, elle n'a pas à se soucier de savoir qui elle va épouser, dit la rousse.

– A t'entendre, on croirait qu'elle compte épouser un maçon, dit la fausse blonde.

– Je voulais seulement dire qu'elle pouvait se permettre d'épouser quelqu'un de gentil.

– Il ne suffit pas d'être gentil pour pouvoir payer les notes de nos cartes de crédit, déclara la maigre. Ne crois-tu pas qu'on se fatigue à la longue du rôle de femme active ?

– Tu es vraiment d'un romantisme échevelé, répliqua la rousse d'un ton sarcastique.

– Je suis seulement réaliste. Ces histoires de garçon pauvre et tout, c'est bon pour les feuilletons télévisés car, dans la réalité, on ne peut pas vivre d'amour et d'eau fraîche. Soit on se ressaisit, soit c'est la chute assurée. On traverse toutes, tôt ou tard, une crise de ce genre – le rêve de Cendrillon à l'envers. Mais ça ne marche pas. Moi, je préfère dire : épousez de l'argent !

– Épousez de l'argent... le plus souvent possible, ajouta la fausse blonde.

– Je leur donne trois ans, dit la maigre en portant ses regards en direction de la table d'honneur. Cinq s'il est assez habile pour ne pas se faire pincer.

La rousse éclata de rire :

– On ne devrait jamais t'inviter à un mariage. Tu n'es pas de bon augure.

– Le mariage n'est pas de bon augure, riposta-t-elle de façon cavalière. Tu es trop optimiste.

– Vous avez vu Chris en bas ? interrompit la fausse blonde.

– Chris Haight est ici ? demanda la rousse.

Les trois jeunes femmes quittèrent brusquement la table. Quelques minutes plus tard, la serveuse m'apporta mon repas que je savourai lentement tandis que les autres convives terminaient le leur et partaient. Faye vint me rejoindre alors que je finissais.

– Il y a quelqu'un assis à cette place ?

– Non, ma voisine est partie retrouver Chris.

Faye s'assit.

– Désolée d'avoir été si longue, dit-elle en contemplant mon dessert. J'adore les crêpes flambées. Je peux t'en prendre un peu ?

Je poussai mon assiette vers elle.

– Raconte-moi cette histoire de champagne.

Le visage de Faye s'éclaira.

– J'en ris maintenant, mais sur le moment, ce n'était pas drôle du tout. Le père de Tim a apporté plus de six douzaines de bouteilles de champagne. Comme les réfrigérateurs du restaurant étaient pleins, un des cuisiniers a demandé à un jeune serveur de nettoyer une poubelle et de la remplir de glace pour rafraîchir le champagne. Quand il est revenu une heure plus tard, il a trouvé le garçon en train de vider la dernière bouteille dans la poubelle. Tu imagines ? dit-elle en secouant la tête et en riant aux éclats.

– Je m'imagine très bien faisant quelque chose du même style.

Faye me prit la main.

– Allons danser.

Nous dansâmes jusqu'au moment où les mariés coupèrent la pièce montée et lancèrent le bouquet que Faye attrapa au vol. Le rituel avait été truqué, Shandra le lui ayant presque tendu. Shandra et Tim s'écartèrent et les invités, comme l'air du temps se voulant écologique le suggérait, leur jetèrent des graines pour oiseaux à la place des traditionnels grains de riz. Le mariage avait été prévu jusqu'au moindre détail et les colombes furent lâchées au moment où les nouveaux époux grimpaient dans l'immense limousine blanche qui les attendait. En fait, ils avaient prévu un lâcher de papillons, mais ces derniers n'avaient pas résisté au transport depuis la Californie.

Dans la voiture, sur le chemin du retour, je repensai à la conversation que j'avais écoutée au cours du dîner. J'avais beau ne pas avoir beaucoup d'estime pour ces trois jeunes filles, au fond de moi, leurs remarques avaient touché une fibre sensible. L'idée que je puisse, par mon statut de «garçon pauvre», représenter une crise dans la vie des femmes de milieux favorisés, ne me plaisait guère et, même si Faye ne possédait pas une once de leur prétention, rien ne pouvait empêcher le fait qu'elle était issue du même milieu. Je me demandai alors si, quelque part, Faye ne partageait pas leur avis à propos du «rêve de Cendrillon à l'envers». Pendant que je méditais sur cette question, Faye posa sa tête sur mon épaule.

– Quelque chose t'inquiète ?

– Pourquoi cette question ?

– Tu es plus silencieux que d'habitude.

– Les mariages ont cet effet-là sur les hommes.

Elle fit la moue.

– Je suis désolée de ne pas être très amusante ce soir. Je suis tellement fatiguée.

– As-tu au moins dormi la nuit dernière ?

– Quelques heures seulement. Mais aujourd'hui, c'était formidable.

Elle ferma les yeux et un sourire de satisfaction détendit son visage.

– C'était tout ce qu'un mariage doit être.

5

Faye étudiante en médecine

> «Béthel se meurt. Seule subsiste la mine de Salisbury, mais elle aussi fermera bientôt. Nous ne sommes qu'une poignée à accompagner la ville dans la mort. Je ne devrais pas m'étonner du cours qu'a pris mon existence. La vie ne vous donne jamais que ce que vous attendez d'elle.»
>
> *Extrait du journal intime d'Esther Huish*

*J*e me fie rarement à mes premières impressions, l'effet que produisent les autres sur vous n'étant en général pas plus conforme à la réalité que l'image que vous vous efforcez de leur donner de vous-même. Cela se révéla exact non seulement dans le cas d'Esther, mais pour presque toutes mes collègues de la résidence. N'ayant au début ni formation ni expérience, je travaillais en équipe avec une aide-soignante appelée Sharon. C'était une grande fille brune aux lunettes cerclées de plastique comme on en trouve dans les rayons des supermarchés. Elle était originaire d'une petite ville du nord de l'Utah dont je n'avais jamais entendu parler, quoiqu'elle fût à une demi-heure de route d'Ogden. D'un abord froid et réservé, elle avait, en fait, le cœur sur la main et ses gestes étaient pleins de douceur. «Les âmes tendres ont besoin d'une bonne carapace», avait dit Helen à propos d'Esther. Ses paroles valaient aussi pour Sharon à qui je pense toujours avec affection.

Helen me confiait plus de responsabilités à mesure que j'apprenais; même si je travaillais aux côtés de Sharon, j'avais donc, chaque jour, un plus grand nombre de tâches à accomplir. La seule chose qui ne m'avait pas encore été demandée était d'accompagner Esther lors de sa promenade quotidienne. Je la voyais chaque jour à l'heure où je changeais ses draps, mais elle restait toujours assise avec calme dans son fauteuil, apparemment assoupie – bien qu'une ou deux fois je la soupçonnai d'avoir fait semblant de dormir pour éviter un autre tête-à-tête avec moi.

Comme près de dix centimètres de neige étaient tombés dans la nuit de lundi et, à cause du mauvais état des routes, j'arrivai ce matin-là avec un peu de retard à la résidence. Je trouvai Alice dans le bureau. Elle balayait d'un revers de main les flocons encore accrochés à son manteau, examinant l'emploi du temps de décembre qui venait d'être affiché sur le panneau.

– Je pensais que tu étais de nuit, cette semaine, dis-je.

– Je suis juste passée prendre mon chèque. Ah, la vache !

Je la regardai d'un air étonné.

– Quelle vache ?

– Helen m'a mis une garde de nuit le soir de Noël.

– Tu avais des projets ?

– J'étais invitée à réveillonner à Park City. Ski de nuit et flirts dans les bars à bière...

– C'est pas un peu décadent pour Noël ?

– C'est exactement le genre de Noël que j'aime.

Je scrutai à mon tour l'emploi du temps pour voir quel était mon programme.

– Je pourrais te remplacer.

Ma proposition la surprit manifestement.

– Tu ferais ça ?

– Je n'ai rien de prévu pour le réveillon de Noël.

Alice s'empara aussitôt du téléphone et se mit à composer un numéro.

– A charge de revanche, Michael, dit-elle en calant le combiné entre son menton et son épaule. Dommage que je ne puisse pas t'emmener avec moi. Les copines penseraient que j'ai enfin trouvé un type sympa.

– Je suis heureux de contribuer à tes frasques.

– Je te revaudrai ça un jour ou l'autre.

Vers midi, quelques infirmières du service de la santé vinrent administrer des vaccins contre la grippe aux résidents d'Arcadia que le personnel dirigea comme du bétail à marquer au fer rouge. C'était la première fois que je voyais Esther quitter sa chambre. En son absence, j'en profitai pour changer ses draps. En me penchant pour border le lit, je remarquai un petit objet brillant, par terre, à l'autre bout de la pièce. Je ramassai et le posai délicatement l'objet métallique au creux de ma main. C'était un médaillon plaqué argent, très ancien et finement gravé d'un entrelacs de motifs floraux révélant la présence d'or aux endroits où la couche d'argent s'était usée. De loin, on aurait cru voir un bijou en argent massif mais, en l'examinant de plus près, on pouvait découvrir qu'il avait seulement été trempé dans ce métal et que, par conséquent, une mince pellicule d'argent recouvrait le métal plus précieux. Derrière le médaillon, inscrits en lettres minuscules, ces deux mots : « Toujours, Thomas ». Je l'ouvris avec précaution. Il contenait deux photographies disposées l'une à côte de l'autre. La première, colorée à la main, représentait une ravissante jeune femme au teint transparent, aux pommettes saillantes et aux étranges yeux noirs ; l'autre, dont la couleur sépia avait été délavée par le temps, un jeune homme aux lunettes cerclées de fer et cheveux en désordre. Sur son visage lisse se lisait toute l'assurance de la jeunesse.

L'état du fermoir, légèrement tordu, expliquait pourquoi le médaillon était tombé du cou de la vieille dame. Je le redressai, puis posai le bijou sur le secrétaire. Je retournai vaquer à mes occupations sans plus accorder une seule pensée à l'incident.

Ce soir-là, en descendant l'escalier à la fin de ma journée de travail, je trouvai Faye assise dans un fauteuil du foyer. Elle s'arrêta de bavarder avec Alice dès qu'elle me vit.

– Salut, beau gosse !

Je souris, étonné de la trouver là.

– Qu'est-ce que tu fais ici ?

– Je voulais voir où travaille mon petit ami.

Alice retourna à ce qu'elle était en train de faire.

Faye se leva, le visage rayonnant d'excitation.

– La vraie raison, c'est que j'ai de grandes nouvelles à t'annoncer. Je suis reçue à Johns Hopkins !

– Je te félicite, dis-je en la prenant dans mes bras. Je savais que tu réussirais.

Faye était dans sa dernière année de classes préparatoires. Et Johns Hopkins – son rêve depuis toujours – était l'une des meilleures facultés de médecine des États-Unis.

– Mon père est tellement fier.

– Sûrement, et à juste titre, l'automne prochain, sa fille chérie va être étudiante en médecine.

Contre toute attente, le sourire de Faye s'évanouit. Elle prit ma main dans la sienne et s'écarta légèrement de moi.

– C'est la mauvaise nouvelle.

– C'est une mauvaise nouvelle ?

Elle hésita avant de poursuivre :

– Je ne peux pas terminer mon année ici parce que toutes les matières dont j'ai besoin ne sont pas proposées. Je dois donc finir ma prépa à Johns Hopkins.

– Quand ?

– Le deuxième trimestre. Les cours commencent le 5 janvier. Je prends l'avion pour Baltimore avec papa dans deux semaines pour chercher un appartement, dit-elle en me regardant d'un air d'excuse. Je n'ai pas le choix si je veux entrer à Johns Hopkins à l'automne.

J'étais sidéré. C'était la partie du rêve de Faye que nous avions tous les deux envisagée non sans une certaine crainte, parce que mettant obligatoirement trois mille kilomètres entre nous. Au cours de l'année qui s'était écoulée, je m'étais toujours rassuré en me disant que l'échéance était encore lointaine.

– Il ne nous reste plus qu'un mois.

Elle parut soudain attristée. Comme je ne voulais pas gâcher le bonheur de sa réussite, je la repris dans mes bras.

– Tout va bien. On va le mettre à profit.

6

Thanksgiving

« Il y a ceux qui, dans le même souffle, prient pour les pauvres et pour avoir la chance de ne jamais en rencontrer. »
Extrait du journal intime d'Esther Huish

*L*e père de Faye, le Dr Benjamin Murrow, était un homme du monde, autrement dit, plus enclin à vous montrer son hostilité avec un couteau à beurre qu'avec un couteau de cuisine. Grand, bâti en force, il était coiffé comme un étudiant des années cinquante : une raie soignée séparait ses cheveux bruns gominés de façon impeccable en deux parties inégales. Visiblement maniéré, voire un peu guindé, il se présentait à vous comme « le docteur Murrow » et n'enlevait jamais sa cravate, même quand il dînait en famille.

C'était autant un chirurgien remarquable qu'un père de famille autoritaire et dominateur poussant ses enfants dans la voie qu'il leur avait tracée. Voie dont j'étais *a priori* exclu. Cours de danse, de piano, leçons de natation au club nautique et bien sûr les meilleures écoles de la région. Même si l'idée que Faye avait pu bénéficier de toutes ces choses me remplissait d'aise, cela ne faisait qu'élargir le gouffre entre nos deux milieux d'origine. La mère de Faye, Virginia – Ginny pour les intimes –, avait été une grande beauté aux charmes tout aussi sensuels que son accent du Sud : l'une de ces jeunes filles dont on gagne le cœur pendant un bal de débutante. Mme Murrow n'avait apparemment pas de mépris pour moi. Elle aussi avait été élevée de manière stricte et savait garder ses pensées pour elle, même si, de temps à autre, je surprenais une lueur de sympathie dans ses yeux et que je pouvais donc la considérer comme une alliée silencieuse. Faye avait deux sœurs plus jeunes qu'elle, Jayne, qui était encore au lycée, et Abigail, qui venait de commencer ses études supérieures. Comme leur aînée, elles étaient vives, brillantes, ouvertes. Au point qu'on pouvait se demander comment elles pouvaient avoir des parents aux principes aussi rigides.

Ce n'était pas la première fois que je dînais chez les Murrow et je subissais volontiers cette épreuve pour l'amour de Faye et pour ne pas contrecarrer sa foi dans l'éventuelle conversion de son père. Car, même si elle n'espérait pas qu'il bénisse notre union, du moins comptait-elle sur l'affaiblissement de son opposition. Mais, aux yeux de tout le monde sauf de Faye, il était évident que l'inverse était en train de se produire et chaque nouvelle rencontre avec son père semblait renforcer sa détermination à m'éliminer de la vie de sa fille.

Il flottait dans la maison un fumet appétissant. Tandis que nous nous rapprochions de la table recouverte d'une nappe de dentelles blanche, je songeais que c'était mon premier Thanksgiving sans ma mère et que jamais, sauf dans des pages de magazine, je n'avais vu – et encore moins été convié à – un festin aussi somptueux. La traditionnelle dinde rôtie, déjà découpée, fumait dans un grand plat en porcelaine au milieu de la table; la farce au pain de maïs, la sauce aux airelles et à l'orange, la purée de pomme de terre poudrée de paprika, les courges aux épices, la tourte au potiron, les patates douces caramélisées et le *succotash*, mélange de maïs et de haricots, l'accompagnaient, disposés tout autour dans les plats en argent. Les joies de la gastronomie furent, hélas pour moi, de courte durée. Après avoir récité l'action de grâce commémorant la prière de remerciement à Dieu des colons de Plymouth après leur première récolte en 1621, le chirurgien me laissa à peine le temps d'avaler trois bouchées avant de passer à l'offensive.

– Faye nous a dit que vous teniez un nouvel emploi.

J'essuyai ma bouche sur la dentelle de ma serviette.

– Oui, monsieur, dans une maison de retraite.

– Vous avez déjà abandonné l'idée de poursuivre vos études ?

– Non, monsieur. Je ne suis inscrit nulle part pour l'instant. Je dois d'abord rembourser mes dettes. J'attends d'avoir fait quelques économies pour les reprendre.

– Il n'y a pas d'aide financière pour les gens de votre espèce ?

Faye fusilla son père du regard.

– Il y a des aides pour les étudiants en situation précaire, mais moi, j'ai demandé une bourse.

– Michael est en bonne place pour obtenir la bourse d'excellence, intervint Faye avec fierté. Il a eu dix-huit de moyenne la première année.

Le chirurgien n'eut pas l'air impressionné :

– Dites-moi donc en quoi consiste votre travail dans cet établissement ? Vous videz les pots de chambre ?

– Entre autres choses.

Se tournant alors vers Faye, il enchaîna comme si je n'avais pas été présent :

– Tu seras contente d'apprendre que Fred Hobson est accepté à Stanford. Je suis tombé sur son père au club. Une bonne famille, ces Hobson.

– Tant mieux, qu'il s'en aille. Fred est un psychopathe, je dormirai mieux la nuit en le sachant loin d'ici, laissa tomber Faye.

Le Dr Murrow me considéra d'un air dur et accusateur, comme s'il me rendait responsable de l'insolence de sa fille.

– Vous savez que Faye a été acceptée à Johns Hopkins ? me dit-il.

– Bien sûr qu'il le sait, intervint Faye.

– Baltimore est loin d'ici, fit observer le chirurgien avec satisfaction, comme s'il avait oublié que lui aussi allait être privé de la gaieté et de l'affection de sa fille.

– Je pense que Faye et Michael devraient se marier. Comme ça, ils partiraient ensemble à Baltimore, déclara à brûle-pourpoint Abigail.

Il y eut un silence stupéfiant. Mme Murrow jeta un coup d'œil inquiet à son mari. Le Dr Murrow était resté sans voix. Il avait baissé le front, comme accablé par la douleur. Je me demandai si Abigail avait dit cela parce qu'elle le pensait sincèrement ou parce qu'elle était ainsi sûre et certaine de faire taire son père. Nous terminâmes le repas sans prononcer une seule parole. Après le dîner, Faye et moi avons enfilé nos manteaux, pris nos assiettes de tourte au potiron et nous sommes sortis. Nos chaussures s'enfonçaient dans la neige craquante tandis que nous contournions la demeure de style Tudor pour nous asseoir sous la véranda. Serrés l'un contre l'autre sur la grande balançoire en bois, nous avons contemplé les dernières lueurs du jour tandis que la température baissait avec la tombée de la nuit. De l'intérieur de la maison, nous parvinrent les notes assourdies d'un air joué sur le piano à queue en bois d'ébène du salon.

– Je suis désolée, Michael, je ne sais pas ce qui l'a pris.

– Il cherche seulement à te protéger de l'ennemi.

– Il ne sait pas qui sont ses ennemis.

Elle se blottit tout contre moi ; je passai un bras autour de ses épaules.

– Je sais que c'est encore loin et que le moment est mal choisi, mais je voulais t'inviter à passer le réveillon de Noël avec nous.

– Je ne peux pas. Ce ne serait pas juste pour ta famille.

– Alors, je le passerai avec toi.

Je déposai un baiser sur son front.

– J'ai déjà promis à Alice de la remplacer ce soir-là.

– Mais pourquoi as-tu fait ça ?

– Je n'avais pas d'autre projet et je n'avais pas envie d'être seul. C'est mon premier Noël sans ma mère.

Faye prit ma main dans la sienne.

– Je l'aurais passé avec toi.

– Je sais, c'est pourquoi j'ai pris cet engagement. Pour que tu restes tranquillement avec les tiens. Ce sera peut-être ton dernier Noël avec eux.

Après un moment de réflexion, Faye sourit.

– Bien, mais on passera le jour de Noël ensemble.

– Depuis l'aube, jusqu'au coucher du soleil, dis-je.

Elle laissa échapper un soupir.

– Je vais être tellement occupée jusque-là. Quand passes-tu devant la commission de l'université chargée de l'attribution de cette bourse ?

– Mercredi prochain.

– C'est bien ce que je pensais. Je suis désolée de ne pas être avec toi ce jour-là. Je serai à Baltimore occupée à chercher un appartement, ajouta-t-elle avec un sourire. Mais ils vont tous succomber à ton charme...

– Je ne pense pas que les universitaires soient tellement sensibles aux charmes des candidats. Quand rentres-tu ?

– Vendredi.

Elle regarda par terre, soudain songeuse.

– Je ne sais pas ce que je vais devenir sans toi à Baltimore.

– Et moi, je me demande combien de temps tu vas mettre pour m'oublier, répondis-je.

C'était une méthode que j'avais mise au point pour désamorcer mes angoisses : je traitais avec désinvolture mes peurs les plus poignantes. L'attitude de Faye se fit alors solennelle.

– Pourquoi as-tu tant de mal à croire en mon amour ?

Je plongeai mon regard dans le sien.

– Parce que tu es le contraire de tout ce qui m'est arrivé dans la vie. Tu es comme un mirage. Je ne peux pas croire qu'une fille comme toi, aussi belle, aussi intelligente, ne va pas disparaître d'un instant à l'autre, comme par magie, dès que je l'approcherai de trop près.

– Quelle preuve puis-je te donner ?

– Je ne cherche pas de preuve.

– Si, cherches-en une. Dis-moi ce que tu veux. Demande-moi de te donner un gage.

– Je n'ai pas besoin de gage.

Elle posa son assiette sur le sol et sa tête sur mon épaule.

– Qu'as-tu pensé de ce qu'a dit Abigail ?

– J'ai eu peur que ton père ait une attaque.

Elle sourit.

– Je sais à quoi il songeait. Et toi... à quoi tu pensais ?

La franchise de sa question me prit de court.

– T'épouser serait comme gagner à la loterie – un de ces bonheurs qui n'arrivent qu'aux autres. J'ai toujours pensé que c'était quelque part de l'autre côté de l'horizon. Là où semblent se trouver toutes les bonnes choses.

Faye eut un sourire adorable.

– Je sais, Michael, nous sommes jeunes, mais je me sens prête. Mes parents voudraient que j'attende que tout, dans ma vie, soit bien clair et bien ordonné. Mais comme ça, la vie est sans saveur. Je vois des couples qui ont tout bâti ensemble, coude à coude, au milieu des difficultés. Certains disent que ce sont les meilleures années de leur vie. C'est ce que je veux.

Je ne veux pas d'une existence factice où tous les événements majeurs sont réglés comme du papier à musique, comme dans une comédie musicale de Broadway. Je veux vivre ma vie. Pour le meilleur et pour le pire.

Elle m'embrassa sur la joue.

– Je t'aime, Michael, tu es tout ce que j'ai toujours voulu.

– Un pauvre orphelin sans éducation avec un passé malheureux ? demandai-je d'un ton sarcastique.

Elle fit la moue.

– Et un cœur d'or.

Elle passa ses doigts entre les miens.

– Tu me promets d'y réfléchir, Michael ?

7

La commission

«Aujourd'hui un groupe de mineurs s'est opposé au travail des nègres dans la mine. Les pires horreurs de l'histoire ont toujours été perpétrées par des groupes.»

Extrait du journal intime d'Esther Huish

Faye et son père partirent pour Baltimore le lundi dans l'après-midi. A sa demande expresse, je ne l'accompagnai pas à l'aéroport. Mais nous passâmes le dimanche ensemble, d'abord au temple où j'assistai à l'office aux côtés de ses parents et de ses sœurs (et où je découvris que j'y étais à l'abri des sarcasmes de son père), puis sur le canapé de mon salon. Notre séparation imminente nous emplissait de sentiments doux-amers. Le mardi soir, Faye me téléphona de Baltimore pour me souhaiter bonne chance.

En vérité, si je tenais tellement à obtenir une bourse, c'était davantage pour des raisons morales que pour des motifs tenant à l'état de mes finances. Comme l'avait gentiment fait remarquer le Dr Murrow, «les gens de mon espèce» se tournaient en général plutôt vers une aide financière. Je suppose que j'étais en quête de reconnaissance – je souhaitais qu'une personne n'appartenant pas au monde de mes rêves me dise que j'étais un membre à part entière de la communauté. Je le voulais surtout pour Faye, je crois. Non parce qu'elle me le demandait, mais parce qu'elle le méritait.

Le mercredi, jour de mon passage devant la commission, je m'arrangeai pour travailler seulement l'après-midi et arrivai très tôt le matin à l'université. Assis dans la salle d'attente en compagnie d'autres candidats, avec lesquels j'étais en compétition pour la bourse, j'attendis mon tour, la gorge serrée et l'estomac noué. Vingt minutes après mon arrivée, la porte s'ouvrit pour laisser le passage à une femme blonde d'une quarantaine d'années vêtue d'un tailleur gris foncé. Elle m'appela et je la suivis jusque dans la salle de conférence, une grande pièce austère lambrissée de bois sombre et décorée d'une collection de tableaux représentant les anciens doyens dans le costume attaché à leur haute fonction.

Ma guide m'indiqua un siège à l'autre bout de la longue table ovale en acajou, face à quatre hommes et trois femmes qui m'examinaient déjà d'un air absent. Je m'assis. Elle se chargea alors de me présenter.

– Notre prochain finaliste est Michael Keddington. Michael a maintenu une moyenne de dix-huit sur vingt pendant toutes ses études secondaires puis en classes préparatoires, ce qui lui a permis d'envisager une bourse d'excellence. Par ailleurs, sa situation financière justifie sa demande. Michael a abandonné ses études supérieures à la fin de sa première année, mais il se déclare prêt à retourner à l'université pour terminer son diplôme.

L'homme qui me faisait directement face se racla la gorge. C'était presque une caricature de l'intellectuel, presque chauve, avec une veste de tweed et des petites lunettes rondes cerclées d'acier. Une pile de dossiers s'élevait devant lui sur la table juste à côté d'une tasse de café.

– Je m'appelle Craig Scott, je suis le recteur du lycée et le président de cette commission, déclara l'homme d'un ton plutôt cordial. Michael, nous avons déjà étudié de près votre candidature et elle nous pose quelques petits problèmes, voyez-vous. Vous êtes sans aucun doute un élève très brillant. Cela se voit à vos notes et à l'admirable essai que vous nous avez rendu. Non, ce sont vos activités extrascolaires qui nous semblent insuffisantes. Tellement insuffisantes, en fait, que si vous n'aviez pas eu un parcours aussi brillant, nous vous aurions exclu sans hésitation. Vous comprenez, cette bourse d'excellence est particulièrement prestigieuse, nous avons des critères d'admissibilité très sévères. Nous ne prenons pas seulement en compte les capacités de réflexion et les connaissances des candidats, mais aussi leurs qualités morales et leur degré de participation au sein la communauté à laquelle ils appartiennent. En d'autres termes, nous tenons compte de ce qu'ils font en dehors de l'université. Cela nous permet de voir leur degré d'intérêt pour le bien-être de tous. Et franchement, dans votre cas, nous avons été déçus... A moins que vous n'ayez omis quelque chose dans votre dossier...

Le cœur lourd, je murmurai presque :

– Non, hélas !

– Dans ce cas, pouvez-vous nous expliquer les raisons pour lesquelles vous n'avez pas contribué davantage à la vie communautaire ?

Je pris une profonde inspiration.

– Ne croyez pas que je ne m'intéresse pas aux affaires de la communauté. Simplement, je ne viens pas d'un milieu m'ayant permis de m'y intéresser.

L'homme me fixa d'un air sévère.

– Pouvez-vous être plus explicite ?

A contrecœur, je me résignai à expliquer d'où je venais.

– Depuis l'âge de quinze ans, j'ai été contraint de faire des petits boulots après l'école pour aider ma famille. Et ces deux dernières années, j'ai dû consacrer tout mon temps à soigner ma mère malade. Pendant ma première année à l'université, je me suis certes inscrit dans une ou deux associations caritatives mais, comme finalement je n'ai pas pu prendre part à ces activités, je n'ai pas jugé honnête de les citer dans mon *curriculum*.

Un deuxième homme prit soudain la parole :

– Je suis le professeur William Doxey, du département de la communication. J'ai une objection encore plus grave à votre candidature : qu'est-ce qui nous garantit que vous n'abandonnerez pas de nouveau vos études ? N'oubliez pas que, si nous vous accordons cette bourse, nous privons un autre étudiant qui en a peut-être plus besoin que vous…

– Je vous en donne ma parole.

Il eut un sourire condescendant :

– Bien entendu, mais pouvez-vous nous le garantir ?

Je contemplai en silence la rangée de visages dénués d'expression. Une colère sourde couvait en moi. J'en avais assez d'avoir sans cesse à justifier le temps passé au chevet de ma mère. Comme si, en la soignant, j'avais moins bien agi que si j'avais appartenu à l'une de ces associations qui, sous couvert de charité, permettaient en fait aux jeunes des classes aisées de se réunir pour s'amuser. Les vrais actes de générosité s'accomplissent toujours à l'abri des regards.

– Parce que ma mère ne peut pas mourir deux fois.

Mon interlocuteur resta de marbre, mais ses collègues eurent un sourire grimaçant. Une expression désabusée se peignit sur les traits du recteur. Il interrogea les autres du regard :

– Personne n'a d'autre question à poser à M. Keddington ?

Comme tous se taisaient, il se tourna vers moi :

– Merci, Michael. Avez-vous quelque chose à ajouter avant de nous quitter ?

Je me levai.

—Je tiens à vous remercier de m'avoir donné ma chance. Après tout, c'est tout ce qu'on demande dans la vie.

Tandis qu'on me faisait sortir avec empressement, je vis que le professeur Doxey souriait.

Le soir, je téléphonai à Faye à Baltimore pour lui raconter mon entretien. Toujours d'un optimisme inébranlable, elle se déclara convaincue qu'ils allaient m'accorder la bourse.

Le lendemain, à midi, Alice entra dans la salle des employés au moment où je m'asseyais pour attaquer mon déjeuner.

—Je te croyais en congé aujourd'hui, dis-je.

—Je suis venue pour t'inviter à déjeuner.

J'abaissai mon regard sur mon plateau où du blanc de poulet refroidissait sous une couche de sauce gélatineuse.

—Et gâcher de la nourriture ?

—Tu peux emporter ton assiette, si tu y tiens tellement.

—Et en quel honneur, cette invitation ? questionnai-je en me levant.

—Je veux te remercier d'avoir proposé de me remplacer pour le réveillon de Noël.

—Attends-moi, je vais me débarrasser de ça, dis-je en rapportant mon plateau à la cafétéria.

Dans le fond d'Ogden Canyon, il existe l'une des meilleures tables de la région, un endroit un peu étrange, moitié boutique, moitié restaurant. Faye et moi y venions souvent et visiblement, Alice était elle aussi une habituée. Une fois installés, la serveuse ne lui a même pas demandé ce qu'elle voulait, déclarant d'emblée qu'elle la servait «comme d'habitude».

—Tu travailles ce soir ? interrogea Alice un peu plus tard, tout en jouant avec sa salade chinoise du bout de sa fourchette.

—Oui, ça fera la deuxième garde en deux jours.

– Encore ! Et deux jours de suite ! Je ne sais pas comment tu tiens le coup.

– C'est facile quand on n'a pas d'argent.

– Ce n'est pas comme ça que tu vas t'enrichir, dit-elle en prenant une bouchée de salade. Alors ça te plaît de travailler dans une maison de retraite ?

– J'ai mis un peu de temps à m'habituer.

– Moi, j'ai mis un an et ensuite, un mois pour développer une allergie à la résidence Arcadia. Les personnes âgées me rendent folle.

– Dans ce cas, pourquoi restes-tu ?

– A cause de mon père.

Je posai sur elle un regard étonné.

– Ton père est un résident ?

Elle éclata de rire.

– Non. Tu ne sais pas qui est mon père ?

– Je n'en ai pas la moindre idée, répondis-je en secouant la tête.

– Starley Richards... Il est à la tête de la direction des affaires sociales de l'Utah.

Ce nom ne m'était en effet pas inconnu.

– C'est vraiment ton père ?

– Il me destine à un poste de directrice.

– Comme celui d'Helen ?

Alice fit la grimace devant cette comparaison.

– D'une certaine manière, oui.

– Pourquoi voudrais-tu prendre sa place ?

– C'est une place convenable et au moins on n'est plus grouillot.

– Je me demandais aussi pourquoi vous vous entendiez si mal, toutes les deux.

– Ça s'appelle du népotisme, ou du favoritisme, si tu préfères. Elle ne peut pas me renvoyer et ça la rend dingue. Mon père est en quelque sorte le patron de son patron.

Pour dégager son front, elle repoussa en arrière la masse de ses cheveux et ajouta pour changer de sujet de conversation :

– Il y a longtemps que je n'ai pas vu ta petite amie.

– Elle est à Baltimore, elle cherche un appartement.

– Ah oui ! tu m'avais dit, Johns Hopkins. Baltimore, c'est drôlement loin.

– A ce qu'il semble.

– Depuis combien de temps vous sortez ensemble ?

– On s'est rencontrés l'été dernier.

– C'est toujours la lune de miel, alors... Elle est vraiment très belle.

– C'est aussi mon opinion.

– Mais elle n'est pas ton type.

– Trop belle pour moi ?

– Non, toi aussi tu es très beau. Mais elle, c'est une princesse. Tu es plutôt le genre «blue-jean» alors qu'elle, elle a grandi dans la soie et le velours.

Je ne pus réprimer un sourire.

– Tu as raison, c'est un de nos problèmes. On voudrait se marier, mais nos milieux d'origine sont totalement différents. Il m'est impossible de lui offrir la vie à laquelle elle est habituée. Franchement, je ne sais pas si je cherche à la protéger ou à me protéger moi-même en vue du jour où elle en aura assez de moi et qu'elle me quittera.

Alice hocha la tête, comme si elle comprenait.

– Et toi, Alice ? Tu dois avoir une foule d'admirateurs.

– Au moins une douzaine. Mais c'est pour rire. Le mois dernier, il y en a eu un qui m'a même demandé ma main.

– Et tu lui as répondu quoi ?

– De redescendre sur terre.

– Tu as trop de charme, voilà la vérité, ça te joue des tours.

Elle rit de bon cœur.

– La vie est trop courte. Mais je préférerais mourir jeune que de finir comme ces vieux d'Arcadia. Tu sais de quoi ils parlent du matin au soir ? De leur digestion et de leurs pieds. Quand tu es jeune, tu n'y penses même pas, mais à partir d'un certain âge, il n'y a plus que ça qui compte. Le jour où je me mettrai à parler de mes petites douleurs en public, alors là, je m'ouvrirai les veines, je te jure.

Je fis la moue.

– Je n'ai pas envie de finir comme cette recluse du deuxième étage, ajouta-t-elle.

– Tu veux parler d'Esther ?

Elle fit un geste de la main comme pour chasser une mouche.

– Pauvre vieille folle, elle passe ses journées à pleurnicher entre les quatre murs de sa chambre.

– Sais-tu ce qui la chagrine tellement ?

– Démence sénile.

– Pourtant, quand je lui ai parlé, elle m'a semblé, au contraire, avoir toute sa tête.

– Elle t'a vraiment parlé ?

– Dès le premier jour.

– Moi, ça fait trois ans que j'y suis et j'ai à peine entendu le son de sa voix. Elle parle à Helen de temps en temps, sans doute parce qu'elles sont toutes les deux bizarres.

Je fis la sourde oreille, préférant ignorer son allusion blessante à propos d'Helen. Je consultai ma montre et vidai d'un trait mon verre de Coca-Cola :

– Il faut que je rentre maintenant.

Sans se presser, Alice sortit un rouge à lèvres et un poudrier de son sac et retoucha son maquillage.

– On devrait recommencer un de ces jours, dit-elle en refermant d'un coup sec son poudrier et en ramassant l'addition. La prochaine fois, je te laisserai m'inviter.

Ce soir-là, je portais son dîner à Esther quand Helen m'arrêta dans le couloir pour examiner le plateau.

– C'est pour qui ?

– Pour Esther.

– Non, Esther est au régime sans sel. Elle a le cœur malade, dit-elle d'un ton un peu sec. Il faut toujours vérifier les fiches des malades.

Blessé dans mon amour-propre, je me défendis :

– Excusez-moi, je sais que sa fiche porte une étiquette rose indiquant qu'elle est au régime sans sel. Mais, tout à l'heure, elle a demandé une tranche de jambon pour son dîner.

Helen hocha la tête avec indulgence.

– Il lui arrive de tricher.

– Elle a une maladie grave ?

– Elle risque un arrêt cardiaque.

– Ça se soigne ?

– Si elle le voulait, on pourrait lui faire un pontage coronarien. Mais elle ne veut pas en entendre parler. Et de toute façon, à son âge, je ne pense pas qu'elle puisse survivre à une intervention aussi lourde. Elle prend seulement des médicaments pour stabiliser son état.

Helen me donna une petite tape amicale sur l'épaule avant d'ajouter :

– Vous faites du bon travail, mais attention à ne donner aux résidents que ce qui est indiqué sur leur fiche. Ils essayent toujours de vous soutirer un petit quelque chose qui n'est pas bon pour eux.

– Cela ne se reproduira pas.

Elle était sur le point de redescendre lorsque, brusquement, elle se ravisa :

– Vous êtes de garde cette nuit ?

J'acquiesçai.

– Je n'ai pas eu le temps de m'occuper d'Esther aujourd'hui. Pouvez-vous l'accompagner dans sa promenade ? Faites-lui parcourir le couloir du deuxième étage. Une demi-heure environ lui suffit. Ne lâchez surtout pas son bras... Et puis, il faut aussi lui lire la rubrique nécrologique dans le *Tribune*.

– La rubrique nécrologique ?

– Esther ne peut pas s'en passer. Un jour, j'avais oublié d'acheter le journal. Il a fallu que j'envoie tout de même quelqu'un le lendemain à Salt Lake City pour retrouver le numéro manquant.

Je me précipitai à la cafétéria pour changer le jambon d'Esther, puis passai prendre le *Tribune* dans le bureau d'Helen. Je me dirigeai ensuite d'un pas ferme vers la chambre de la vieille dame. Sa porte était entrebâillée. Des sons mélodieux s'échappaient d'un vieux gramophone – une symphonie ponctuée de staccatos exécutés par une douzaine de violons. Esther était assise dans son fauteuil à bascule, les yeux fermés, la main sur son cœur, caressant le bijou suspendu à son cou au bout d'une chaîne. Je ne vis pas tout de suite que son visage ruisselait de larmes. Elle pleurait en silence, son fauteuil oscillant au rythme de la musique. Je frappai à la porte. Elle ouvrit les yeux et essuya vivement ses larmes.

– C'est vous, Helen ?

– Non, c'est moi. Michael. Je vous ai apporté votre dîner.

J'entrai dans la chambre et posai le plateau sur une table d'hôpital pliante, près du lit. Je reconnus autour de son cou le médaillon que j'avais ramassé par terre la semaine précédente. Je soulevai le couvercle du plateau.

– Ça ne sent pas le jambon.

– Helen m'a arrêté en route. Il paraît que vous avez voulu me jouer un tour.

– Où est Helen ? demanda-t-elle.

– Elle avait des courses à faire, elle est partie plus tôt. Elle m'a chargé de vous lire la rubrique nécrologique, puis de vous accompagner dans votre promenade.

Elle ne fit aucun effort pour cacher son mécontentement.

– Vous avez le *Tribune* ?

– Oui.

– Le *Salt Lake City Tribune* ? Vous pouvez couper la musique.

Je soulevai le bras du Gramophone. Le disque noir, épais, usé par le temps, cessa peu à peu de tourner.

– Venez vous asseoir près de moi que je vous entende. Vous parlez si bas.

– Vous ne voulez pas prendre d'abord votre repas ?

– Non, fit-elle d'une voix sèche.

Je remis le couvercle sur le plateau, puis m'assis à son chevet et ouvris le journal à la page de la rubrique nécrologique.

– « Dennis Mecham, notre regretté père et époux, nous a quittés... »

– Ne lisez pas tout, juste les noms.

Une fois que j'eus terminé la lecture du dernier nom, je repliai le journal.

– C'est tout.

– Vous les avez tous lus ?

– Oui, madame.

– Vous êtes bien sûr ?

– Il n'y en avait que douze aujourd'hui. Vous vous attendiez à trouver quelqu'un de connaissance ?

– Non, personne, répondit-elle en croisant les mains sur ses genoux et en se renfonçant avec douceur dans son fauteuil.

– Si vous voulez, maintenant, nous pouvons aller nous promener.

– Je n'ai pas besoin de marcher.

– Il le faut, dis-je en me levant. Vous avez besoin d'exercice.

Je fis mine de lui prendre le bras. Elle se déroba.

– Je n'ai pas besoin de marcher.

– Si, il le faut.

Elle se rembrunit.

– Je n'irai pas avec vous.

Son obstination finit par m'exaspérer.

– Si vous voulez faire perdre son temps à quelqu'un d'autre, allez-y. Mais on m'a confié un travail. Et ça vous fera du bien de prendre un peu l'air et de sortir un peu d'ici.

– Comment savez-vous ce qui est bon pour moi ? Vous n'êtes pas infirmier. Vous n'avez aucune expérience. Vous ne vous êtes jamais occupé de qui que ce soit.

Ce n'était pas sa première remarque désobligeante à mon égard, mais cette fois, elle me blessa. La vivacité de ma réaction me surprit tout autant qu'elle.

– Je viens de passer deux ans à ne faire que ça ! Je me suis occupé de ma mère, j'ai tout fait pour elle, comme si elle était un bébé, et je l'ai fait jusqu'à son dernier souffle. Je pense que j'en sais, au contraire, très long sur ce sujet.

Ma voix résonna dans le silence. Esther resta immobile et muette. Je poussai un soupir d'exaspération, furieux de m'être laissé emporter par la colère. Elle avait gagné, me dis-je. Je me levai pour partir quand, sans explication, Esther se leva à son tour et tendit le bras vers moi. J'entrevoyais enfin ce qu'il y avait sous cette «carapace» dont avait si bien parlé Helen. Je la pris par le coude. Je ne l'avais jamais vue qu'assise dans son fauteuil. Pourtant, elle n'avait rien d'une infirme. En fait, elle était plutôt souple et avait seulement besoin de mon assistance pour la guider. Après un quart d'heure de promenade silencieuse dans les couloirs du deuxième étage, elle se mit à parler :

– Vous aimiez beaucoup votre mère, non ?

– Elle était ma meilleure amie.

– Je ne me souviens pas de ma mère. Elle est morte une semaine après ma naissance. C'est mon père qui s'est occupé de moi.

Je ne répondis pas. Elle s'enferma de nouveau dans son mutisme. Nous n'échangeâmes plus une seule parole jusqu'au retour dans la chambre. Elle se dirigea alors à tâtons vers son lit.

– Je voudrais dormir un peu. Soyez gentil de fermer la porte en partant.

Je repris le journal d'Helen sur le secrétaire.

– Vous voulez que je vous réchauffe votre repas ?

Elle fit non de la tête.

– Je reviendrai vous voir demain.

J'étais sur le point de partir, quand elle me dit :

– Michael.

– Oui ?

– Croyez-vous que la vie nous réserve une seconde chance ?

– Que voulez-vous dire ?

– Quand nous avons commis une erreur, vous pensez que Dieu ou la destinée nous permet de la racheter ?

Après un instant de réflexion, je répondis :

– Je n'en sais rien. Nous commettrions sans doute encore une fois la même.

Ses épaules s'affaissèrent de manière presque imperceptible et d'une voix empreinte d'une grande tristesse, elle souffla :

– Merci de m'avoir fait la lecture.

Je me sentis coupable d'avoir provoqué ce chagrin.

– Je me trompe peut-être, dis-je, mais à moi, la vie ne m'a pas réservé de seconde chance.

– Vous êtes peut-être passé à côté sans vous en rendre compte.

En rentrant chez moi ce soir-là, je me demandai encore ce qu'elle avait voulu dire.

8

Une réception chez les Murrow

« Un vieil ami de mon père est passé à Béthel
aujourd'hui. Il retournait en Californie où il a
amassé une jolie fortune. Il s'est beaucoup moqué
de mon père. Il est de ceux qui se complaisent
à aiguiser l'estime qu'ils ont d'eux-mêmes sur
l'échec des autres. »

Extrait du journal intime d'Esther Huish

*F*aye rentra de Baltimore, ravie. Elle avait trouvé un appartement et avait manifestement hâte de commencer sa nouvelle vie. Son départ était fixé pour le 28 décembre. Cela nous laissait seulement trois semaines. La perspective de perdre Faye bientôt me la rendait encore plus chère. De jour en jour, je me sentais plus triste à l'idée que nous allions très vite, et pour très longtemps, nous trouver séparés.

Depuis ma conversation avec Alice lors de notre déjeuner en tête-à-tête, j'avais beaucoup réfléchi à notre histoire. Faye m'avait souvent demandé de l'épouser et j'y avais, en fait, beaucoup et trop souvent songé. J'étais un peu dans la situation d'un homme arrêté au bord d'un précipice et qui se demande s'il est bien sage de sauter ; plus il attend, plus il prend la mesure de la chute et plus il a peur. Et que tant de personnes dans notre entourage nous abreuvent de bons conseils ou d'avertissements n'arrangeait nullement les choses.

Comme tous les ans, la grande réception que les Murrow donnaient avant Noël était la réunion mondaine la plus sompteuse de la saison. Toutes les personnalités en vue de la région se retrouvaient alors dans la grande demeure étalant pour l'occasion un luxe inouï. Dans le jardin, les arbres se paraient d'illuminations blanches et dorées. Des guirlandes de houx s'enroulaient autour de la rampe de l'escalier, des appliques, des lustres et des lampes. La maison embaumait le pin, la bière de Noël et les bougies parfumées. A la tombée du jour, elle bruissait du brouhaha des conversations.

Faye et moi nous trouvions dans la salle à manger, assis au milieu d'un groupe d'invités, quand le Dr Murrow fit son entrée, accompagné d'un hcmme, aux cheveux gris, aux larges et remarquables épaules et de son épouse, qui avait l'air d'avoir vingt ans de moins que lui. Tous trois avaient un verre de vin blanc à la main.

– Ah! voici ma petite Faye! s'exclama le chirurgien en agitant son verre dans la direction de sa fille. Faye, tu te souviens du Dr Baird et de sa femme?

Mme Baird prit un air stupéfait:

– Mais vous avez tellement changé... vous êtes devenue une beauté, ma parole!

– Merci, dit Faye d'un air modeste en se levant.

– Si je comprends bien, vous mettez vos pas dans ceux de votre père.

– J'essaye. Grâce en partie au Dr Baird. Merci encore, docteur, pour votre lettre de recommandation...

Son interlocuteur sourit.

– Cela me fait plaisir de penser que j'ai encore un peu de poids. On m'a dit que ça vous avait aidée.

– J'ai été reçue à Johns Hopkins. Un de mes rêves est devenu réalité.

L'homme aux cheveux gris leva son verre.

– La profession ne peut être que fière d'accueillir quelqu'un de votre qualité.

– Et qui est ce beau jeune homme ? s'enquit Mme Baird en se tournant vers moi.

– Michael, mon petit ami, dit Faye.

– Alors comme ça, Murrow, tu vas doublement perdre ta fille, plaisanta le Dr Baird.

Le chirurgien ne trouva pas la plaisanterie à son goût. Ses traits se durcirent. Il me considéra d'un air plein de mépris puis, soudain, un sourire sardonique retroussa ses lèvres. Quand il reprit la parole, ce fut d'une voix forte, destinée à être entendue à l'autre bout de la pièce :

– Ginny m'avait prié de leur parler. Elle les trouvait trop jeunes pour se marier. J'ai demandé à Michael comment il comptait payer le loyer. « Je m'en remets à Dieu », m'a-t-il répondu. Alors je lui ai demandé de me dire comment il allait mettre de la nourriture sur leur table. « Je m'en remets à Dieu », m'a-t-il répondu. Je suis rentré à la maison et j'ai annoncé à Ginny d'abord la mauvaise nouvelle : « Notre fille va avoir la vie dure ; puis la bonne : son fiancé me prend pour Dieu... »

Tout le monde éclata de rire. Faye fusilla son père du regard. Il remarqua sa colère et se tourna vers ses invités :

– Je vais aller chercher une autre bouteille de vin. Faye, viens m'aider...

Faye posa son verre et sortit avec lui. Quelques minutes plus tard, elle revint, seule, les yeux rougis.

– Viens, Michael. Partons.

Je posai aussitôt mon cocktail de fruits.

– Qu'est-ce qu'il y a ?

– Emmène-moi loin d'ici.

Une fois dans la voiture, elle se mit à pleurer.

– Que s'est-il passé avec ton père ?

– Tu veux dire, en plus d'avoir été humiliée devant tout le monde ?

– Ton père est coutumier du fait.

– Ils sont tellement méchants, tellement méchants...

– Qu'est-il arrivé d'autre, Faye ?

– C'est ma mère... pour la première fois, elle s'en est mêlée. Elle me reproche de déchirer notre famille, murmura Faye en s'essuyant les yeux. Tu comprends, je les aime, Michael. Je n'ai pas envie de leur faire de peine.

Et, levant vers moi un regard noyé de chagrin, elle soupira :

– Pourquoi est-ce mal de t'aimer ?

J'étais horrifié de la voir souffrir ainsi, car son père avait beau être le responsable direct de sa tristesse, j'en étais, en quelque sorte, le catalyseur. Dans un sens, son père et moi étions comme deux rivaux se disputant la même femme. Et les antagonismes de cette nature s'arrangent, hélas ! rarement à l'amiable. Hélas ! j'étais celui dont on pouvait se passer le plus aisément. Comme je ne pouvais rien dire pour la consoler, je la pris dans mes bras avec calme et partageai son chagrin.

9

Les menaces du chirurgien

«Aujourd'hui, un certain M. Foster a pris
une chambre à l'auberge. C'est un homme riche.
Il est venu à Béthel dans l'intention d'acheter
Pate Mine. Il m'a parlé avec condescendance au
moment où je lui servais son repas. Ensuite, sans
doute parce qu'il m'a trouvée jolie, il m'a invitée
à me joindre à lui. J'ai décliné son offre. La compagnie des riches est souvent aussi indigeste que les
plats qu'ils mangent. »

Extrait du journal intime d'Esther Huish

*J*e suis toujours surpris de voir avec quelle facilité les
hommes nient la réalité. Il faut avouer que, avant mon arrivée
à Arcadia, l'idée même du vieillissement m'avait été étrangère.
Non pas parce que je voulais me la cacher, mais tout simplement à cause des circonstances. Je ne connaissais personne
pouvant être qualifié de «vieux». Mes parents avaient tous
les deux quitté ce monde avant leur quarante-cinquième année
et je n'avais connu ni mes grands-parents paternels, par
la volonté de mon père, ni mes grands-parents maternels, par la
volonté de Dieu. Les gens âgés me semblaient, par conséquent,
appartenir à une autre société, aussi éloignée de la mienne que
celle d'un peuple ne parlant pas l'anglais. A cette différence
près cependant, qu'un jour ou l'autre, je deviendrais vieux,
moi aussi, à moins que la mort ne vienne me faucher de façon
prématurée. Mais, je le répète, nous avons du mal à regarder la

vérité en face et la vieillesse, comme la mort, est toujours pour les autres.

Le mercredi matin, Helen, arborant un chandail tricoté main d'un vert criard brodé de guirlandes de Noël, s'arrêta pour me parler dans la salle des employés.

— Ainsi, c'est vous qui, désormais tous les jours, vous chargez de la promenade d'Esther ?

— Vous avez l'air étonné.

— Franchement, oui. Personne, à part moi, n'a jamais été capable de la faire sortir de sa chambre.

— Vous ne m'aviez pas dit ça ?

— J'ai jugé qu'il valait mieux vous jeter dans la gueule du loup et voir ce qui allait se passer.

— Il était sans doute préférable que j'ignore ce détail. C'est une femme curieuse. Que savez-vous d'elle ?

— Pas grand-chose. Elle était à l'origine dans une autre maison, à Bountiful. Mais, au départ, elle vient d'une petite ville minière du nom de Béthel, près de Tooele. Maintenant, c'est une ville fantôme...

— Comment le savez-vous ?

— Je lui ai demandé, dit-elle en me tendant mon emploi du temps. J'ai aussi noté que vous remplacez Alice pour le réveillon de Noël.

— Ça pose un problème ?

— Non, mais je voulais simplement m'assurer qu'elle ne vous y avait pas forcé.

— Elle ne m'a même rien demandé.

— Prévenez-moi si elle vous fait des ennuis, dit Helen avant de sortir.

Un peu plus tard, cet après-midi-là et pour la première fois, j'emmenai Esther se promener au premier étage, me disant qu'un changement de décor serait le bienvenu. Plus de mon point de vue que du sien, en fait, puisqu'elle ne voyait pas. En passant devant la porte d'Henri, j'entendis ce dernier tousser comme s'il s'arrachait les poumons.

– On dirait que sa santé ne s'améliore pas, dis-je en faisant la grimace. Vous connaissez Henri?

Esther fit oui de la tête:

– Je vais vous confier quelque chose à propos d'Henri.

Je retins mon souffle, m'attendant à une révélation qui jetterait une lumière sur le mystère de l'homme silencieux.

– Henri est vieux.

Je ne pus réprimer un sourire:

– Mais tout le monde est vieux ici.

– Non, Henri est vraiment vieux. Même pour moi. Il a perdu sa jambe pendant la Première Guerre mondiale. Un obus la lui a arrachée à partir du genou.

– Comment savez-vous ça?

– Il me l'a dit.

– Henri parle?

– Quand il en a envie. Mais il n'a rien à dire à la plupart des gens, surtout aux Blancs. Il n'a pas confiance en eux.

– Pourtant, il devrait faire confiance au moins à une personne. J'ai du mal à lui faire prendre ses médicaments et il refuse d'arrêter de fumer.

– Il n'a peut-être pas envie de guérir.

– Vous croyez qu'il veut se laisser mourir?

– Il est tout seul. Tous ses amis sont morts. C'est un héros. Il a une panoplie de décorations, mais on lui met des couches comme à un bébé... Est-ce que vous voudriez continuer à vivre, vous?

– Sans doute pas.

– Non, répéta-t-elle, sans doute pas.

Comme je laissai ces mots résonner dans mon esprit, un cri déchirant s'éleva tout à coup à l'autre bout du couloir.

– Attendez-moi là, dis-je.

Je laissai Esther debout contre le mur et courus voir ce qui se passait. En haut de l'escalier, je vis un attroupement de résidents autour de deux vieilles dames, connues respectivement sous les noms de Della et Edna. Chacune sur son fauteuil roulant affrontait l'autre, le poing levé, prête à se battre. Je n'eus pas le temps d'empêcher Edna d'empoigner Della par les cheveux et j'eus toutes les peines du monde à séparer leurs deux fauteuils, essuyant une gifle en guise de remerciement.

Sharon arriva sur ces entrefaites, mais elle resta en arrière avec prudence.

– Mesdames, que se passe-t-il ?

Les deux femmes se fusillèrent du regard. Edna fut la première à prendre la parole et elle agita un index accusateur en direction de Della :

– Espèce de voleuse, elle m'a pris mon sac à main !

Puis, avec un visage déformé par la colère, elle ajouta :

– Si j'avais un fer à repasser, tu verrais ce qu'il t'en coûterait.

Je me tournai vers Della qui haletait de façon bruyante et inquiétante.

– C'est vrai, Della ?

– J'ai trouvé ce sac, je ne savais pas qu'il était à elle.

– Della, rendez son sac à Edna !

En guise de réponse, Della toisa son accusatrice d'un air de défi.

– Elle ne peut pas me le rendre, dit Edna avec impatience. Elle l'a perdu.

Della baissa la tête, soudain penaude.

– C'est vrai, Della ? Vous l'avez déjà perdu ?

– Pas « déjà », précisa Edna. C'était en 1942.

– Della vous a pris votre sac il y a quarante ans et vous êtes encore furieuse contre elle ?

– Je viens de m'en rappeler, admit Edna en guise d'explication.

Sharon plaqua la main contre sa bouche pour s'empêcher de pouffer de rire, puis elle s'avança et prit les poignées du fauteuil de Della.

– Allez, Della, je vais vous descendre.

L'incident clos, je retournai auprès d'Esther qui avait longé le mur à tâtons pour se trouver une chaise. Je m'assis à côté d'elle.

– Excusez-moi de vous avoir abandonnée, dis-je.

– Ce n'est pas grave. Della et Edna se disputaient encore à cause de cette histoire de sac ?

– C'est déjà arrivé ?

– Ça arrive de temps en temps. Edna se souvient de cette vieille histoire de sac et elle saute à la gorge de Della.

Je hochai tristement la tête.

– Pauvre femme.

– Della ne devrait même pas être ici.

– Pourquoi ?

– Elle avait sa propre maison. Avec un jardin et des fleurs qu'elle adorait.

– Qu'est-elle devenue ?

– Ses enfants, qui habitent Seattle, l'ont invitée à venir les voir. Et pendant ce temps, ils ont vendu la maison en douce prétendant l'avoir fait pour son bien. Mais tout ce qui les intéressait, c'était l'héritage. Ils ont décidé que Della vivait, à leur goût, trop longtemps, alors ils se sont servis. C'est méprisable, dit-elle d'un ton sec.

– J'espère qu'il y a, en enfer, des lacs spéciaux réservés aux gens qui abusent des faibles.

– Vous croyez à l'enfer, vous ?

– Plus facilement qu'au paradis, répondis-je.

– Je crois à l'enfer ; et au ciel. Mais pour moi, c'est le même endroit.

– Que voulez-vous dire ?

– Je pense que la mort nous met devant le résultat de nos actions, les bonnes comme les mauvaises ; dans l'au-delà, on ressentira les peines et les joies que l'on a provoquées ici-bas. Quel que soit le lieu où l'on se trouvera.

– Et que faites-vous des fameuses flammes de l'enfer ?

– C'est une métaphore... Sinon, comment décrire un tel tourment ?

– Ce serait juste, pourtant.

– Je pense que le ciel est juste, répliqua Esther qui aussitôt ajouta : Michael, d'où venez-vous ?

– Je suis né à Cheyenne, dans le Wyoming, mais ensuite j'ai beaucoup voyagé. J'avais seulement douze ans quand ma mère et moi sommes arrivés à Ogden.

– Dans quel quartier ?

– Au départ, là où nous trouvions à nous garer. Nous avons habité un *break,* une vraie ruine qui avait vingt ans. Ça a duré six mois.

– Où était votre père ?

– Je ne sais pas. Mais la question ne se posait même pas, dis-je en promenant mon regard autour de moi. Vous êtes prête à reprendre la route ?

Esther fit signe que oui et je me levai pour l'aider. C'est alors que Sharon réapparut.

– Michael, il y a un monsieur qui t'attend en bas. Un type très élégant, d'une politesse... et d'une impatience !

– Je n'attends personne.

– Il est peut-être de l'université, suggéra-t-elle. Je raccompagne Esther, si tu veux.

Je serrai la main de la vieille dame dans la mienne :

– Nous n'allons pas y arriver aujourd'hui.

– Allez voir qui vient vous rendre visite, me dit-elle.

Sharon prit le bras d'Esther et je descendis par l'escalier. Le Dr Murrow m'attendait dans un des fauteuils en vinyle bordeaux du foyer. Nous ne nous étions pas revus depuis la réception. Il leva tranquillement la tête en me voyant approcher.

– Bonjour, Michael.

– Docteur Murrow ! Qu'est-ce qui vous amène ?

Il se leva d'un bond et me tendit la main. Je la pris d'un air embarrassé.

– Excusez-moi de venir vous déranger sur votre lieu de travail. Je suis juste passé vous inviter à dîner, ce soir, avec moi.

Son apparente cordialité me parut extrêmement suspecte.

– Je ne suis pas libre avant six heures. Et Faye sort avec une copine ce soir.

– Nous n'avons pas besoin de Faye. Nous pourrons parler tous les deux. Je passerai vous prendre vers six heures.

Si c'était un piège, il valait mieux que je m'assure une porte de sortie.

– Je préfère vous retrouver quelque part.

– A La Fleur de Lis, vers six heures ? Vous êtes mon invité, naturellement.

Il sourit de nouveau. Nous savions l'un comme l'autre que c'était une offre que je ne pouvais refuser.

– Six heures, entendu.

– Parfait, je vous attendrai.

Je me demandai, en effet, ce qu'il attendait de moi.

J'arrivai à six heures et quart devant l'élégant restaurant français. Le parking ressemblait à une exposition de voitures de luxe où bolides italiens aux lignes aérodynamiques côtoyaient grosses berlines de marque allemande à la carrosserie et aux chromes étincelants. Un jeune homme en livrée considéra ma vieille américaine d'un œil goguenard.

– Voulez-vous que je vous la gare ?

– Oui, pourquoi pas ?

Je lui donnai la clé et entrai dans le restaurant baignant dans une lumière tamisée. Le maître d'hôtel me toisa d'un air désapprobateur puis, sans un mot, disparut derrière un épais rideau pour revenir quelques instants plus tard en portant à bout de bras une veste bleu marine.

– Vous serez sûrement plus confortable là-dedans, me dit-il avec un sourire hautain en me présentant la veste.

A l'instant même, le Dr Murrow surgit de la salle à manger. Il était vêtu d'un costume impeccable en drap de laine de teinte sombre et d'une cravate en soie rouge ornée d'un blason.

– Michael, quelle joie que vous ayez réussi à venir ! dit-il comme s'il s'était sérieusement demandé si j'allais être au rendez-vous. J'ai réservé une table.

Je le suivis jusqu'à une table ovale dressée pour deux personnes. Mon regard se promena sur les verres en cristal gravé, les serviettes damassées, la longue corbeille à pain contenant une baguette tranchée et la bouteille de whisky ouverte. Au milieu, un vase en argent débordait de jacinthes parfumées. Il me fit signe de m'asseoir, puis dès qu'il fut lui-même assis, il s'empara de la bouteille.

– Avez-vous déjà bu du *Laphroaig* ?

– Non, monsieur.

– C'est un excellent scotch. Tout à la fois sec et onctueux, avec quelques notes boisées.

Il me fit penser à un acteur dans un film publicitaire.

– En fait, je ne bois pas.

– Voilà qui devrait vous guérir de votre sobriété, dit-il en remplissant mon verre. Un peu d'alcool, c'est bon pour la santé.

– C'est ce que mon père disait toujours.

La comparaison n'eut pas l'air de lui faire plaisir.

– Alors comme ça vous faites partie des personnes sobres ?

– Oui, monsieur.

– Appelez-moi Ben, dit-il en se versant lui-même un verre et en buvant lentement, plus, me sembla-t-il, pour son bien que pour le mien. Même les scientifiques ne peuvent pas expliquer pourquoi on ne peut fabriquer ce whisky qu'en Écosse. Et dans les affaires, les contrats sont toujours scellés par un verre de scotch. C'est la boisson officielle en quelque sorte.

Je me demandai pourquoi il me racontait tout cela. Un serveur en smoking surgit comme de nulle part, déplia nos serviettes, les étendit sur nos genoux et nous présenta à l'un comme à l'autre un menu ouvert. Je notai que les plats étaient écrits en français. J'aurais pu me nourrir pendant une semaine entière rien qu'avec le prix d'un seul d'entre eux.

– Vous avez déjà dîné ici ? questionna le chirurgien.

Je levai vivement les yeux du menu.

– Non, ce n'est pas exactement dans mes moyens.

En voyant son expression satisfaite, je compris que j'avais ajouté une flèche supplémentaire à son carquois – la franchise avait toujours été un de mes points faibles.

– Je vous recommande le chateaubriand. Ou si vous aimez les fruits de mer, les coquilles. Elles sont servies dans une sauce au cognac, me précisa-t-il en me considérant d'un air condescendant. A moins que vous ne soyez contre.

J'ignorai sa remarque et me replongeai dans l'étude du menu. L'instant d'après, le Dr Murrow leva la main et un serveur s'avança vers notre table.

– Qu'avez-vous choisi, ce soir, docteur?

– Le chateaubriand et la salade verte avec votre vinaigrette maison.

– Et vous, monsieur?

– Je prendrai la même chose, dis-je.

Le chirurgien se servit d'un morceau de pain.

– J'ai failli devenir cuisinier. J'aime beaucoup faire la cuisine. Hélas! je n'en ai pas souvent l'occasion. Bien sûr, Ginny se défend plutôt bien aux fourneaux.

– Mme Murrow est sortie ce soir?

– Non, répondit-il sèchement.

A mesure que la soirée se prolongeait, le médecin s'exprimait avec plus de familiarité, comme si nous dînions souvent ensemble et presque comme si nous étions de vieux copains, ce qui avait pour résultat de me plonger dans une inquiétude plus vive encore. Il fallut attendre que l'on nous ait servi notre plat de résistance pour qu'il abatte sa première carte.

– Vous êtes sûrement en train de vous demander de quoi je voulais vous parler. Nos relations n'ont jusqu'ici pas été exactement... amicales, dit-il en pesant ses mots.

J'attendis son explication.

– Je voudrais m'excuser de la façon dont je me suis conduit avec vous. Vous valez mieux que je ne pensais.

– Vraiment?

– Oui, j'ai compris que vous n'êtes pas un coureur de jupons, vous êtes vraiment amoureux de ma fille.

J'étais stupéfait qu'il ait bien voulu enfin l'admettre.

– J'aime Faye de tout mon cœur.

– C'est bien ce que je pense, dit-il rapidement. Je pense que vous êtes sincère. Car sinon qu'est-ce que serait l'amour?

Il découpa un morceau de viande et sourit tout en mâchant.

– L'amour est un mot tellement galvaudé de nos jours. Dès qu'une femme nous plaît, à nous autres hommes, on se dit amoureux comme d'autres se déclareraient malades. Mais l'amour, c'est plus que ça, non?

– Je pense que oui.

– J'ai mis des années à accepter que lorsque l'on aime vraiment quelqu'un, on doit dépasser son propre désir. Aimer, c'est désirer le bonheur de l'autre. C'est pourquoi l'amour exige des sacrifices. Quelquefois douloureux.

Il marqua une pause, comme pour bien appuyer ses paroles.

– Avec certains autres garçons que Faye a ramenés à la maison, je n'aurais jamais pu avoir cette conversation. Mais vous n'êtes pas comme les autres. Vous comprenez ce que je veux dire.

Son allusion aux «autres garçons» m'avait piqué au vif, mais je me gardai bien de le lui montrer.

– Je crois que oui.

– Je n'ai pas besoin de vous apprendre combien la vie est dure. On ne sait jamais quel malheur vous guette au prochain tournant. Le mariage n'est pas plus facile. Combien de couples roucoulent encore après quelques années de vie commune? Aucun...

Il se pencha vers moi, le front plissé.

– Et vous savez pourquoi?

– Non, monsieur.

– Parce que la passion est une illusion. On a l'impression de vivre dans un état de grâce où rien n'est plus impossible. On va conquérir le monde. C'est ainsi que commencent toutes les histoires d'amour. Mais l'argent finit toujours par se ternir et les lunes de miel par se terminer. Elle se met à se plaindre que vous ne l'avez pas sortie à dîner depuis un mois, que son compte en banque n'est pas assez bien fourni, alors même que vous travaillez comme un forcené.

Il but une gorgée de whisky.

– Au début on est toujours tout feu tout flamme, puis les braises tiédissent.

– C'est ce qui vous est arrivé avec Mme Murrow?

Il n'apprécia pas ma question et, pour la première fois, j'entrevis la colère qui couvait sous le masque affable. Il eut alors un petit sourire mystérieux, comme s'il s'agissait d'un jeu entre nous et que je venais de gagner un point.

– Vous savez que la passion finit toujours par s'user et que vous reste-t-il? Seulement la vie que vous avez bâtie pour vous-même.

– Je suis peut-être naïf, répondis-je, mais je pense que vous avez tort. Je pense que la lune de miel n'est que le prélude du véritable amour. Ce sont les épreuves qui forgent l'amour, tout comme la tolérance, la patience, la bonté...

Il me coupa la parole:

– Bien sûr, c'est l'idéal. Mais l'idéal existe-t-il? C'est toujours un mariage, non? Par exemple, vous croyez que votre mère aimait votre père quand elle l'a rencontré?

Sa référence à mes parents me prit de court.

– Bien sûr.

– Et lui, il l'aimait?

– Sans doute.

Sa bouche se pinça en un sourire cruel.

– Et comment ça s'est terminé?

Je posai ma serviette sur la table.

– Mon père était un alcoolique.

– On a tous nos faiblesses, non ? Seuls les imbéciles prétendent le contraire. Qu'est-il arrivé à votre mère ? Son amour l'a sauvée ?

– Il l'a abandonnée dans un monde de souffrances.

– Vous êtes un garçon intelligent, Michael. Vous pouvez peut-être rendre une femme très heureuse, si vous parvenez à rester tel que vous êtes. Car vous avez une lourde hérédité, Michael. Et je préférerais que vous ne fassiez pas courir ce risque à ma fille.

Ses yeux avaient à présent une expression féroce.

– Si vous aimez Faye, laissez-la partir. Si vous ne pensez qu'à vous, alors continuez à la voir. Ce n'est pas une décision facile, il faut trancher, il n'y a pas de compromis possible.

Je me tus, mais je sentais la rage bouillir dans mes veines.

– Ne croyez pas que je cherche à rabaisser ma fille, mais écoutez-moi bien. Faye est une fantaisiste. Une fantaisiste au cœur tendre. Elle était toujours la première à vouloir ramener le petit chien perdu à la maison. Mais il y a un prix à payer pour ce genre de générosité. Faye vous a-t-elle jamais parlé de sa première voiture ?

Je croisai les bras.

– ... Une Pontiac Trans Am noir et or, décapotable. Pendant un an, elle nous en a rebattu les oreilles. Aucune autre voiture ne trouvait grâce à ses yeux. Et, en bon père que je suis, le jour de son seizième anniversaire, j'ai veillé à ce qu'elle ait à la fois son permis de conduire et sa Trans Am. A peine trois mois après, elle en voulait une autre. Le tout dernier modèle.

Le chirurgien marqua une pause, comme pour s'assurer que j'avais bien saisi la comparaison.

– Faye va partir pour Baltimore. Là-bas, elle va rencontrer des jeunes gens de bonne famille qui mènent des vies agréables, confortables. Vous pensez vraiment faire le poids ?

Pour l'instant, elle se contente peut-être d'une Pontiac, mais que va-t-il se passer quand elle va monter dans une Ferrari ?

Il prit une autre gorgée en savourant l'effet que ses paroles avaient sur moi.

– Je ne voudrais pas que vous soyez mis au rancart. Faye part jeudi prochain. Il est encore temps de vous ménager une sortie honorable.

Je repoussai mon fauteuil en arrière.

– C'est maintenant que je dois faire ma sortie !

Il agita alors la main comme s'il s'agissait d'un jeu dont je n'avais pas bien saisi les règles.

– Non, non, asseyez-vous, la cuisine est merveilleuse ici. Vous n'avez presque pas touché à votre assiette.

– Je ne suis pas habitué, sans doute, à manger des mets aussi riches.

Brusquement, son expression se durcit et ses yeux se chargèrent de haine.

– Je veux que cela soit bien clair dans votre esprit : je ne me suis pas occupé de Faye pendant vingt années pour la céder à un crève-la-faim dans votre genre. Faye est une fille intelligente. Je suis sûr qu'un jour ou l'autre, elle se rendra compte de son erreur. Mais elle manque de suite dans les idées. D'ailleurs ce n'est pas la première fois qu'elle prend une décision à la va-vite et qu'elle se trompe dans son choix. Alors, j'ai décidé la chose suivante : si par malheur vous veniez à vous fiancer officiellement ou à vivre ensemble, elle n'aura plus un sou de moi : pas de carte bleue, pas de Johns Hopkins... Adieu la carrière de médecin.

– Vous ne pouvez pas lui enlever ça.

Le chirurgien resta de marbre.

– Faye a deux jeunes sœurs auxquelles je dois penser.

Il se cala confortablement dans son fauteuil et fit tourner son verre de whisky dans les paumes de ses mains.

– Pour être franc, ce sera juste lui donner un avant-goût de ce qui l'attend avec vous, Michael. Je me trompe ?

– Vous êtes un menteur.

Ses prunelles avaient la dureté et la noirceur de l'onyx.

– L'amour est parfois cruel.

10

Le dilemme

« Il nous est moins difficile de prendre une décision quand nous ne trouvons pas notre chemin que lorsque nous le connaissons, mais que nous redoutons le voyage. »

Extrait du journal intime d'Esther Huish

*L*e chirurgien venait d'agiter devant moi le spectre de la séparation qui ombrageait depuis le début mes relations avec Faye. Dans le fond de mon cœur, je m'étais toujours dit qu'un jour elle me quitterait. Pourtant, Faye ne m'avait jamais donné aucune raison de douter d'elle. La vérité, c'est que je doutais de moi-même. J'ignorais jusqu'à quel point je n'avais pas hérité des faiblesses de mon père. Et comme je le haïssais pour cela ! Pas pour ce qu'il avait été, non... Mais pour ce que j'étais à cause de lui. Son souvenir me hantait, parfois j'avais peur de voir son visage se refléter dans le miroir à la place du mien.

Ces craintes, je les avais jusqu'ici repoussées dans un lointain avenir. Mais les menaces du chirurgien me mettaient au pied du mur, m'obligeant à regarder la réalité en face. Il avait parfaitement choisi son moment et son argument semblait imparable : j'aimais Faye en effet plus que tout au monde et ne songeais qu'à son bonheur. L'idée qu'elle puisse voir son rêve lui échapper au moment de l'atteindre m'était insupportable.

C'est peut-être là la plus grande ironie de l'amour. Plus il est puissant et fort et plus nous sommes prêts à le sacrifier pour rendre heureux l'être qui nous est si cher. Faye était ce que j'avais de plus précieux et pourtant, je n'aurais pas hésité une seule seconde à lui offrir mon cœur comme marchepied pour parvenir au bonheur. Sinon, quelle aurait été la nature de mon amour ? Une imposture ; un mensonge éhonté forgé dans le secret d'une âme égoïste. C'est tout ce que je savais. Du moins, c'est tout ce que je pensais savoir, négligeant, ou plutôt n'ayant pas osé me dire que le plus grand rêve de Faye était, en fait, de vivre avec moi.

Ce fut sans grand effort et sans y réfléchir longtemps, que je pris la décision de ne pas parler à Faye de ma conversation avec son père. Elle avait assez souffert comme cela à cause de notre histoire, je ne voulais pas aggraver encore la situation. Je n'en aurais sans doute soufflé mot à personne si Esther ne m'avait pas interrogé. Son bras passé dans le mien, elle venait de terminer son premier tour de couloir quand nous nous assîmes près de la salle des infirmières pour qu'elle puisse se reposer un peu.

– Votre visiteur venait de l'université ?

Je fronçai les sourcils.

– Hélas non ! c'était le père de Faye.

– Que voulait-il ?

– Toujours la même chose, que je quitte sa fille.

– Pourquoi ?

– Il me considère comme un bon à rien. Il pense que Faye doit épouser un garçon appartenant à une famille riche et promis à un brillant avenir. Il est convaincu que tout ce que je peux offrir à sa fille, c'est une vie de misère.

– Il n'envisage pas que vous puissiez un jour réussir ?

– Je ne crois pas que nous ayons la même définition du mot « réussite ».

– Et qu'est-ce que Faye en dit ?

– C'est vraiment dur pour elle. Son père la harcèle sans cesse, il l'oblige à choisir entre lui et moi. Hier soir, il a menacé de couper les vivres à sa fille si nous voulions vivre ensemble.

– Il ferait une chose pareille ?

– A mon avis, il en est capable. C'est un homme méchant, soupirai-je. J'ai l'impression qu'il est finalement arrivé à me coincer. Je ne sais pas ce qui est pire : un père absent comme le mien ou un père impitoyable comme le sien.

– C'est la première fois que vous me parlez de votre père.

– Il n'était pas un père digne de ce nom, dis-je d'un ton méprisant en passant une main nerveuse dans mes cheveux. Faye s'attend à ce que je lui demande de vivre avec moi. Si je le fais et, si elle accepte, son rêve va lui échapper. Si je ne le fais pas, je la perds.

– Qu'allez-vous décider ?

– Je n'en sais rien.

Je regardai un moment Grace qui poussait sans conviction son déambulateur devant elle dans le couloir.

– Et qu'en est-il de votre amour, Esther ? Qu'en est-il de Thomas ?

Je n'avais pas plus tôt prononcé ces mots, que je me mordis les lèvres.

– Où avez-vous vu ce nom ? me demanda-t-elle, soudain hors d'elle. Et sans me donner le temps de répondre, elle ajouta d'un ton accusateur : Vous avez lu mes lettres !

– Quelles lettres ?

Sa figure s'empourpra.

– Vous n'avez pas le droit de lire mes lettres ! Vous n'avez pas le droit de fouiller dans mon tiroir !

Je jetai des regards désemparés partout autour de moi. Plusieurs résidents nous observaient.

– Je n'ai pas lu vos lettres, Esther. Je ne sais pas de quoi vous parlez. Ce nom était inscrit derrière votre médaillon. Celui que j'ai trouvé par terre...

Elle se cacha le visage dans ses mains.

– Pouvez-vous me ramener à ma chambre ?

J'attendis qu'elle se ressaisisse, puis je me levai et pris son bras. Sans un mot, elle se laissa guider jusqu'à chez elle.

– Je suis sincèrement désolé, dis-je en l'aidant à s'asseoir dans son fauteuil. Je ne voulais pas vous faire de peine. C'était juste écrit sur le médaillon.

Elle caressa le bijou sans sortir de son mutisme. Je quittai la chambre en songeant à Thomas et à ces mystérieuses lettres qui avaient éveillé ma curiosité.

Je rentrai chez moi ce soir-là pour trouver dans ma boîte aux lettres une enveloppe où figurait le sceau de l'université de l'Utah. C'était une lettre de félicitations, adressée au nouveau lauréat de la prestigieuse bourse d'excellence.

11

Le réveillon de Noël

« Ce fut un beau réveillon de Noël à Béthel.
Nous nous sommes réunis à l'église pour chanter
et louer le Seigneur. Je suis retournée à l'auberge
vers minuit et, peu de temps après, un couple est
entré pour demander une chambre. Comme nous
n'avions rien de libre, j'étais sur le point de les
éconduire, quand je me rendis compte combien
tout cela était absurde. Je leur cédai ma chambre
pour la nuit. Pour ma part, je dormis dans la
cuisine. »

Extrait du journal intime d'Esther Huish

*L*e 24 décembre, une neige forte et persistante adhérait au revêtement de l'autoroute. La police avait fait diffuser des conseils de prudence et arrêtait les véhicules à l'entrée du canyon pour vérifier s'ils étaient bien équipés de pneus neige ou de chaînes. Et les flocons continuaient à tournoyer autour de nous, comme pour mieux marquer la solennité du jour.

« Qu'il neige donc, pensai-je. Pour moi, le Père Noël est déjà passé avec une bourse de l'université de l'Utah. » Mais si j'avais l'impression d'être euphorique, je l'étais pourtant moins que Faye. Elle avait accueilli la nouvelle avec un fol enthousiasme ; à croire que c'était elle la lauréate. Elle avait bravé les routes enneigées du canyon pour m'apporter un dîner tout préparé et un vin sans alcool en l'honneur de ma réussite. Elle resta plus d'une heure et je dus presque la pousser dehors pour qu'elle rentre, craignant l'état des routes. Je la tins serrée très fort tout contre moi en la raccompagnant à sa voiture et ne retournai à l'intérieur qu'au moment où les feux arrière de la BMW disparurent en bas de la côte.

De la route, la résidence Arcadia paraissait aussi sombre que ses couloirs mornes et tristes que ne parvenaient même pas à égayer les guirlandes et les décorations de Noël que j'allais bientôt, de toute façon, devoir décrocher. Je servis leur dîner aux résidents. Pour ces oubliés de la fête, la cafétéria avait prévu de la purée de pommes de terre instantanée, des filets de dinde avec de la sauce aux airelles en boîte et un pudding plutôt caoutchouteux. Des gens de la paroisse avaient bien eu l'intention de venir entonner quelques chants de Noël, mais dès l'annonce de la tempête de neige, ils avaient annulé leur prestation. La plupart des résidents montèrent donc se coucher à l'heure habituelle, comme s'il s'agissait d'un jour comme les autres et seule une poignée d'entre eux se rassembla devant le poste de télévision pour regarder une émission de variété espérant peut-être y trouver un peu de gaieté. Mes heures de travail s'écoulèrent rapidement. La grande demeure plongea peu à peu dans un silence total, rompu seulement de temps à autre par l'écho lointain de la toux d'Henri.

C'était mon premier réveillon sans ma mère et la tristesse de cette pensée assombrissait le bonheur de cette journée. J'étais désolé que ma mère ne soit pas là pour apprendre que j'avais décroché la bourse d'excellence. Elle aurait été si fière, et à juste titre : le mérite de mon succès lui revenait entièrement. Je me rappelai tout à coup que je n'avais pas encore annoncé à Esther la bonne nouvelle. Je me sentais encore gêné par ma maladresse de la veille. Sans doute avais-je cherché inconsciemment à éviter la vieille dame. Pourtant je lui avais apporté un cadeau de Noël – un gage de réconciliation – un vrai cake anglais. Comme aucune occasion de le lui donner ne s'était présentée, je m'étais dit que c'était trop tard, qu'elle était sans doute en train de réveillonner à l'extérieur avec des membres de sa famille. J'avais déjà enfilé mon manteau et mes gants et m'apprêtais à partir lorsque je décidai d'aller quand même déposer mon modeste présent dans sa chambre.

J'empruntai l'escalier et cognai doucement à sa porte. Pas un bruit. Supposant la chambre vide, j'ouvris tout doucement le battant. La pièce était noyée d'ombre, à peine éclairée par une petite veilleuse sur la table de chevet. A ma stupéfaction, Esther était assise seule dans le noir, ses paupières papillonnant comme sous l'effet d'une extrême fatigue. J'entrai dans la chambre.

– Esther ?

Elle ne se retourna pas pour me parler.

– Bonsoir, Michael.

Je posai mes gants sur son secrétaire et m'assis au bord du lit à côté d'elle.

– Je vous ai apporté quelque chose, dis-je en posant sur ses genoux la boîte en fer-blanc joliment décorée d'un motif floral. C'est un vrai cake anglais.

Elle posa ses deux mains à plat sur la boîte et passa le bout de ses doigts sur le bord du couvercle.

– C'est vraiment très gentil de votre part, dit-elle d'un air infiniment triste. Il a neigé aujourd'hui, non ?

Je levai les yeux sur la fenêtre sans rideau dont les carreaux encadraient un ciel bleu foncé piqué de flocons blancs.

– Il neige encore. Les routes sont très mauvaises.

– Vous n'avez pas eu d'accident au moins ?

– Non, je suis arrivé jusqu'ici sans problème.

– Je n'aime pas beaucoup la neige. On risque de glisser. Un col du fémur, c'est si vite cassé.

– Oui, sans doute.

– Les médecins, eux, aiment bien la neige, je crois. Ça leur permet de fréquenter les clubs de golf, sous prétexte de soigner ces messieurs les golfeurs.

– Je n'avais jamais vu les choses sous cet angle.

Le silence nous enveloppa. Je croisai les doigts sur mes genoux.

– Vous aviez des projets pour ce soir ? lui demandai-je.

Elle fit oui de la tête, un oui sans joie.

– Mon fils vient me chercher.

– C'est bien, dis-je.

– Et vous, vous avez des projets ?

– Non, juste le travail. Mais j'ai fini maintenant, je m'en vais.

– Pourquoi n'êtes-vous pas avec votre petite amie ?

– Faye passe la soirée en famille. Nous serons ensemble demain.

– Ce sera une journée merveilleuse, j'en suis sûre.

Sa mélancolie était si poignante que j'en avais la gorge serrée.

– Bon, je dois m'en aller maintenant. Avant que les routes ne deviennent impraticables.

– Merci, dit-elle.

Je repris mes gants sur le secrétaire et les fourrai dans ma poche.

– Je voudrais m'excuser encore une fois, ajoutai-je. A propos de l'autre jour. Cela ne me regardait pas.

Mais Esther, de nouveau, s'abstint de me répondre.

– Eh bien ! je vous souhaite un joyeux Noël.

– A vous de même, Michael, dit-elle doucement.

Je sortis de la chambre d'un pas rapide, fermai la porte derrière moi et descendis par l'escalier. Sharon venait d'arriver pour sa garde de nuit. A mon approche, elle sursauta.

– Salut, Michael. Je pensais que c'était Alice qui travaillait ce soir.

– Elle a préféré sortir et moi j'ai besoin d'argent.

– Je te comprends. Noël me ruine chaque année. C'est pourquoi j'ai pris cette garde. J'avais le choix entre passer la soirée à la résidence ou bien chanter des chants de Noël chez ma tante Maud.

Je jetai un coup d'œil à ma montre.

– Sais-tu à quelle heure le fils d'Esther vient chercher sa mère?

Elle me considéra d'un air perplexe.

– Esther n'a pas d'enfant.

– Tu es sûre?

– Esther n'a pas reçu une seule visite pendant les trois années que j'ai passées ici. Elle s'est fait opérer il y a quelques années. J'ai vu son dossier. Elle n'a aucune famille. On se demande d'où ces gens peuvent bien sortir. Comme dans la chanson des Beatles, tu sais, *Eleanor Rigby*.

Je me retournai un moment pour contempler l'escalier qui menait à l'étage, puis je m'apprêtai à partir.

– A lundi, donc.

– Passe un bon Noël.

Dehors, la neige tombait toujours à gros flocons, formant des voiles successifs et verticaux comme suspendus entre les versants abrupts du canyon. Le clair de lune y distillait une lueur translucide. La route était toute silencieuse, désertée par les voyageurs arrêtés pour réveillonner ou tout simplement pour dormir. Je suppose que ce fut la perspective de ma propre solitude qui me fit retourner sur mes pas. Sharon leva la tête en me voyant revenir.

– Tu as oublié quelque chose?

– J'ai laissé un truc là-haut.

Je grimpai l'escalier et allai frapper à la porte d'Esther.

– Esther ?

Je poussai le battant. La veille dame était toujours dans son fauteuil, les yeux fermés, les mains toujours jointes sur la boîte en fer-blanc.

– Vous avez oublié quelque chose, Michael ?

– J'ai oublié de vous dire qu'on m'a donné la bourse.

Malgré sa tristesse, elle me sourit.

– Cela me fait tellement plaisir. Vous devez être dans tous vos états.

– C'est la première fois que je gagne un prix.

J'étais heureux de la voir plus gaie. Je m'assis au bord du lit à côté de son fauteuil.

– A quelle heure vient votre fils ?

– Vers huit heures.

– Il est presque neuf heures et demie.

– Il a dû être retardé. Vous dites que les routes sont mauvaises.

Son mensonge me serra le cœur.

– Esther, dis-je d'un ton hésitant. Esther, vous n'avez pas de fils.

Esther se tut. Je m'en voulais à présent. Qu'est-ce qui m'avait poussé ? Une larme roula sur sa joue. Elle l'essuya du revers de la main. Puis sa voix s'éleva, empreinte d'une profonde lassitude.

– J'en ai eu un, Michael.

Et les larmes se mirent à ruisseler sur son visage. Elle ne fit même pas mine de vouloir les sécher. Je pris un mouchoir en papier sur sa table de chevet et le lui glissai dans la main. Elle se frotta les yeux. Je posai ma main sur la sienne.

– Parlez-moi de lui.

– Il s'appelait Matthew. Mon petit chéri.

– Où est Matthew ? soufflai-je.

– Il est parti, dit-elle en enfouissant son visage dans ses mains. Matthew était un enfant attardé. En 1948, quand j'ai attrapé la scarlatine, sous prétexte que je vivais seule, l'État me l'a enlevé et l'a placé dans une institution en me signifiant que c'était une mesure temporaire. Mais comment pouvait-il savoir qu'on allait devoir un jour le ramener chez nous...

Ses yeux se remplirent de nouveau de larmes.

– ... Il ne pouvait pas vivre sans moi. Comment pouvait-on le deviner ?

– Je suis désolé.

Je regardai la photographie du soldat en songeant qu'elle venait de me donner une pièce du puzzle.

– La photo sur votre secrétaire, repris-je. Le soldat, c'est le père de Matthew ?

Elle secoua la tête.

– Non, je n'ai aucune photographie du père de Matthew ! Je n'en voudrais pour rien au monde ! Il n'a pas été un bon père !

– Je comprends. Moi non plus, je ne voudrais pas de photo de mon père.

Elle s'épongea les yeux.

– Qui est le soldat ? insistai-je

Esther ne prononça pas un mot pendant plus d'une minute. J'avais l'impression de me tenir devant un grand livre fermé. Je me demandai si je devais, ou non, en forcer la serrure. Puis, soudain, elle déclara :

– Le soldat, c'est Thomas. Le seul homme que j'aie jamais aimé... peut-être le seul à m'avoir vraiment aimée.

– Mais vous ne l'avez pas épousé, dis-je.

Son expression se fit plus lointaine.

– J'étais mariée avant lui et après lui. Mais jamais avec lui.

– Pourquoi ?

Elle ne répondit pas, mais cligna lentement les paupières comme si elle n'avait jamais réfléchi à cette question. Puis elle lança avec entrain :

– Faye a reçu un cake anglais, elle aussi ?

Je ne pus retenir un sourire.

– Non, nous n'avons pas encore échangé nos cadeaux, mais je lui ai préparé un livre et un médaillon. L'idée m'en est venue en voyant le vôtre.

Elle hocha la tête. J'espérais que cela lui avait fait plaisir.

– Je n'ai jamais vu de médaillon comme le vôtre, Esther. J'étais incapable de voir s'il était en or ou en argent.

– A l'origine, il était en or. Puis il a été plaqué argent.

– Mais pour quelle raison ?

– C'était illégal d'exporter de l'or de certains pays. Les immigrants plaquaient leurs bijoux pour avoir le droit de les emporter. La mère de Thomas venait de Roumanie. Ce médaillon lui appartenait autrefois, dit-elle en caressant le pendentif. Il permet de garder contre votre cœur ce qui vous est le plus cher au monde.

– C'est exactement ce que j'ai pensé. Faye part dans quelques jours.

– Quel livre lui avez-vous acheté ?

– *Le Paradis perdu*, de Milton. C'était l'un des livres préférés de ma mère.

– C'est magnifique, dit Esther.

Puis, d'une voix douce, comme si elle savourait chaque syllabe, elle récita :

« La première désobéissance de l'Homme et le fruit de cet arbre défendu, dont le mortel goût apporta la mort dans le monde et tous nos malheurs, avec la perte d'Éden, jusqu'à ce qu'un Homme plus grand rétablît et reconquît le Séjour Bienheureux [1]... »

– Vous le connaissez bien.

Esther sourit, flattée de voir que j'avais aimé sa façon de réciter le début du célèbre poème.

– Personne, sans doute, ne le connaît vraiment. Je n'en sais que quelques vers. Je pense que certaines choses ne sont pas de ce monde. Comme si Dieu se glissait dans l'âme de certains d'entre nous pour prodiguer ces dons prodigieux.

– Ma mère disait des choses comme ça. Elle n'avait pas grand-chose à m'offrir d'ordre matériel, alors elle m'a offert la littérature. Tous les soirs jusqu'à mon adolescence, elle m'a fait la lecture. Et pas seulement de la littérature pour la jeunesse, mais des classiques comme Hawthorne et Dickens. Une fois clouée au lit par la maladie, avant sa mort, c'est moi qui lui ai lu à haute voix.

– Alors vous étiez riches.

– C'est la première fois qu'on m'accuse de cela... mais je suppose que c'est vrai, dis-je en songeant à ma mère.

– Vous écrivez, Michael ?

– J'ai essayé, quelques poèmes.

– J'aimerais les entendre.

– Ils ne sont pas bons.

– Je suis sûre qu'ils sont meilleurs que votre cake anglais.

Je la considérai d'un air sidéré. Puis, en même temps, nous éclatâmes de rire. C'était la première fois que j'entendais son rire.

---

1. Traduction de Chateaubriand (*NdT*).

– ... Excusez-moi, c'était mal élevé de ma part.

– Vous ne me vexez pas. Je ne connais personne qui aime le cake. Mais je pensais que c'était un goût de votre génération.

– On l'a imposé à ma génération, comme à la vôtre.

– J'ai entendu dire qu'il n'existe, en fait, qu'un seul cake anglais au monde qu'on se passe de main en main.

Elle rit à nouveau, la voix plus légère, presque joyeuse, puis elle poussa un soupir de contentement.

– J'aimerais que vous me disiez un de vos poèmes.

– Je ne les ai jamais fait partager à personne.

– C'est que vous ne partagez rien avec personne.

Je m'accordai quelques secondes de réflexion.

– Bon. Voici quelque chose que j'ai écrit pour Faye.

Je pris une profonde inspiration :

> *« Des lugubres ténèbres vient une telle lumière,*
> *Des hautes sphères de l'espoir descend,*
> *Là où tranquille et brisée gît,*
> *Désespérante, la triste sphère de la nuit.*
> *Au milieu des ténèbres, un soleil éclatant*
> *Elle soulève les tessons de songes fracassés*
> *Et presse le tranchant contre son cœur,*
> *De son doux sang les réunit. »*

Esther attendit un moment avant de demander d'une voix douce :

– Qu'en a dit Faye ?

– Faye ne le connaît pas.

Esther eut une expression plus attristée qu'étonnée.

– Non, décidément, vous ne partagez rien avec personne, répéta-t-elle.

– Peut-être, rétorquai-je, mais vous ne m'avez pas expliqué pourquoi vous n'avez pas épousé le soldat.

Esther baissa le front, puis d'un ton où perçait un peu de honte, elle déclara :

– Il arrive parfois qu'on redoute plus le Bien que le Mal.

Elle ferma les yeux et se renfonça dans son fauteuil. Quelques secondes plus tard, sa respiration se fit plus profonde. Je crus, ou voulus croire, qu'elle dormait. Après l'avoir regardée un moment, je me levai et murmurai :

– Joyeux Noël, Esther !

Je me penchai pour déposer un baiser sur sa joue.

– Que la nuit vous soit douce, à vous et à votre soldat.

Et je la laissai à ses rêves.

12

Le paradis perdu

«Dans sa vie, chacun de nous compte sur un lieu comme Béthel. Mais il n'en survient jamais qu'un seul et nous ne demandons rien de plus. »
Extrait du journal intime d'Esther Huish

*N*oël commençait bien. Les premiers rayons de l'aube inondaient la vallée et un grand ciel bleu élargissait sa voûte sur un horizon étincelant de neige cristalline. Faye arriva vers dix heures. Elle portait la parka que ses parents lui avaient donnée le matin même et un serre-tête en laine beige. Ses joues étaient toutes roses et son haleine formait un petit nuage devant elle. Les bras chargés de paquets, elle appuya sur la sonnette à l'aide de son coude : trois boîtes emballées dans du papier de couleurs vives.

– Laissez le passage à l'assistante du Père Noël, dit-elle avec un beau sourire.

– Usurpatrice ! La Mère Noël ne souffrirait pas que tu approches son vieux mari.

Son sourire s'élargit.

– Joyeux Noël, beau gosse !

Elle posa ses paquets sur la table de la cuisine, puis retourna à sa voiture. Elle revint avec un grand sac de sport dont elle descendit la fermeture Éclair. Elle en sortit un de ces cabans bleu marine comme en portent tous les étudiants de bonne famille.

– Tu en auras besoin pour braver les courants d'air du campus, dit-elle.

– Tu me gâtes trop.

– C'est mon but.

J'allai chercher dans ma chambre les cadeaux que j'avais préparés pour elle. Elle examina avec une attention particulièrement vive le plus petit des deux.

– Tu veux les ouvrir maintenant? demandai-je.

– Attendons tout à l'heure d'être rentrés. L'attente aiguise le plaisir, dit-elle en jetant un coup d'œil à sa montre. Je ne m'étais pas rendu compte qu'il était si tard. Il vaut mieux partir. Ils vont s'inquiéter.

Faye m'avait prévenu qu'elle me ménageait une grande surprise.

– Qui va s'inquiéter?

– Ça c'est la surprise justement!

En voyant la quantité de paquets qui encombraient la banquette arrière de la BMW, je m'exclamai:

– C'est pour qui, tout ça?

– Grâce à nous, une famille déshéritée va pouvoir fêter Noël, répondit Faye. A mon club, cela fait un mois qu'on travaille sur la question et c'est moi qui ai finalement été élue déléguée.

Nous n'allions pas loin: à quelques rues de chez moi, près des viaducs. La maison ressemblait presque à s'y méprendre à la mienne, hormis le fait qu'elle abritait une famille avec de jeunes enfants: le bas des murs et de la porte était couvert de gribouillages et le jardin jonché de jouets en plastique. Faye gara sa BMW dans la contre-allée. Me laissant dans la voiture, elle alla frapper à la porte. Une femme très maigre, sans doute d'origine mexicaine, lui ouvrit. Elle jeta un coup d'œil à la voiture et invita Faye à entrer. Faye me fit signe de la rejoindre.

Je la suivis, les bras chargés de paquets. Un petit sapin en plastique décoré de noix peintes en vert et or et de flocons de neige en papier tenait lieu d'arbre de Noël. Une autre femme se tenait à l'autre bout de la pièce avec un enfant de quatre ou cinq ans sur les genoux. Tandis que j'effectuais plusieurs allées et venues pour apporter tous les cadeaux, la pièce se remplit d'une demi-douzaine d'enfants aux cheveux noir de jais. Leurs petits visages barbouillés suivaient chacun de mes gestes avec fascination.

J'aurais dû me sentir fier et heureux de leur donner un peu de réconfort et de joie. La plupart des gens se seraient félicités de cette bonne action. Mais moi, le regard de leurs grands yeux trop brillants m'accablait. De lointains souvenirs me revenaient en mémoire et je prenais la mesure du gouffre qui nous séparait, Faye et moi.

Je me rappelai le jour de Noël où les dames et les messieurs de la paroisse étaient venus chez nous, dans notre minuscule appartement. J'avais alors cinq ans et je me tenais derrière ma mère, cramponné à sa jupe. Des inconnus faisaient irruption dans notre intimité pour nous offrir de la nourriture et des cadeaux. Je me souvenais particulièrement d'une grande femme blonde qui semblait être la meneuse du groupe, ressemblant à Doris Day, portant un parfum comme celui du rayon parfumerie d'un grand magasin. Elle parlait fort et d'un ton enjoué. Ma mère s'était efforcée de montrer de la reconnaissance, mais au fond, elle était gênée qu'on nous fasse ainsi la charité. Si je n'avais pas été là, elle n'aurait même pas ouvert la porte. Mais comme d'habitude, elle avait ravalé sa fierté et avait supporté l'humiliation sans mot dire.

A l'instant où elle rangeait le jambon offert dans le réfrigérateur, un bruit à la porte annonça le retour de mon père. Il ne s'était pas rasé et empestait tellement l'alcool qu'on aurait dit qu'il s'en était aspergé. Les braves gens le contemplèrent en silence. Lui, il les toisa.

— Qui êtes-vous ? cria-t-il d'une voix tremblante.

Ma mère, rouge de honte, s'interposa entre lui et nos charitables visiteurs.

— Ces gens viennent de la paroisse. Laisse-les tranquilles. Ils ont apporté des cadeaux à Michael.

Mon père, ivre mort, se mit à vociférer un chapelet de blasphèmes, qu'il conclut par un tonitruant :

— Fichez-moi le camp d'ici !

Le sosie de Doris Day regarda ma mère avec commisération. Et l'un des messieurs qui l'accompagnaient, un colosse à la voix de crécelle et au corps d'athlète, vint se poster à côté de ma mère.

— Vous voulez qu'on se charge de lui ? demanda-t-il d'un ton indigné.

Mon père le contempla avec une certaine frayeur. Ma mère pleurait. Elle secoua la tête.

— Vous êtes bien certaine, madame ? insista l'homme. Il ne va pas vous faire de mal ?

— Non, il n'a jamais levé la main sur moi, répondit-elle froidement.

Après avoir frôlé le bras de ma mère, il s'effaça et rejoignit les autres. Le groupe recula peu à peu vers la sortie. En général, ils terminaient par un chant de Noël. Mais cette fois, ils s'en étaient passés.

— Joyeux Noël, madame Keddington ! Et à votre fils, dit le sosie de Doris Day.

— Merci, que Dieu vous garde, répondit ma mère.

Ensuite, elle me prit par la main et me conduisit dans ma chambre. J'ouvris mes cadeaux. L'année suivante, ma mère s'arrangea pour trouver du travail le jour de Noël.

En voyant tous ces enfants si calmes, si sérieux, si pauvres, je fus moi-même rempli d'une immense tristesse. Je regardai Faye et soudain, j'eus l'impression qu'elle se trouvait à des kilomètres de moi. Elle, si pleine de joie à l'idée de faire une bonne action, ne comprenait pas mon air morose.

Se lier à quelqu'un, c'est épouser une certaine somme d'expériences accumulées au fil des ans. Cet épisode me fit vraiment toucher du doigt tout ce qui nous séparait. Faye savait bien peu de choses sur mon compte, finalement. Je restai silencieux pendant le reste de la matinée. Nous déjeunâmes chez les tantes de Faye, puis nous retournâmes chez moi un peu avant la tombée du jour. Même si Faye s'efforçait de conserver sa gaieté coutumière, je voyais que ma tristesse la troublait.

– Maintenant, nous allons ouvrir nos cadeaux ! s'exclama-t-elle dès que nous fûmes entrés dans la maison.

Un peu plus tard, alors que nous étions assis au salon, elle me tendit un premier paquet.

– Ouvre d'abord celui-ci, me dit-elle.

C'était un Walkman ; un deuxième paquet contenait une série de quatre cassettes : toutes les chansons des Beatles ! Et le troisième un cadre.

A ma grande surprise, le cadre n'entourait pas une photo de Faye mais un magnifique cliché noir et blanc de ma mère dans sa robe de mariée. Je ne me souvenais pas d'avoir vu une telle photo d'elle, car quelque chose en elle me dérangeait. Je mis une minute à saisir ce qui me troublait : ma mère avait l'air sûre d'elle et il y avait dans son attitude un aplomb que je ne lui connaissais pas. J'étais comme hypnotisé.

– Où l'as-tu trouvée ? demandai-je.

– Je l'ai fait agrandir à partir d'une photo dénichée dans ton grenier. Tu m'as donné ta clé, tu te rappelles ? dit-elle et comme je me taisais, elle ajouta : Elle te plaît ?

Sa question me fit revenir sur terre.

– Elle est superbe. Merci, répondis-je en posant le cadre contre le mur. Maintenant, c'est à ton tour d'ouvrir tes cadeaux.

Elle commença par le plus grand des deux paquets.

– Un livre ! s'exclama-t-elle en écartant le papier d'emballage. *Le Paradis perdu*. Je dois y lire un sous-entendu ?

– C'est juste un de mes livres préférés.

Elle le feuilleta distraitement, puis souleva le plus petit paquet. A l'instant où elle ouvrit l'écrin en velours, mon cœur se serra : il m'était venu à l'esprit que ce que j'avais choisi pour elle n'était pas ce qu'elle attendait – n'était pas ce qu'attendaient toutes les jeunes filles du monde. Elle contempla le médaillon d'un air consterné. Puis, elle sourit. Mais je voyais bien qu'elle était déçue.

– Qu'il est beau ! s'exclama-t-elle en ouvrant le bijou. Mais il n'y a pas de photo de toi à l'intérieur.

– Je ne suis quand même pas aussi vaniteux.

– C'est pourtant un trait masculin plutôt courant, repartit-elle avec le même sourire un peu forcé. Donne-moi une photo de toi. Je vais l'y mettre tout de suite.

J'allai chercher la boîte en carton où je gardais toutes sortes de vieilles photographies ainsi qu'une paire de ciseaux. Faye en choisit une de la taille appropriée et s'employa à la découper de façon à la glisser facilement dans le cadre miniature. La chaîne du médaillon était si longue qu'elle la passa à son cou par-dessus sa tête. Le bijou retomba sur son chemisier, entre ses seins.

– Maintenant tu n'es plus seulement dans mon cœur, tu es aussi dessus.

C'était typique de Faye ; elle cherchait toujours à voir le côté positif de la situation, quelle qu'elle soit, même si, comme maintenant, elle avait envie de pleurer.

– Il ne te plaît pas, dis-je.

– Non, ce n'est pas ça, protesta-t-elle.

– Tu t'attendais à autre chose.

– Non, mentit-elle. Je suis très contente, vraiment, dit-elle sans conviction.

Puis, brusquement, elle changea d'idée et avoua :

– C'est vrai, je suis déçue. J'ai passé la journée sur un nuage à la perspective que tu allais me demander en mariage ce soir. Je suis la dernière des idiotes.

– Faye, ne dis pas ça.

– Je pensais seulement..., bredouilla-t-elle, les larmes aux yeux. Pourquoi tu ne l'as pas fait, Michael ?

La question bourdonna à mes oreilles.

– C'est qu'il y a certains obstacles, répondis-je gravement.

– Des obstacles ? Quel genre d'obstacles ? s'écria-t-elle d'un air à la fois perplexe et plein d'effroi.

Je ne répondis pas. Alors, elle s'effondra. Venait-elle de se rendre compte de tout ce qui nous séparait ?

– Michael, je ne vais pas te voir pendant seize semaines. Tu ne peux pas me laisser comme ça. Tu me dois une explication.

– Je ne sais pas quoi te dire.

– Il y a trois semaines, reprit-elle d'une voix vibrante d'émotion, on parlait de se marier. Et aujourd'hui, tu ne sais pas quoi me dire ?

Elle baissa les yeux sur le médaillon, puis les fixa de nouveau sur moi.

– Michael, je veux savoir... As-tu l'intention, oui ou non, de m'épouser ?

Je me détournai, incapable de soutenir son regard perçant.

– Je n'en sais rien.

Des larmes perlèrent à ses paupières.

– Je n'arrive pas à y croire. Tu ne sais pas ? Tu ne sais pas si tu m'aimes ? Tu ne sais pas si tu as envie de passer le reste de ta vie avec moi ?

Une larme roula sur sa joue et sa voix se cassa :

– Dis-moi ce que tu ne sais pas.

– Faye, murmurai-je presque. Je ne peux pas t'offrir la vie à laquelle tu es habituée.

– Non ! s'écria-t-elle, soudain furieuse. Tu ne vas pas me faire ce coup-là ! Il s'agit bien de moi et de mon goût du luxe. Non, je sais de quoi il s'agit : de toi et de tes fichues angoisses. Tu as peur, Michael, peur de la pauvreté ! Peur de manquer !

Je tressaillis sous l'accusation.

– Est-ce que tu n'as jamais manqué de rien ? Quand est-ce qu'on t'a fait la charité pour la dernière fois ? Quand est-ce que ta mère s'est privée de nourriture pour que tu puisses manger ? Tu ne sais même pas à quoi ressemble la soupe populaire.

Faye me considéra avec de grands yeux, puis son visage s'éclaira :

– Tu as parlé à mon père.

Je me tus, confirmant par là ses soupçons.

Radoucie, elle vint se serrer contre moi et pressa son front au creux de mon épaule.

– Excuse-moi, Michael, chuchota-t-elle en levant vers moi des yeux noyés de larmes. Mon père m'adore. Il porte une bague avec trois diamants, un pour chacune de ses filles, car il dit qu'on est ses joyaux. Et moi, j'aime mon père. Il est parti de rien, comme toi, et il a dû se battre pour arriver là où il est aujourd'hui et pour nous mettre à l'abri de tout ce dont il a souffert pendant son enfance. Cela le rend digne de mon respect, mais ne lui donne pas pour autant raison en ce qui te concerne. Il devrait, mieux que tout autre, comprendre que ce qui compte le plus, c'est ce que l'on a en soi. Mais il est comme aveuglé par les énormes efforts qu'il a dû faire pour gravir l'échelle sociale et il est révolté à l'idée que je vais traverser les mêmes épreuves. Mon père vénère l'argent comme si c'était Dieu en personne. L'argent seul l'a libéré du poids de la misère. Il a le cœur tendre, mais il juge les autres, comme lui-même d'ailleurs, à l'aune de leur compte en banque.

» Je t'aime, non pour ce que tu possèdes ou posséderas un jour, ou même pour ce que tu seras un jour, mais pour ce que tu es maintenant. Je t'aime parce que tu es bon et généreux. J'ai des amies qui ont épousé des garçons riches et sans cœur. Les pauvres ! Elles me font pitié avec leurs belles voitures et leurs grandes maisons. C'est elles qui sont misérables.

Elle baissa le front et quand elle releva la tête, son visage avait une expression profondément résignée. Elle reprit d'une voix égale, comme si elle effectuait un constat :

– Je t'aimerai toujours. Mais je n'attendrai pas toujours. Pas parce que je ne le veux pas, mais parce que je ne le peux pas...

Je détournai mon regard. Elle s'essuya les yeux du dos de la main et se leva pour sortir. Je la regardai partir. J'avais l'impression d'être dans un de ces rêves où l'on ouvre en vain la bouche pour crier sans jamais y parvenir. Puis, une petite voix au fond de moi me souffla de la laisser partir – si je l'aimais vraiment, je devais la laisser aller trouver ailleurs quelque chose de solide sur quoi elle pourrait construire sa vie. Mais une autre voix intérieure s'éleva aussitôt, une voix qui me cria de la retenir de toutes mes forces, car je venais de perdre ma dernière chance. Et pendant que ces petites voix discutaient entre elles dans le tréfonds de mon âme, la porte d'entrée claqua derrière Faye sans que j'aie prononcé un mot.

13

Le tiroir aux lettres

« C'est sans doute de la folie de démarrer
chaque matinée par une lettre à mon amour perdu
et de la conclure avec ce journal, car je saigne ainsi
à chaque bout de la journée. »

Extrait du journal intime d'Esther Huish

*L*a plupart des résidents rentrèrent au cours de la matinée, le lendemain de Noël. Arcadia s'anima soudain d'une activité débordante, tandis que chacun retrouvait sa chambre, son régime, sa routine. Dans un sens ce surcroît de travail m'arrangeait, puisqu'il me distrayait de mon chagrin. Pourtant, dans le secret de mon cœur, je me demandais ce que j'allais dire ce soir à Faye, quand je la retrouverais. Je cessai de me poser ces questions lorsque Sharon m'apporta un message de Faye : elle annulait notre rendez-vous sous prétexte d'obligations familiales non précisées.

Je n'avais pas eu le temps de voir Esther et comme je n'avais plus de projet pour la soirée, je décidai de m'attarder un peu auprès d'elle après mes heures de travail. J'avais besoin de parler à quelqu'un et je rentrai donc dans sa chambre avec le journal.

– Veuillez excuser mon retard, mais on se serait cru dans une maison de fous aujourd'hui.

– Vous avez fini votre travail ? demanda-t-elle.

– Oui, mais je n'ai rien de spécial à faire ce soir.

Elle eut l'air contente.

– Je me sentais un peu seule pour le réveillon, avoua-t-elle d'une voix douce. Merci de l'avoir passé avec moi.

– Cela m'a fait plaisir, à moi aussi.

– Vous avez finalement pu passer un bon moment avec Faye ?

– Toute la journée d'hier, soupirai-je. Ça n'aurait pas pu être pire. On s'est disputés.

– A propos de quoi ?

– Elle s'attendait à ce que je lui offre une bague de fiançailles.

Esther fronça les sourcils.

– Vous vous êtes réconciliés ?

– J'espérais le faire ce soir. Nous devions nous retrouver, mais elle a annulé notre rendez-vous. Elle est sûrement bouleversée, dis-je en secouant la tête. De toute façon, je ne sais pas ce que j'aurais pu ajouter.

Je pris le journal, préférant penser à autre chose.

– Vous êtes prête pour la rubrique nécrologique ?

Elle acquiesça. Je commençai à lire. Elle me sembla spécialement contemplative, à tel point que je me demandais si elle m'écoutait vraiment. Une fois la liste des noms terminée, elle déclara :

– Vous ne pouvez pas la laisser partir sans lui avoir parlé.

– Ce n'était pas mon intention. Mais je n'ai peut-être pas le choix.

– C'est à vous de faire le premier pas. Imaginez que vous ne la revoyiez plus jamais.

Je ne répondis pas, absorbé par mes propres réflexions. Au bout d'un moment, elle reprit :

– Michael, ouvrez le dernier tiroir de mon secrétaire.

Je lui jetai un coup d'œil étonné puis je m'accroupis devant le joli meuble ancien en noyer. Je tirai sur les poignées avec tact puis, comme le tiroir résistait, d'une manière de plus en plus violente. Il s'ouvrit d'un seul coup. A ma stupéfaction, je vis qu'il était rempli d'enveloppes de formats différents, plus ou moins jaunies par le temps, le tout méticuleusement rangé, comme dans un centre de tri postal. Mais le plus curieux, c'était que ces enveloppes ne portaient ni timbre ni cachet de la poste. Je me dis qu'il ne pouvait s'agir que de lettres qu'Esther avait écrites sans jamais les poster.

J'allais refermer le tiroir quand Esther ordonna :

– Lisez-en une.

Je la regardai, réticent.

– Vous n'avez pas besoin de faire ça.

– Il faut les lire.

Je pris une lettre au hasard. Je lus à haute voix.

> « *Thomas mon amour,*
>
> *Pas une journée ne se passe sans que je ne pense à toi et à ce que ma vie aurait peut-être été auprès de toi. Je souhaite seulement que la tienne a été bonne, que ta femme t'a rendu heureux.*
> *Tu es toujours dans mon cœur*
>
> *Esther.* »

Je remis la lettre dans le tiroir.

– Lisez-en une autre, dit-elle.

Je choisis de nouveau au hasard.

> « *Thomas mon amour,*
>
> *Aujourd'hui je souffre. Comme tous les jours où je me retrouve enfermée entre les quatre murs de mon remords et de mon*

mépris pour moi-même. Je voudrais tant pouvoir courir vers toi et te supplier de me reprendre. Je voudrais me donner entièrement à toi, mais tout ce que je peux faire maintenant, c'est punir la femme qui t'a laissé partir.
Tu es toujours dans mon cœur,

Esther. »

Esther avait la tête baissée, de sorte que je ne voyais pas l'effet que produisait sur elle ma lecture. Songeant à l'idée que toutes ces lettres s'adressaient à un même homme, je replaçai l'enveloppe dans le tiroir. Combien d'heures et de larmes ces lettres avaient-elles bien pu lui coûter ?

— Elles sont toutes adressées à Thomas ?

— Mon soldat, répondit-elle.

Presque instinctivement, elle porta sa main au médaillon. Puis, contre toute attente, elle ajouta :

— Il est encore vivant.

— Vivant ?

— Je l'ai vu une fois. Il y a dix-sept ans de cela, à la kermesse.

— Ça a dû être de grandes retrouvailles.

— Il ne m'a pas vue. Seulement moi...

— Mais pourquoi vous n'êtes pas allée le trouver ?

En guise de réponse, elle cligna doucement des paupières. Je vins m'asseoir à côté d'elle.

— Esther. Pourquoi n'avez-vous pas épousé le soldat ?

Je m'attendais, en fait, à ce que la vieille dame se dérobe en me parlant d'autre chose, de Faye, de ma bourse, du repas du lendemain... Mais je ne m'attendais pas à ce qui suivit.

14

Thomas

«Un beau jeune homme est passé ce soir demander une chambre. Il compte rester un moment à Béthel. Je ne dois pas oublier que les couchers de soleil sont beaux mais ne laissent dans leur sillage que le froid, l'obscurité et la solitude.»

Extrait du journal intime d'Esther Huish

— Mon père était déjà vieux quand je suis venue au monde. Je n'ai jamais su en quelle année il était né, mais il devait, en tout cas, avoir plus de soixante ans. Ma mère en avait seulement dix-sept. Quel scandale ce fut dans cette petite ville de Rexburg, dans l'Idaho... Ma mère est morte à ma naissance. Nous avons tout de suite quitté Rexburg pour errer de-ci de-là dans les États du nord-ouest. Mon père n'avait pas d'emploi fixe. J'avais seize ans quand nous sommes arrivés à Béthel, avant que la crise de 1929 ne lui apporte comme par ironie la prospérité. Mon père avait envie de devenir prospecteur d'or, pensant qu'il pourrait mieux gagner sa vie en lavant le sable aurifère qu'en louant ses bras à des concessionnaires. Trois ans plus tard, il y eut le krach boursier et les mines de Béthel rouvrirent.

» Lorsque la santé de mon père se mit à montrer des signes de fatigue, je me suis mise à travailler au Bethel Boarding House and Inn. Il n'y avait pas beaucoup de femmes dans la ville et j'étais la seule jeune fille. Beaucoup d'hommes me faisaient la cour. Mais je n'ai jamais eu à me plaindre des mineurs ; ils m'ont toujours traitée avec gentillesse, un peu comme une mascotte. Le premier qui se conduisait mal avec moi avait de bonnes chances de se retrouver avec le nez cassé.

Elle rit. Puis son visage s'assombrit. Le timbre de sa voix baissa d'un ton.

– J'avais vingt ans quand j'ai rencontré Frank. C'était un mineur de Topeka, solidement charpenté et beau garçon avec ça. Il m'apportait des fleurs, quelquefois même des caramels qu'il achetait à Salt Lake City. Il était charmant, sans doute... Ou je me sentais seule. Je n'avais personne hormis mon père. Frank et moi, nous nous sommes mariés seulement six semaines après notre rencontre. Je suis tombée enceinte six semaines plus tard... de Matthew.

– Je sais, dis-je. Matthew était...

– Matthew était un enfant handicapé, termina-t-elle, comme si elle avait l'habitude du malaise que ce mot provoquait chez les autres. Frank l'a très mal pris. Au début, il m'a accusée d'avoir couché avec un autre homme. Il savait que c'était faux, mais ça ne faisait rien. Il avait honte de son fils, répéta-t-elle avec dégoût. Honte de son propre fils. Il ne me laissait pas porter Matthew en public, il ne l'appelait même pas par son nom. Frank était vraiment méchant. Il n'était pas l'homme que j'avais cru épouser et je me suis mise à avoir peur de lui. Je l'aurais bien quitté, mais j'avais mon père et Matthew...

On aurait dit qu'Esther tentait de se justifier.

– Frank se montrait cruel avec moi. Je n'avais pas le droit de m'occuper de mon fils ou de mon père avant d'avoir satisfait tous les désirs de mon mari. Il était dur avec mon père aussi. Il ne l'a jamais battu, mais il prenait un malin plaisir à l'humilier. Mon père le craignait. Frank était très grand et il aimait la bagarre. Il toisait mon père de toute sa hauteur et moi, je faisais tout ce qu'il voulait juste que pour qu'il laisse mon père tranquille. Même Matthew se cachait quand il rentrait chez nous.

» Je me suis dit que si j'essayais d'être une meilleure épouse il deviendrait plus gentil. Il fut un temps où je me reprochais de lui avoir donné un enfant handicapé. Mais ça n'a rien arrangé. Frank était cruel. Et il est devenu de plus en plus méchant, de plus en plus fainéant aussi. Au bout de trois ans, il s'est arrêté de travailler. Il s'est mis à boire. Et quand je refusais de lui donner de l'argent, il hurlait que c'était la faute des deux pauvres infirmes. Il lui arrivait de me forcer à emprunter de l'argent. Ensuite il a passé le plus clair de son temps dans les bars mal famés de Goldstrike. Goldstrike n'était pas du tout comme Béthel et il prétendait que, là-bas, il trouvait du travail, mais il n'en est jamais revenu avec un seul sou en poche. Et puis, un beau jour, il n'est tout simplement pas revenu. On m'a dit, par la suite, qu'il avait été abattu par un mari jaloux. Frank était costaud, mais ce n'était pas un très bon tireur... Je sais que c'est terrible à dire, mais j'ai été contente d'apprendre sa mort. J'ai loué le Seigneur.

– Quand avez-vous rencontré Thomas ?

– Thomas est arrivé dans ma vie trois ans plus tard. Je pensais que désormais aucun homme ne me semblerait jamais plus séduisant. Je me trompais. Il était beau, tellement beau...

Esther se drapa soudain dans ses souvenirs. Grâce à ses talents de conteuse, j'eus l'impression de vivre le moment de sa première rencontre avec Thomas.

Le médaillon d'Esther

A Béthel, cinquante ans plus tôt, vers 1938

Tandis que les ombres du couchant se rassemblaient au pied des Oquirrh pour céder la place à la pleine lune, un vieux camion Ford avec une plate-forme de planches cahotait sur la route de terre battue qui menait à Béthel. A certaines saisons, cette route se transformait en torrent, mais il n'y avait pas d'autre chemin pour arriver dans la ville minière isolée dans la montagne. Le dos calé contre son sac marin, les jambes allongées sur le bois de la plate-forme, Thomas contemplait le nuage de poussière qu'ils laissaient dans leur sillage. Il était vêtu d'un manteau en laine et ses cheveux étaient rabattus en avant par un vent printanier encore chargé des glaces de l'hiver. Dans le jour déclinant s'élevaient au loin les aboiements des renards et l'implacable symphonie des sauterelles. Il se retourna pour regarder la route à travers la cabine et vit se profiler une grande maison d'adobe entourée d'une barrière blanche. Thomas martela le toit de la cabine du dos de son poing fermé. Le conducteur jeta un coup d'œil derrière lui.

– Vous pouvez me laisser ici, dit-il en indiquant la maison d'un geste du bras.

Le conducteur appuya sur le frein. Le moteur hoqueta et le camion vibra. Il finit par s'arrêter devant l'auberge.

Thomas jeta son sac sur son épaule et sauta du camion.

– Ces vieux tacots, il paraît qu'on va bientôt magnétiser leurs essieux arrière, plaisanta-t-il en passant la tête par la portière pour dire au revoir au chauffeur.

– Pour quoi faire ?

– Pour ramasser les accessoires que tu sèmes sur la route derrière toi. Il tombe en morceau, ton camion, vieux frère.

Le conducteur lui renvoya son sourire et Thomas frappa de nouveau le toit de la cabine.

– Merci de m'avoir conduit jusqu'ici, mon vieux.

– Je m'appelle Jed. Si tu tombes sur un bon filon, tu peux te rappeler mon nom, dit-il en riant. T'as déjà vu de l'or pur ?

Thomas fit non de la tête.

– C'est bien ce que je pensais, continua le conducteur toujours jovial avant d'appuyer sur l'accélérateur et de repartir dans des pétarades.

Thomas examina la vieille auberge, puis il traversa le jardin en empruntant un sentier de graviers, monta les marches du perron et entra. La salle remplie d'une demi-douzaine de tables était vide ; seul un homme à la barbe grise somnolait sur une chaise dans un coin près de l'entrée. Dès que la porte se referma, une jeune femme surgit de l'arrière-salle, sans doute la cuisine. Elle portait de curieuses lunettes cerclées de fer qui dissimulaient la parfaite régularité de ses traits et le rose de ses pommettes saillantes. Elle avait le teint très clair et des cheveux d'un blond pâle ; de longs cils et de grands sourcils fournis étrangement masculins, pensa Thomas. Elle n'était pas grande mais semblait solide – il le fallait bien dans un pareil lieu. Son attitude n'avait pourtant rien de rustique. Elle était habillée de façon modeste, mais n'était pas mal vêtue. Elle était même assez élégante pour tourner la tête de bien des mineurs.

Thomas la salua et enleva son chapeau.

– Je peux faire quelque chose pour vous ? demanda-t-elle. La cuisine est fermée à cette heure.

– Je cherche un endroit où passer quelque temps. Vous n'auriez pas une chambre ?

Elle examina l'inconnu de plus près et éprouva pour lui une attirance qui la mit aussitôt sur ses gardes.

– Nous avons une chambre à l'étage. C'est pas bien grand...

– Du moment que j'ai un toit au-dessus de ma tête.

– C'est à peu près tout ce que je peux vous proposer.

– Combien en voulez-vous ?

– Trente cents par jour, dîner et petit déjeuner compris.

– Et pour un mois ?

– Cela dépend du nombre de jours qu'il y a dans votre mois.

Thomas sortit de son porte-monnaie plusieurs pièces d'argent.

– Voilà pour une semaine.

Elle prit l'argent, puis sortit une clé de la poche de son chemisier.

– C'est la dernière, au bout du couloir en haut de l'escalier. Les draps sont dans la commode.

Lorsque Thomas lui prit la clé, elle remarqua combien ses mains étaient calleuses. Elle fut gênée d'avoir noté ce détail, ce qui ne lui ressemblait pas, elle qui était si discrète. Mais il la tira aussitôt d'embarras.

– Vous avez parlé d'un dîner...

– Il est servi tous les jours au coucher du soleil. C'est trop tard à cette heure. Mais il reste quelques biscuits et de la quiche au potiron. Si vous voulez je peux aussi vous réchauffer un peu de café.

– Je n'ai rien mangé depuis Salt Lake. De la quiche et du café, ce sera parfait.

– Allez vous asseoir là-bas. Je vais vous chercher tout ça.

Thomas laissa son sac par terre à côté de la table indiquée. Il allongea ses jambes devant le feu qui brûlait dans la cheminée. Cela faisait deux semaines qu'il était sur les routes. Il venait de parcourir plus de trois mille kilomètres, en train et à pied, aux premières loges du spectacle effrayant qu'offrait la misère dans ce pays frappé de plein fouet par une crise économique d'une ampleur sans précédent.

La jeune femme dressa le couvert devant lui en détournant soigneusement son regard du sien.

– Je peux vous demander votre nom ?

Elle leva les yeux, repoussant d'une main une longue mèche de cheveux. Elle avait l'habitude de cette question, mais normalement, elle était prononcée par des hommes au visage buriné, souvent même édentés, dont les intentions étaient claires. Celle du jeune homme l'étaient-elles moins ?

– Je m'appelle Esther.

– Vous avez l'air fatigué. Prenez donc un café avec moi.

– J'ai encore des choses à faire.

Il montra d'un geste la chaise en face de lui.

– Juste un moment. Histoire de bavarder un peu. J'en ai si peu l'occasion.

Elle le considéra avec circonspection. Puis, gagnée par le charme de son sourire, elle s'assit en face de lui.

– Vous faites la cuisine pour combien de personnes ?

– Environ soixante.

– Ça n'a pourtant pas l'air bien grand ici. A moins que vous n'en mettiez cinq par lit.

– Les mineurs s'arrêtent ici sur le chemin de la mine, précisa-t-elle d'un air timide. Ils aiment bien ma cuisine.

Il souleva un morceau de quiche.

– Vous venez de quelle mine ?

– Qu'est-ce qui vous dit que je suis un mineur ?

– Si vous êtes ici à Béthel, c'est que vous êtes un mineur ou un joueur. Et vous n'êtes pas assez bien habillé pour être un joueur. Du moins un joueur professionnel.

– Je ne suis pas venu travailler dans une mine. Je prospecte de mon côté, en indépendant.

– Alors vous êtes un joueur.

Thomas esquissa un sourire.

– Vous avez sans doute raison.

– Pourquoi Béthel ?

– J'ai trouvé une vieille carte.

– Une carte ?

– Mon père me l'avait envoyée, avant sa mort, il y a quelques années.

– Elle vaut quelque chose ?

– Si elle est à l'image de mon père, non, elle ne vaut strictement rien. Mais je me dis qu'il essayait peut-être de se racheter.

– Une carte. Je n'ai jamais entendu pareille histoire. Comment est-ce qu'il l'a trouvée ?

– Il m'a écrit une lettre m'expliquant qu'il avait rencontré un homme ayant servi dans l'armée de Johnston à l'époque de la guerre de l'Utah. Johnston détestait les mormons et il pensait que la meilleure manière de s'en débarrasser était soit de les tuer, soit de faire venir des gens de l'extérieur. Le plus sûr moyen d'y parvenir était de trouver de l'or, ou de convaincre les autres que vous en aviez trouvé. Il a donc encouragé ses soldats à prospecter pendant leurs heures creuses. Et voilà que l'un d'eux trouva un morceau de quartz pailleté d'or. Comme il commençait à faire noir, le soldat a fourré les pépites dans son sac, puis il a gravé son nom sur l'écorce des arbres environnants avant de redescendre au camp. Le lendemain matin, il s'est fait tuer pendant un raid contre les Indiens. Mais à l'article de la mort, il a confié son secret à l'un de ses camarades, lui donnant le sac de pépites en guise de preuve. C'est cet homme qui a donné la carte à mon père.

– Pourquoi le soldat n'a pas été chercher l'or lui-même ?

– Il a déserté. Le massacre avait été si atroce. Des femmes et des enfants qu'elles tenaient dans leurs bras furent tués. Et lui, n'en pouvant plus, il a quitté la cavalerie pour rentrer chez lui, sur la côte est. Mais dans son journal intime, il a dressé la carte indiquant l'emplacement de l'or.

– Et votre père, pourquoi n'est-il pas allé chercher l'or lui-même ?

– Il a bien essayé. Mais quand il a rencontré cet homme, il était déjà très malade de la poitrine. Au bout d'un moment, il est quand même parti, mais il était presque mourant. Je ne sais pas ce qui l'a poussé à se mettre en route dans un état d'épuisement pareil. Et puis, de toute façon, ses raisons m'importent peu.

– L'or a cet effet sur les hommes. L'avidité se glisse dans leurs veines et ils feraient n'importe quoi, dit-elle d'une manière presque douce.

Thomas acquiesça d'un air grave.

– Comment s'appelle votre père ? demanda-t-elle.

– Abrahm. Pourquoi ?

– Vous êtes dans une petite ville. Quelqu'un d'ici se souviendra peut-être de lui.

Cette idée ne sembla pas plaire à Thomas.

– Et vous, quelle est votre histoire ?

– Qu'est-ce qui vous fait penser que j'en ai une ?

– Vous êtes ici.

– Vous dites ça comme si je vous devais une explication.

– Il y en a sûrement une.

– Vous n'êtes pas un peu présomptueux ?

– De quelle manière ?

– A vous entendre, on croirait que c'est mieux, ailleurs. Plus grand, plus beau et moi je n'en suis pas si sûre. J'ai entendu des hommes vanter leurs villes parce qu'on y tirait plus vite au pistolet qu'ici.

Thomas sourit : il savait qu'elle avait raison.

– Quand même, on passe à côté de beaucoup de choses dans un camp de chercheurs d'or.

– Comme l'épidémie de grippe de l'automne dernier?

Thomas ne put s'empêcher de rire.

– Et le théâtre, les expositions, les foires, le cinéma, les bals...

– Il y a bal tous les vendredis à Goldstrike, répliqua Esther qui n'y avait jamais mis les pieds.

– Vous avez déjà vécu dans une grande ville?

– Quand j'étais toute petite. Si vous considérez Rexburg comme une grande ville.

– Alors comment pouvez-vous affirmer que la vie n'y est pas meilleure?

– On n'a pas besoin de dormir dans un verger pour connaître le goût des fruits.

– Et votre fruit était pourri?

Esther se raidit soudain. Elle se leva vivement.

– Ce sera vingt-cinq cents pour le café.

Thomas était sur le point de s'excuser mais, ne voyant pas très bien de quoi, il se contenta de lui régler sa consommation. Puis, elle disparut dans la cuisine. Thomas ressentit alors la fatigue du voyage et regretta le départ de la jeune femme. Il y avait si longtemps qu'il n'avait pas bavardé agréablement avec une femme. On n'entendait plus que les craquements du feu et la respiration sifflante du vieil homme qui n'avait pas bougé de sa chaise. Une fois qu'il eut terminé sa quiche, Thomas prit son sac et monta l'escalier.

Appuyé au lit d'Esther, je restai songeur.

– A-t-il trouvé l'or, finalement?

– Non, jamais, dit-elle d'un air abattu. Il a cherché du matin au soir jusqu'à l'hiver, puis il a prospecté dans le coin pendant des années. Mais il n'a jamais rien trouvé. C'était devenu une blague à Béthel. «L'or de Ricorsi.» On disait parfois que c'était le dernier tour que son père lui avait joué. Mais il en aurait fallu davantage pour décourager Thomas. L'or ne se laisse pas trouver comme ça.

» Lorsqu'il n'a plus eu d'argent, il s'est fait embaucher à la mine Fletcher. Il a gardé sa chambre à l'auberge. Je le voyais tous les jours. Il était toujours si gentil, si poli, un vrai gentleman. Mon père étant devenu grabataire, il m'aidait dans la maison. Il refusait que je baisse le prix de sa chambre en échange de tous les services qu'il me rendait. Il ne m'a jamais rien demandé, dit-elle, les yeux soudain mouillés de larmes. Je savais qu'il n'était pas comme les autres. Il avait beau chercher l'or de son père, je sentais bien qu'il était en fait en quête d'autre chose, de quelque chose de moins tangible – peut-être de la preuve que son père l'avait aimé.

» Il passait de plus en plus de temps avec Matthew. Il l'emmenait pêcher avec lui dans les étangs. Il lui apprenait à attraper des poissons et à laver le sable aurifère, ajouta Esther avec un sourire tendre. Matthew est rentré un jour avec une pépite qu'on a vendue cinq dollars. Je suis sûre que Thomas l'avait glissée subrepticement dans sa passoire, même s'il le niait. Matthew s'est acheté un sucre d'orge et m'a offert un bonnet. Nous avons économisé ce qui restait. Il était comme ça, Thomas. Il vivait de rien et partageait tout ce qu'il possédait. Il n'allait à Goldstrike que pour s'approvisionner ou aller chercher son courrier à la poste et il me demandait toujours si je voulais quelque chose. Je disais toujours non. Mais il me rapportait quand même un petit cadeau.

» Et pourtant, je repoussais ses avances. Ça semble stupide, mais les blessures ouvertes par Frank n'avaient pas encore cicatrisé. Thomas était tenace, pas timide, mais pas agressif non plus. Je pense qu'il attendait que je me ressaisisse. Il n'a jamais abandonné, dit-elle en baissant le front. Et puis la guerre est arrivée.

» La guerre était si loin de Béthel. Hitler, les Sudètes, Dunkerque – c'étaient seulement des mots qui surgissaient le dimanche soir au détour de la conversation des hommes au coin du feu. Ils n'étaient rien pour moi. Jusqu'au jour où ils eurent un sens pour mon Thomas. Sa feuille de conscription ayant mis six semaines à le rattraper, il n'eut que deux semaines pour se présenter à la gare d'embarquement de Fort Douglas à Salt Lake City et prendre le train pour Fort Leonard Wood dans le Missouri.

» Ces semaines-là furent pénibles. Thomas était devenu songeur. En général, lorsqu'on s'en va, on est angoissé, on est de mauvaise humeur. Mais pas Thomas. Il était encore plus gentil et patient que d'habitude, comme s'il voulait me laisser quelque chose. Quand je faisais le ménage, le soir, il me regardait avec une intensité qui aurait dû me mettre mal à l'aise. Il s'inquiétait pour moi. Il ne voulait pas nous laisser seuls, Matthew et moi. Mon fils le sentait d'ailleurs, je crois. Mais il n'y avait pas que cela. Je pense que, pendant cette période, il s'est rendu compte de ce qu'il était venu vraiment chercher à Béthel.

– L'amour ?

– Peut-être. Le pardon. Je crois qu'il est venu faire la paix avec son père, dit Esther en prenant un mouchoir en papier. A mesure que l'heure de son départ approchait, je me sentais plus désemparée. Il s'était arrangé pour toujours être là au bon moment pour moi. Et moi je me montrais irritable avec lui. Sans doute parce que je n'avais pas la force de supporter un nouveau chagrin. J'avais bâti autour de mon cœur une forteresse. Il avait réussi à l'investir. Je me sentais vulnérable.

Je songeai alors au départ de Faye et je ne comprenais que trop bien ce qu'elle voulait dire.

– Thomas m'a demandé s'il pouvait venir me voir, le soir, juste avant son départ. Il est arrivé tard, après le dîner. Nous étions seuls dans la salle à manger. Nous sommes restés près du feu sans échanger une parole. Je me souviens d'avoir regardé le reflet des flammes danser dans ses yeux et de m'être dit : comment un homme peut-il être si beau ? A un moment donné, il s'est tourné vers moi en déclarant : «Je n'ai pas le droit de faire ça. » «Le droit de faire quoi», ai-je répondu. Et il a sorti une petite bourse en velours et de cette pochette le médaillon... celui-ci même, dit Esther en caressant le bijou.

» Je n'avais jamais eu de bijou, j'étais émerveillée. Il m'a raconté qu'il avait appartenu à sa mère. Il était en or, mais elle avait dû le faire plaquer d'argent pour le sortir de son pays. Il voulait que je me souvienne de lui : à l'intérieur du médaillon, il y avait sa photo et il avait inscrit au dos : "Toujours, Thomas". Il me passa le médaillon autour du cou.

» J'étais sans voix. Une partie de moi mourait d'envie de me donner à lui, mais je savais que si je m'y autorisais, je ne pourrais pas revenir en arrière. Ensuite, il a renversé la petite bourse et une bague a roulé dans la paume de sa main. La plus belle bague que j'aie jamais vue : un anneau d'or dans lequel était sertie une émeraude aux sombres reflets. Il m'a dit : "Je n'ai pas le droit de demander à une femme de donner son cœur à un homme qui ne reviendra peut-être pas... mais si je ne rentre pas, ce ne serait pas correct que cette femme ne connaisse pas ses sentiments. " Il me tendit la bague et plongea longuement son regard dans le mien. Mais je ne pouvais pas la toucher. J'avais trop peur de perdre le peu de contrôle que j'avais encore sur moi-même. Je me suis mise à sangloter. Il m'a d'abord regardée, puis il s'est détourné, les joues ruisselantes de larmes. Il a jeté la bague dans le feu et il est sorti de la pièce.

Esther se détourna de moi, elle aussi, et je sentis qu'elle était plongée si profondément en elle-même qu'elle était au-delà de toute communication possible. Mais je savais aussi qu'elle n'avait pas entrepris ce voyage pour elle. Son récit n'était ni complaisant ni indolore. Ce qu'elle m'avait dévoilé, c'était une blessure encore ouverte. Et cela pour mon seul bénéfice. Elle me jugeait assez intelligent pour comprendre. La nuit était tombée à présent. Je consultai ma montre. Puis, je touchai doucement son bras.

– Il vaut mieux que je parte, dis-je. Je vais téléphoner à Faye.

Elle acquiesça. Je me levai, mais au moment de partir, je jetai un coup d'œil derrière moi, le cœur soudain serré. Je me sentais coupable de la laisser si seule, si vulnérable, alors qu'elle venait d'épancher son âme.

– Ça va aller ?

– Allez voir Faye, dit-elle.

– A demain, donc.

– A demain, oui, répondit-elle.

En rentrant chez moi, je me remémorai l'histoire d'Esther et de son amour perdu. Béthel me semblait à présent un lieu familier et je voyais les silhouettes d'Esther et de Thomas penchés vers l'âtre, le cœur brisé. Son récit soulevait une foule de questions dans mon esprit. Dès que je rentrai à la maison, je posai mon manteau sur le canapé et composai le numéro de Faye.

– Bonsoir, Michael.

– Bonsoir Abby. Faye est-elle là ?

– Oui, dit la sœur de Faye, manifestement très gênée. Ne quitte pas.

J'entendis ensuite un bruit étouffé de dispute – sans doute avait-elle posé sa main sur le micro du combiné. Puis une voix masculine tonna à mon oreille.

– Ici le Dr Murrow. Je vois que vous ne m'avez pas bien compris l'autre soir. Vous m'obligez à être brutal. Je ne veux plus vous voir tourner autour de ma fille. Elle n'a plus le temps de s'occuper d'un raté de votre espèce.

– Je voudrais lui parler.

– Elle ne veut pas vous parler.

– Dans ce cas, qu'elle me le dise elle-même. Si c'est ce qu'elle souhaite, vous n'entendrez plus jamais parler de moi.

Il raccrocha d'un coup sec. Je jetai le combiné à l'autre bout de la pièce et je remis mon manteau avec l'intention de me rendre chez elle, tout en mesurant parfaitement le risque de ne pas être accueilli à bras ouverts. Mais ce n'était pas la première fois que je me serais battu pour quelque chose qui me tenait à cœur. A la dernière minute, cependant, alors que j'étais sur le point de sortir, je me ravisai et allai dans la cuisine me préparer une tasse de thé. Il ne fallait pas perdre mon sang-froid. Ce n'était pas le père de Faye qui m'effrayait, mais Faye elle-même. Je ne pouvais pas savoir comment elle allait réagir. Je me sentais tout à fait capable d'affronter la fureur du Dr Murrow, mais pas les reproches et le rejet de Faye.

15

Le pardon

«Il y a des gens qui conservent leur rancune comme s'il s'agissait d'un trésor sans prix. C'est stupide. Il faut évaluer la gravité de l'offense, puis se demander ce que nous rapporte notre ressentiment. »

Extrait du journal intime d'Esther Huish

*P*endant mon premier trimestre à l'université, j'avais assisté aux cours d'un professeur de philosophie pour qui notre idée de Dieu était semblable à celle que nous nous faisions de notre propre père. J'avais, à l'époque, trouvé ce point de vue intéressant, d'autant que je me souvenais d'avoir, à l'âge de treize ans, enveloppé dans une couverture à l'arrière d'un *break* Chrysler, décidé que Dieu n'existait pas. Ma mère et moi venions de quitter le Wyoming et mon père, un père alcoolique qui de toute façon nous avait abandonnés. Par la suite, je n'étais pas resté vraiment athée, oscillant entre les doutes de l'agnosticisme et la chaude conviction de la foi, grâce surtout à ma mère qui, elle, était profondément croyante.

Sans doute avais-je eu toute ma vie des problèmes avec ce qu'on appelle dans le jargon des psychologues «l'image du père» et le Dr Murrow n'était que le dernier d'une longue lignée de patriarches malveillants à mon égard. Je savais qu'il était inutile que je téléphone à Faye tant qu'il serait là. J'attendis donc d'être arrivé à Arcadia pour la rappeler. Sa sœur Jayne répondit.

– Bonjour, Michael, dit-elle d'un ton enjoué.

– Tu n'es pas à l'école ? m'étonnai-je.

– C'est encore les vacances de Noël.

– Faye est là ?

– Non, elle est partie avec mes parents à Salt Lake.

– Quand sera-t-elle de retour ?

– Tard.

J'étais abasourdi.

– Je suis désolée de ce qui s'est passé hier soir, reprit Jayne. On dirait que mon père est devenu fou.

– Comment va Faye ?

Elle eut un moment d'hésitation.

– Je ne l'ai jamais vue dans un état pareil.

– Tu peux lui demander de me téléphoner en rentrant ? Peu importe s'il est tard.

– Je ne sais pas si elle te rappellera, Michael. Je ne sais pas ce que tu lui as fait, mais je crois qu'elle a le cœur brisé.

– Tu peux lui dire que je l'aime et que je regrette ?

– Je le ferai.

– Tu es un amour.

– Tu nous manques, tu sais. Il faut vous réconcilier, tous les deux.

– J'essaye, Jayne.

– Au revoir, Michael. J'espère qu'on te verra bientôt.

Je l'espérais aussi.

La résidence était beaucoup plus calme que la veille. Helen me pria d'enlever de la maison toutes les décorations de Noël. Un petit groupe de résidents me suivit pas à pas tandis que je décrochais les guirlandes et les branches de houx. Au moment où j'ôtais l'étoile en haut du sapin en plastique, ils applaudirent. Mais dans l'ensemble, je passais la journée absorbé par une douloureuse rêverie. Je connaissais assez Faye pour savoir que si elle avait voulu me parler, même son père n'aurait pas pu l'en empêcher.

Je songeais aussi à Esther et à son récit de la veille dont la trame s'entrelaçait avec mes pensées, comme si son sort se liait peu à peu au mien pour former une seule trame. J'avais des questions à lui poser et je lui rendis visite à la fin de mes heures de travail afin de pouvoir rester avec elle un bon moment. Je la trouvai disposée à parler.

– Vous vous êtes réconcilié avec Faye ? demanda-t-elle.

– Non. Je n'ai pas pu la voir. Son père semble plus ou moins la séquestrer.

– Elle part demain ?

– Demain matin, dis-je d'un ton morose.

Le front d'Esther se sillonna de rides.

– C'est toujours la faute du père. Tout commence bien, puis ils se mettent à se poser des questions.

– Quel dommage, soupira Esther.

– Je me dis, quelquefois, que ma vie serait tout autre si j'avais eu un vrai père.

– C'est ce que je me suis souvent dit à propos de ma mère. Mon père a fait tout son possible pour combler ce manque, mais ce n'est pas la même chose. Même à mon âge, j'y pense encore.

– Comment était votre père ?

– Oh ! un homme réservé. Ses camarades de la mine le comparaient au président Herbert Hoover en maigre. En tout cas, il avait du charisme, les gens l'aimaient beaucoup. Nous étions sans cesse sur les routes. C'était un imbécile. Il vivait de combines. Mais ces combines, il les trouvait pour moi, pour me nourrir. Il avait le sens des responsabilités. Maintenant que je suis vieille, je le comprends et je l'aime pour ça. Non que je sois plus sage, mais le grand âge met les choses en perspective et vous pousse à pardonner.

— Je ne peux pas dire ça de mon père, dis-je sèchement. Jamais je ne pourrai lui pardonner.

Esther eut l'air soudain troublée.

— On dirait que le pardon est pour vous un cadeau que l'on offre.

— Ce n'est pas ça ?

— Votre père est mort. A quoi lui servirait votre pardon ?

— Vous pensez que je devrais pardonner à mon père ? demandai-je, consterné.

— Si vous voulez vous libérer de son emprise sur vous, il faut lui pardonner. Nous sommes enchaînés à ceux que nous ne pouvons pas pardonner.

— Je ne suis pas enchaîné à mon père, je n'ai aucun lien avec lui, affirmai-je.

— Imaginez un navire essayant de prendre le large en traînant son ancre derrière lui. Briser la chaîne ne revient pas à faire un cadeau à l'ancre, que je sache. Il faut la larguer pour permettre au navire de naviguer, voilà tout.

Je songeais à mon père. Les souvenirs que j'avais de lui avaient la noirceur de la misère et du malheur.

— Je crois que jamais je ne lui pardonnerai. C'est plus fort que moi.

— Tout le monde peut pardonner. Il suffit de le vouloir assez fort. C'est dur au début, il faut prier pour ceux qui ne sont pas pardonnés.

— J'aurais l'impression de trahir ma mère.

— Cela ferait-il plaisir à votre mère de vous savoir le cœur plein de haine ?

Sa question me laissa sans voix.

– Parfois on pardonne quand on comprend. Est-ce que vous vous êtes demandé pourquoi il était parti ?

– Il aimait mieux la boisson que sa famille.

– En êtes-vous si sûr ? Et où cet amour immodéré pour la boisson l'a-t-il mené ?

– On la retrouvé mort près des poubelles d'un marchand de hamburgers.

– Pour quelle raison a-t-il préféré vivre comme un clochard plutôt que de rentrer chez lui auprès de sa femme dans la chaleur du foyer ?

– Où voulez-vous en venir ?

– Je ne connaissais pas votre père. C'était peut-être un monstre. Mais mon premier mari était un vrai poivrot. Il rentrait toujours à la maison quand il avait besoin d'argent... ou d'autre chose. Votre père a peut-être été assez honnête pour se rendre compte qu'il ne changerait jamais et que votre mère et vous auriez une vie plus agréable sans lui. Dans un sens, il vous libérait du poids de sa présence. Vous avez une autre explication ?

J'étais de nouveau sans voix.

– Il faut que vous cherchiez à lui pardonner, Michael. Un peu comme Thomas.

– Mais Thomas n'a jamais trouvé l'or de son père. Il n'avait aucune preuve que son père cherchait à se racheter auprès de lui.

– Peut-être, mais il a fini par trouver la paix.

Je réfléchis un moment, puis je me mis à parler de tout autre chose.

– Dites-moi, Esther, quand vous avez revu Thomas des années plus tard, pourquoi ne vous êtes-vous pas fait reconnaître ?

– Ce n'était pas si simple, répondit-elle tristement.

– Vous avez reçu des nouvelles de lui après cette soirée au coin du feu ?

Elle acquiesça, mais se tut.

– Que s'est-il passé après le départ de Thomas ?

Ma curiosité sembla soulever le couvercle de la boîte aux souvenirs. Esther devint grave et se mit à se balancer sur son fauteuil. Une minute plus tard, elle exhala un soupir et commença :

– Je n'ai pas dormi cette nuit-là. Je l'ai entendu revenir des heures plus tard pour s'enfermer dans sa chambre. Puis, je l'ai entendu repartir. Le lendemain matin, j'ai réussi à retrouver la bague dans les cendres, mais lui, il était parti après avoir fait ses bagages, pendant la nuit. Au début, je pensais que je finirais par l'oublier, mais non, je me trompais. Je pensais à lui tous les jours. J'avais peur qu'il se fasse tuer et je me demandais comment, si jamais cela arrivait, je pourrais l'apprendre. Je ne savais pas où il se trouvait, il était parti tellement vite. Et je me disais qu'il ne reviendrait peut-être jamais à Béthel.

» Au bout de deux ans, j'ai cessé de me poser cette question. Béthel était en train de mourir, tout le monde partait. Mais comme Matthew et moi n'avions nulle part où aller, nous sommes restés là, à tenir l'auberge. Nous n'avions plus qu'une poignée de clients. Ceux qui étaient trop pauvres pour payer aidaient au ménage ou au jardin. Nous nous contentions de survivre au naufrage. Deux ans jour pour jour après le départ de Thomas, j'ai épousé un des clients de l'auberge. Il s'appelait William. Ce n'était pas un mariage d'amour – on n'a même pas fait semblant –, mais l'union de deux solitudes. William n'a jamais su pourquoi j'avais choisi cette date plutôt qu'une autre. Il était d'ailleurs complètement indifférent. Il était beaucoup plus vieux que moi, pas très intelligent, mais il avait le cœur sur la main. Il était vraiment très gentil avec Matthew. Je pense qu'il savait que je ne l'aimais pas, mais il l'acceptait.

» Quelques années plus tard, la dernière mine a fermé et Béthel est morte. Nous avions un peu d'argent, juste assez pour commencer ailleurs. Nous sommes donc partis pour Salt Lake City. On vivait dans une caravane près de Millcreek Canyon. Nous avons vécu là des moments plutôt agréables. Ce n'était pas la vie dont j'avais rêvée petite fille, mais ce n'était pas trop mal. La crise et la guerre étaient terminées. La prospérité était à notre porte, j'avais trouvé un centre pour Matthew et, tous les dimanches, nous allions à l'église baptiste. Je n'oubliais pas Thomas : pas un jour ne se passait sans que je pense à lui. J'avais mis son souvenir en lieu sûr, dans un endroit secret, mais accessible quand je le voulais, comme la bague qu'il m'avait donnée. Jamais je n'ôtais mon médaillon. William n'a jamais posé de question.

» Et un beau jour, comme ça, Thomas est revenu. Je faisais la vaisselle, Matthew est entré en courant avec un large sourire. "Tom", m'a-t-il dit. Il ne l'avait pas oublié. J'ai séché mes mains et je suis sortie. C'était bien lui, là, de l'autre côté de la barrière. Il avait un peu changé, ses épaules étaient plus carrées et il portait des lunettes à montures épaisses à la mode à l'époque, dit Esther en souriant au souvenir de ce détail. Il avait l'air un peu plus vieux, mais à peine. Il avait débarqué d'Europe un mois plus tôt sur la côte est. Il était allé directement à Béthel. La ville était morte. Il lui avait fallu près de quatre semaines pour retrouver ma trace. William était absent ce jour-là ; en ville pour affaires. J'invitai Thomas à boire un rafraîchissement. Je l'interrogeai sur la guerre, mais il préférait ne pas en parler – la libération du camp de Buchenwald, l'horreur de toutes ces atrocités. Hitler était mort, c'était fini.

Il n'arrêtait pas de jeter des coups d'œil à mon alliance. Mais il n'osait pas poser de question. Je mis une bonne heure à lui parler de William. Dès que les mots furent prononcés, je sentis que quelque chose en lui mourait sous mes yeux. Il s'est tu, puis il m'a embrassée et m'a dit qu'il devait partir.

» Je lui ai demandé où il allait. Il m'a répondu qu'il projetait de s'installer dans la vallée. Il m'écrirait pour me donner son adresse. Il a trouvé du travail à la mine de cuivre de Magna, entre Salt Lake City et Béthel. Là, il est devenu un leader syndical. Les gens avaient confiance en Thomas : il s'intéressait aux autres et pas pour qu'on pense du bien de lui, mais parce que cela lui venait tout naturellement.

Esther marqua une pause, puis elle déclara :

– Un peu comme vous, Michael. Vous avez beaucoup de points communs avec Thomas.

Je n'aurais pu recevoir plus grand compliment.

– Merci, me contentai-je de répondre.

– Quatre ans plus tard environ, William est mort brusquement. Une maladie de l'estomac, paraît-il. Les médecins n'étaient pas clairs là-dessus. Un jour, il s'est mis à hurler de douleur. Il avait beaucoup de fièvre. Il est mort pendant la nuit, comme ça. Une semaine après ses funérailles, j'ai pris ma voiture pour aller retrouver Thomas.

– Et vous l'avez trouvé ?

– Je me suis rendue à Magna. Ce n'est pas une grande ville et j'ai fini par trouver une femme chez un boucher qui m'a indiqué le chemin de chez lui. J'ai garé ma voiture en face de la maison. Une petite fille jouait dans le jardin fermé par une barrière en fer. Elle avait de longs cheveux bruns. Et un visage adorable. Le portrait de Thomas. Debout devant la barrière, je lui demandai son nom. « Katelyn Ricorsi » m'a-t-elle répondu. Le nom de son père ? « M. Tom Ricorsi. » Je levai alors les yeux pour voir une femme debout sur le seuil. Elle était ravissante. Une longue chevelure brune, un beau sourire. Elle m'a demandé si elle pouvait m'aider ; je cherchais peut-être quelqu'un ? Je lui ai demandé son nom et elle m'a serré la main en disant : « Martha Ricorsi. » La petite fille est venue se blottir contre les jambes de sa mère. La jeune femme a réitéré son offre d'aide. Mais moi, je me contentai de les contempler bêtement. Je finis par bredouiller, « non, j'ai dû me tromper de rue ». Et je me suis précipitée dans ma voiture pour rentrer chez moi.

Esther baissa la tête.

– Ce soir-là, j'ai écrit ma première lettre à Thomas. Je savais que jamais je ne l'enverrais. Cette femme et cette enfant ne m'avaient rien fait. Tout ce dont je pouvais accuser Martha Ricorsi, c'était d'aimer un homme qui méritait d'être aimé. J'avais eu ma chance, je l'avais manquée.

– Et vous ne lui avez plus jamais parlé ?

– Je pense à lui tous les jours. Mais je ne lui ai jamais reparlé.

Une larme roula sur la joue d'Esther.

– L'automne suivant, j'ai attrapé la scarlatine. Matthew est mort. Depuis lors, je suis seule.

On entendait le bruit de la cireuse électrique dans le couloir à présent obscur. Esther se balançait doucement.

– C'est pourquoi vous me lisez la page nécrologique dans le journal. Peut-être me donnera-t-on une seconde chance.

Je compris soudain le sens de son rituel quotidien. Esther était fatiguée. Je jetai un coup d'œil à ma montre. Il était tard.

– Je dois partir maintenant, dis-je en déposant un baiser sur son front.

– Dormez bien. Vous allez voir Faye ?

– Je la verrai à l'aéroport.

Esther n'avait jamais vu Faye, mais elle me recommanda :

– Vous lui direz au revoir de ma part.

Je pris sa main dans la mienne.

– C'est promis.

Sur le chemin du retour, à la clarté laiteuse d'un croissant de lune, je songeais à Esther et à ses années de solitude et de regret. Puis je songeais à Faye. J'aurais dû savoir de façon claire ce que je devais faire. J'aurais dû le savoir. Un homme meilleur que moi l'aurait su.

16

Le départ

« J'ai connu trop de départs dans ma vie. Je n'ai
pas encore trouvé ce qu'il y a de bon dans un
adieu. »

Extrait du journal intime d'Esther Huish

*J*e n'ai pas dormi cette nuit-là. Je me réveillais sans cesse
pour vérifier l'heure au cadran du réveil. Finalement, à cinq
heures et demie, je me levai et... trois heures plus tard, j'étais
en route pour l'aéroport de Salt Lake International. En véri-
fiant les horaires des vols, je constatai que celui de Faye était
fixé vingt minutes plus tôt que je pensais. Pris de panique, je
me frayai un chemin dans la foule en direction de la porte
d'embarcation. Faye était en tête, auprès de son père, attendant
qu'on appelle les passagers de la classe affaires. Je criai son
nom. Elle se retourna. Impossible de déchiffrer son expression.

– Michael ?

Son père me fusilla du regard. Faye lui tapota le bras puis,
posant son sac par terre, vint me retrouver. Après un silence
qui me sembla durer une éternité, Faye prit une profonde inspiration et me prit la main.

– Je n'ai jamais autant pleuré que ces derniers jours,
Michael.

Je regardai autour de moi, embarrassé.

– Je suis désolé, Faye, mais c'est tellement compliqué.

– C'est bien ça le problème. Ça ne l'est pas du tout.

Je remarquai qu'elle ne portait pas le médaillon que je lui avais offert. Je plongeai ma main dans ma poche.

– Je veux te donner quelque chose avant ton départ.

Je sortis une bague, un mince anneau d'or des Black Hills. Je la mis dans la paume de Faye.

– C'était l'alliance de ma mère.

Faye la prit, les yeux soudain pleins de larmes. Puis elle me la rendit.

– Je ne peux pas, Michael.

– Pourquoi ?

– L'autre soir...

Gagnée par l'émotion, elle laissa sa phrase en suspens. La voix de son père retentit.

– Viens, Faye, on va embarquer.

Faye s'essuya les yeux, puis elle mit sa main devant sa bouche.

– Il faut que je parte.

Et elle se pencha pour m'embrasser sur la joue.

– Au revoir, Michael.

– Tu me téléphoneras ?

Elle baissa la tête, s'éloigna de quelques pas et se retourna vers moi.

– Je t'aimerai toujours.

Elle n'en dit pas plus. Tandis qu'elle rejoignait son père, celui-ci me considéra d'un regard haineux. Elle se retourna une dernière fois, puis ils s'engouffrèrent tous les deux dans la passerelle.

17

Le Nouvel An

« A l'approche du Nouvel An, je me demande
si Thomas va revenir, même si j'ai peur de la
réponse. Il y a des gens qui commencent un
roman par la dernière page. Ce n'est pas mon cas.
Je pense que c'est une chance de pouvoir une à
une tourner les pages de notre vie. »

Extrait du journal intime d'Esther Huish

*M*ême en ayant tout à craindre du départ de Faye, je
ne savais pas très bien à quoi m'attendre. La seule chose dont
j'étais vraiment sûr, c'était de l'avoir profondément blessée.

Les deux journées suivantes s'écoulèrent péniblement,
comme si je devais extraire des sables chaque minute de mélancolie où le temps s'était enlisé. Je me noyais dans le travail pour
échapper à la souffrance qui me guettait à tous les recoins de ma
pensée. Installé dans la salle de repos, j'étais occupé à remplir
les feuilles de soins des résidents, quand l'un d'eux approcha en
claudiquant. C'était un ancien professeur de littérature américaine que tout le monde surnommait « Wally » parce qu'il était un
spécialiste du célèbre essayiste et poète Ralph Waldo Emerson.
Cet homme lettré vêtu d'un cardigan jaune canari portait des
lunettes dont les verres grossissaient, à la manière de loupes,
l'iris laiteux de ses yeux qu'une cataracte rendait opaques.

– Je me meurs, savez-vous, déclara-t-il de but en blanc
d'une voix neutre.

Je levai vers lui un regard un peu étonné.

– De quoi?

Le vieux professeur s'assit à côté de moi et posa sa canne debout entre ses genoux.

– Ce qui m'achèvera en premier, je suppose.

– Vous ne savez pas de quoi vous mourez?

– Vous vous préoccupez, vous, de la couleur des yeux de la vipère qui vous a mordu?

Je me replongeai dans ma paperasse.

– Qu'est-ce qui vous ronge, Michael?

– J'ai beaucoup de travail aujourd'hui, Wally, dis-je sans lever les yeux.

– Vous avez l'air de broyer du noir. Je vois une femme là-dessous...

La justesse de sa remarque me surprit. J'interrompis mon travail.

– Ma petite amie est partie.

Le vieux monsieur me considéra d'un air curieusement amusé.

– Ah! la jeunesse, soupira-t-il. Elle ne sait pas qu'on ne badine pas avec l'amour... Vous n'êtes pas comme notre bon Nedward, ajouta-t-il en indiquant un vieillard tout voûté tassé non loin dans un fauteuil.

Légèrement irrité, je répliquai un peu vivement:

– Je n'ai rien d'un don Juan, non.

Wally grimaça de toutes ses rides:

– Vous autres, vous croyez que l'amour revêt un joli minois et un corps de rêve. Mais vous vous trompez. Nedward arrive à peine à marcher, mais il parcourt tous les jours près de deux kilomètres pour tenir la main d'une femme qui ne le reconnaît même plus.

Il plongea son regard dans le mien.

– Il n'y a pas d'amour plus vrai que celui-là.

Puis, à l'aide de sa canne, il se leva et, me tournant le dos, il se dirigea vers l'autre bout de la salle.

Esther ne posa aucune question à propos de Faye. Je lui en fus reconnaissant. Mais elle me parla plus doucement qu'à l'accoutumée : une façon de me faire comprendre qu'elle était prête à m'écouter si j'avais envie de lui parler. En fait, ce fut Alice qui aborda le sujet du départ de Faye.

– Ça va ? demanda-t-elle gentiment.

– Très bien, mentis-je.

– Quelque chose s'est passé entre toi et Faye ?

Sidéré par sa perspicacité, je lui avouai :

– Nous nous sommes quittés en mauvais termes.

– Je suis désolée, dit Alice d'un air réellement compatissant. A quelle heure est-ce que tu finis demain soir ?

– A six heures.

– Que fais-tu pour le Nouvel An ?

– Je pensais venir faire un tour ici vider quelques pots de chambre, dis-je, goguenard.

Alice fit la moue.

– Pourquoi ne viendrais-tu pas avec moi à une petite fête ? proposa-t-elle, puis sentant ma réticence, elle ajouta : juste pour s'amuser un peu... A moins que tu ne préfères rester chez toi à te morfondre.

– Bon, d'accord.

– Tu veux que je passe te prendre ?

– Et si je te retrouvais là-bas plutôt ?

– Si tu promets de ne pas me poser un lapin, dit-elle en écrivant une adresse au dos d'une feuille de soins. Mes amis s'appellent les « Liss ». Ils habitent près de la trentième rue. La fête commence à sept heures.

– Je connais le coin, c'est pas loin de chez Faye.

– Le quartier des gosses de riches, plaisanta-t-elle.

169

Je pliai la feuille et la glissai dans ma poche de chemise.

– Ne la perds surtout pas, dit Alice, ravie. Et n'apporte rien. On a assez de chips et de bière pour fêter le passage à l'an 2000 !

La résidence des Liss était à peu près aussi difficile à trouver que l'Empire State Building. C'était une propriété énorme, comprenant plusieurs courts de tennis, une piscine chauffée, deux jacuzzis, une salle de séjour de la taille de ma maison équipée d'une télévision murale, de quelques flippers et de plusieurs tables de billard. Les enceintes de la chaîne haute-fidélité braillaient la musique de l'album *Equinox* des Styx lorsque Alice m'ouvrit la porte donnant sur un vaste hall d'entrée au sol dallé de marbre. Elle était vêtue de façon décontractée, d'un jean et d'un chemisier bordeaux assez décolleté ; elle avait une bouteille de vin à la main.

Alice n'avait pas exagéré sur la quantité d'alcool. On pouvait à peine poser le pied dans la vaste cuisine tant il y avait de caisses, de bouteilles, de seaux à rafraîchir. Alice me présenta à ses amis. Et tout le monde m'offrit un verre que je déclinai chaque fois habilement. On me considérait manifestement comme le chevalier servant d'Alice. C'était une réunion amicale, hormis la petite échauffourée dans le séjour ; mais les deux adversaires furent vite séparés par la petite amie de l'un d'eux qui réussit à écarter et à emmener son amoureux dans une autre pièce pour lui faire reprendre ses esprits. A minuit, plusieurs convives se jetèrent tout habillés dans la piscine, ce qui les obligeait à enlever ensuite leurs vêtements – c'était d'ailleurs le but de l'opération. Puis, ils se dispersèrent par couples aux quatre coins de la maison. Alice et moi restâmes assis sur le canapé, occupés à grignoter des bretzels tout en regardant un feuilleton insipide à la télévision. Alice, qui n'avait pas lâché sa bouteille de la soirée, la posa par terre, à ses pieds, et me prit la main.

– Tu as déjà vu un endroit aussi grand ?

– Jamais.

– Chez Faye ?

– Ce n'est pas aussi grand chez elle, et de loin.

Elle se leva et me tira par la main pour m'obliger à me lever à mon tour.

– Viens, je veux te montrer quelque chose.

Je la suivis dans l'escalier aux marches recouvertes d'une épaisse moquette marron. Elle s'arrêta à la dernière porte au bout du couloir – c'était une chambre.

– C'est ce que tu voulais me montrer ? m'étonnai-je en balayant la pièce vide du regard.

– Non, c'est ça que je veux te montrer..., dit-elle en se mettant à déboutonner ma chemise.

– Alice !

– Tu n'aimes pas les filles ? lança-t-elle avec un petit sourire malicieux.

– Tu as trop bu.

Elle posa le bout de son index sur mon nez.

– Non, c'est toi qui n'as pas assez bu.

Son doigt descendit sur mes lèvres, puis sur mon menton.

– Tu sais que tu es très beau.

Son sourire s'élargit. Je sentis son haleine chargée de vin.

– Ne me dis pas que tu es fidèle à Faye.

– C'est un peu ça.

Alice éclata de rire.

– Tu crois qu'elle va se souvenir de toi longtemps à l'université ? C'est peut-être une princesse, mais elle n'est quand même pas une sainte, déclara-t-elle en continuant à déboutonner ma chemise. Elle ne t'est sûrement pas fidèle, elle !

Je posai mes mains sur les siennes.

– Je vais partir, Alice.

Elle se serra contre moi.

– Tu ne me trouves pas jolie ?

Je fis la sourde oreille et la prenant par la taille, je la repoussai assez vigoureusement. Mais elle se tenait solidement à moi. Elle eut un sourire de triomphe.

– Il faut te faire une raison ! Faye est juste une petite fille riche qui te veut pour les mêmes raisons que nous toutes. Mais tu sais, tu es seulement un hors-d'œuvre, mon chéri.

Elle pressa sa poitrine contre la mienne.

– Tu vas voir, je vais te la faire oublier !

Elle m'embrassa le menton, puis descendit le long du cou. Elle s'écarta légèrement, un sourire sensuel aux lèvres.

– Tu voudras l'oublier !

Je mentirais en prétendant que la tentation n'était pas forte. Même les sonnettes d'alarme que tirait ma conscience étaient presque étouffées par la montée en moi d'un violent désir, mais rien n'aurait pu faire taire la voix puissante qui retentit soudain tout au fond de moi : ce n'était pas seulement à l'amour que j'aspirais, mais à l'amour de Faye.

Je laissai Alice plantée là.

18

Une seconde chance

« Nous passons souvent notre vie à rien espérer d'autre que d'avoir une autre chance de faire ce que nous aurions dû faire d'emblée. »
Extrait du journal intime d'Esther Huish

*L*e lendemain matin, Helen ne fut pas aussi soulagée que moi en apprenant qu'Alice prenait un jour de congé pour maladie.

– Je suis sûre qu'elle soigne une belle gueule de bois du Nouvel An, grommela-t-elle alors que je sortais ma blouse de mon casier. Je voudrais que vous la remplaciez ce matin.

– Bien sûr, pas de problème, acquiesçai-je.

– Merci, je sais que je peux compter sur vous. Au fait, Esther vous attend avec impatience. Elle a de bonnes nouvelles.

Ce n'était pas le genre de choses que je m'attendais à entendre au sujet d'Esther.

– Quoi ?

– Aussi bizarre que cela puisse paraître, je crois qu'il s'agit de quelqu'un qui est en train de mourir. Elle m'a demandé de découper une annonce dans la rubrique nécrologique.

Je montai en toute hâte jusqu'à la chambre d'Esther. Je la trouvai assise au bord de son lit, à côté d'un petit sac à main rouge vif et d'un chapeau à larges bords. Elle portait un tricot de couleur vive. Ses cheveux argentés avaient été coiffés par l'une des élèves coiffeuses qui terminaient leur apprentissage à

Arcadia mais ses joues étaient tellement rouges que j'en déduisis qu'elle s'était chargée elle-même de son maquillage.

– Michael, c'est vous ? dit-elle d'une voix vibrante d'excitation.

– On dirait que vous attendez de la visite, observai-je.

– La vôtre, répondit-elle en se levant.

– En quel honneur ?

– Ma seconde chance.

Elle avança la main à tâtons vers une coupure de journal qu'elle me tendit. Je la parcourus rapidement.

– La femme de Thomas est morte... Ne croyez pas que je me réjouisse de sa mort, ajouta-t-elle d'un ton reflétant bien la complexité de ses émotions. Elle est morte mercredi dernier. L'enterrement a eu lieu vendredi après-midi.

Je posai la coupure de journal, ne sachant que dire.

– Vous m'emmènerez le voir ?

– Bien sûr que oui. Mais nous manquons de personnel aujourd'hui ; je ne pense pas pouvoir me libérer avant la fin de mes heures de travail.

– Vous serez libre à cinq heures ?

– Oui.

Elle se rassit, un peu plus calme qu'à mon arrivée.

– J'ai attendu une vie entière ; quelques heures de plus ne changeront rien.

Je pris un mouchoir en papier dans sa boîte brodée et je frottai le rouge qui empourprait ses joues.

– Voilà, vous êtes ravissante comme ça.

Elle esquissa presque un sourire de bonheur.

Helen me laissa partir une demi-heure plus tôt que d'habitude. Glissant la coupure de journal dans ma poche, j'aidai Esther à enfiler son manteau, puis je la conduisis jusqu'à ma voiture. Nous étions en route pour voir Thomas.

La ville de Magna se trouvait à une trentaine de kilomètres à l'ouest de Salt Lake City, à l'endroit où la chaîne des Oquirrh plonge dans les eaux du Grand Lac Salé. Magna vivait de l'exploitation des gisements de cuivre et ses habitants étaient essentiellement un *melting-pot* d'immigrants venus travailler au fond des mines ou dans les hauts-fourneaux. Son nom « Magna » n'était pas dû à son industrie : elle avait été ainsi baptisée par ses fondateurs francs-maçons en l'honneur de leur devise, *Magna est veritas, et praevalebit* : « Grande est la vérité, elle seule prévaudra. »

Il nous fallut presque une heure de route pour atteindre la ville. Le trajet fut plutôt silencieux, chacun remuant ses pensées. L'angoisse d'Esther était presque palpable. A un moment donné, elle s'inquiéta à haute voix :

– Et s'il ne me trouvait plus jolie ? Et s'il ne voyait plus en moi qu'une vieille femme ? Oh, oui ! c'est tout ce qu'il va voir...

Elle pressa douloureusement sa main sur son front. Je pris doucement son autre main dans la mienne.

– Vous savez, quand ma mère est morte, elle n'avait plus de cheveux à cause de la chimiothérapie. Elle ne pesait pas plus lourd qu'une plume. Mais pour moi, elle était toujours aussi belle.

Après quelques secondes de silence, Esther murmura :
– Merci.

Nous étions presque arrivés lorsque Esther prit une profonde inspiration :

– Vous regarderez attentivement Thomas, pour me raconter tout en détail. Il est tellement beau. Ses cheveux, longs et bouclés. Le genre de cheveux qu'une femme a envie de caresser.

J'avais l'impression d'entendre parler une adolescente. Un sourire me vint à la bouche. J'étais heureux pour elle.

– Pourvu qu'il ne les ait pas tous perdus, reprit-elle. Bien sûr, c'est possible, à notre âge... Mais j'espère qu'ils sont encore longs. Ils ne sont sûrement plus noirs, peut-être argentés... une longue chevelure argentée... Mais si vous me dites qu'ils sont noirs, je serai bien obligée de vous croire. Je me demande s'il me laissera les caresser, comme autrefois...

Magna n'était plus la ville prospère qu'elle avait été. A mesure que nous nous rapprochions de l'adresse de Thomas, les rues devenaient plus sordides, avec des maisons abandonnées, aux fenêtres barricadées, aux murs couverts de graffitis. Finalement, je m'arrêtai devant une petite maison en bois, exacte réplique de toutes les maisons voisines : elles avaient toutes été construites à la même époque, pour les familles des mineurs. Je me rappelai l'histoire d'Esther et la petite fille qui jouait devant la maison. La barrière en fer était toujours là, rongée par la rouille, et le jardin était envahi par des buissons-ardents aux fruits rouge orangé dont la couleur chaude tranchait sur la décrépitude environnante.

– On est arrivés ? demanda Esther, la voix vibrante d'émotion.

– Oui, c'est ici.

J'attendis un moment qu'elle se ressaisisse.

– Vous êtes prête ?

Elle fit oui de la tête.

– Je vais aller sonner, dis-je. Pour voir s'il est là.

Esther acquiesça. Personne ne répondit à mon premier coup de sonnette. Je me mis à frapper à grands coups. Le battant de la porte s'ouvrit devant une jeune femme un peu plus âgée que moi dont les longs cheveux noirs grisonnaient déjà. Elle portait de grandes lunettes à la mode avec des verres teintés.

– Que voulez-vous ? s'enquit-elle de ce ton brutal que les gens emploient quand un représentant de commerce vient les importuner.

– Thomas Ricorsi est-il là ?

– Oui, répondit-elle, toujours sur ses gardes.

– Je m'appelle Michael Keddington. Je travaille dans une maison de retraite à Ogden. Une de nos résidentes était une amie de M. Ricorsi. Elle a appris que son épouse était décédée et veut lui présenter ses condoléances.

La jeune femme se détendit.

– Mais bien sûr.

– Vous êtes sa fille ?

– Oui. Je m'appelle Kate, dit-elle en jetant un coup d'œil par-dessus mon épaule. C'est cette dame dans la voiture ?

Comme je lui faisais signe que oui, elle demanda :

– Qui est-elle ?

– Elle s'appelle Esther Huish. Votre père vous a peut-être parlé d'elle ?

– Non, jamais. Mais, en fait, je vis en Californie, je suis venue pour l'enterrement de ma mère.

– Si cela ne vous dérange pas, je vais aller la chercher. Elle est aveugle.

La jeune femme jeta de nouveau un coup d'œil à la voiture.

– Mon père est très choqué par la mort de ma mère. Il vaut mieux qu'elle ne reste pas longtemps.

– Je comprends. Merci. C'est tellement important pour elle.

J'ouvris la portière du passager. Esther tressaillit.

– Vous l'avez vu ? Il vous a ouvert ?

– Non, c'est sa fille. Elle dit que vous pouvez le voir quelques minutes.

Esther se tordit les mains.

– J'ai l'air présentable ?

– Vous êtes magnifique. J'aimerais être comme vous à quatre-vingts ans !

Je la pris par le bras et la guidai jusqu'à la maison. La jeune femme nous tint la porte ouverte.

– Esther, je vous présente la fille de Thomas, Kate.

– Bonjour, Kate.

– Madame Huish.

– Vous avez des frères et sœurs, Kate ?

– Non, je suis fille unique.

– Vous avez encore les cheveux noirs ?

– Quelques-uns.

– Nous nous sommes déjà rencontrées, une fois, mais vous devez avoir oublié. Vous étiez si petite.

– Je suis désolée.

En entrant dans la maison, Kate fit observer :

– Esther est mon deuxième prénom.

La salle de séjour était plongée dans un pesant demi-jour ; des doubles rideaux épais retenus par des cordons dorés interceptaient la lumière. Au milieu de la pièce, un canapé en velours en forme de rognon était flanqué de deux tables à café identiques où se bousculaient toutes sortes de bondieuseries. Dans un cadre décoré à la feuille d'or, une Sainte Vierge, au cœur mis à nu, était accrochée sur le mur face à moi. Il flottait dans l'air une odeur de basilic provenant sans doute de la cuisine. Kate nous précéda au bout d'un petit couloir jusqu'à une chambre où un vieil homme était étendu sous une couverture en laine. Les quelques mèches de cheveux blancs qui lui restaient se tenaient hirsutes sur les côtés de son crâne. Ses joues brunes et tavelées étaient blanchies par une barbe naissante. Il avait les yeux fermés.

Kate parla d'une voix forte.

– Papa, il y a quelqu'un pour toi !

Les paupières de l'homme se soulevèrent lentement.

– Oui ?

Je guidai Esther jusqu'à son chevet.

– Martha ? dit-il d'une voix rauque.

La jeune femme vint s'accroupir à côté de son père.

– Papa, ce n'est pas maman ! C'est une amie !

Son expression devint hagarde.

– Où est Martha ?

La jeune femme me jeta un coup d'œil, comme pour me dire : « Vous voyez. »

– Papa, c'est Esther ! Esther Huish !

Le vieil homme ne répondit pas.

– Je pourrais rester seule avec lui un petit moment ? demanda Esther.

Kate retourna à la cuisine pendant que j'attendais dans le couloir, non loin de la porte ouverte.

Esther s'agenouilla près du lit et tendit vers le vieil homme une main tremblante. Sans un mot, elle caressa son visage avec une infinie tendresse.

– Thomas, c'est moi. Esther.

Il la contempla avec des yeux vides.

– Où est Martha ?

– Elle n'est plus là, Thomas. Elle est morte.

– Morte ?

– Thomas, c'est moi. Esther.

Il se tut. En mon for intérieur, je priai pour que la mémoire lui revînt. Puis, soudain, il lança d'une voix sonore :

– Je ne vous connais pas !

Esther chercha à tâtons la main du vieil homme. Elle la porta à sa joue.

– Thomas, c'est Esther... ton amour, Esther.

En guise de réponse, il se tourna de l'autre côté et se mit à marmonner à mi-voix. Une larme roula sur la joue d'Esther.

Puis elle se mit à trembler de tout son corps. Elle posa son front sur le bord du lit et d'une voix douce et triste, déclara :

– Je t'ai attendu toute ma vie, Thomas. Toute ma vie.

C'était plus que je n'en pouvais supporter. Je vins m'accroupir à côté d'elle. Je passai mon bras autour de ses épaules.

– Esther, partons maintenant.

Le vieillard se retourna alors vers nous en débitant des propos incompréhensibles.

Esther ne bougea pas. Je resserrai mon étreinte et dis :

– Venez, Esther. On reviendra à un meilleur moment. Demain. Nous reviendrons demain.

Son corps frêle se mit soudain à trembler violemment. Puis, d'une voix faible et sourde, elle prononça :

– Il ne me reste plus de demain.

Je ne savais que lui répondre. Sans doute n'y avait-il rien à dire. Esther posa sa tête sur mon épaule et pleura.

19

L'hiver à Arcadia

« L'hiver est dur à Béthel. Mais je pense que
le Seigneur nous met à l'épreuve du froid pour
que nous puissions jouir pleinement de la tiédeur
du printemps. »

Extrait du journal intime d'Esther Huish

J'ai déjà vu des arbres mourir, de grands arbres aux branches vigoureuses et feuillues dont les racines, pour de mystérieuses raisons, pourrissaient sous terre et tuaient cette même vie que leur sève avait si généreusement nourrie. Ce fut sans doute quelque part entre la maison de Thomas et Arcadia qu'Esther décida de mourir – ou, plus exactement, décida qu'elle en avait assez de ce monde. Nous n'échangeâmes pas une parole pendant tout le chemin de retour. La nuit était tombée lorsque nous arrivâmes à la résidence. J'aidai Esther à monter dans sa chambre et elle se laissa tomber complètement sur le lit.

La semaine qui suivit, je lui rendis visite toutes les fois que je pus, pour constater que sa santé déclinait rapidement. Chaque jour lui enlevait un peu de ses forces. Elle ne se tenait plus dans son fauteuil à bascule, mais restait sans bouger, immobile, allongée sur le lit. Le soir, après le travail, je venais m'asseoir à côté d'elle, dans *son* fauteuil et, parfois, nous parlions, mais la plupart du temps nous nous taisions sous l'emprise d'une mélancolie irrépressible. Il n'y eut plus de promenade et je n'avais même pas le courage de lui proposer de sortir de sa chambre. Ce furent là de tristes jours aussi dépourvus de joie que d'espoir. Car Esther n'était pas la seule à se morfondre. Au fil du temps, la réalité de ma rupture avec Faye devenait plus douloureuse.

Le vendredi soir, en passant la voir tard dans la soirée, vers dix heures, je m'aperçus qu'elle n'avait plus son médaillon.

– Vous l'avez encore cassé ? demandai-je doucement.

– Je l'ai retiré, me répondit-elle en faisant mine de se lever. Pourriez-vous me donner un verre d'eau ?

– Bien sûr.

J'allai lui chercher un peu d'eau dans la salle de bains. Je dus mettre mon bras autour de son épaule et la soulever pour lui permettre de boire.

– Vous avez eu des nouvelles de Faye ? s'enquit-elle une fois désaltérée.

– Non, je commence à craindre le pire...

– Elle doit être très occupée, dit Esther pour me rassurer.

Après un intervalle de silence, elle reprit :

– Vous croyez qu'ils donnaient des noms aux colonies de lépreux aux temps bibliques ?

– Je n'y avais jamais pensé. Sans doute. Pourquoi ?

– Ils donnent aux maisons de retraite des noms qui font penser au paradis. Arcadia, Les Verts Pâturages, Le Val d'Or, Les Jardins d'Astrée, Asphodia. Moi, je leur donnerais plutôt des noms de villes de western : *Le Dernier Arrêt* ou *La Vallée de la mort*. Des endroits où l'on va pour en finir avec la vie.

Je serrai sa main dans la mienne. Elle continua à parler d'une voix rauque de chagrin :

– Il n'y a aucune différence entre cet endroit et une colonie de lépreux. On y réunit ceux qui souffrent du même mal pour qu'ils meurent discrètement, loin des regards. Seulement le grand âge effraye encore plus que la lèpre. C'est une maladie que tout le monde attrape, un jour ou l'autre.

Sa voix prit subitement des inflexions plus rudes :

– N'ayez pas pitié de moi, mais de vous-même. Les jeunes ont tellement peur. Ils se cramponnent à leur vie tellement fort qu'ils en laissent échapper toute la saveur.

Elle ferma les yeux et se tut. Puis, au bout d'un moment, elle ajouta :

– La pitié est un sentiment pathétique.

Ce furent ses dernières paroles. Ensuite elle s'assoupit.

Je ne sais plus quelle heure il était exactement, mais des semaines plus tard, quand je fus obligé de me remémorer les événements de cette soirée, je calculai qu'il était sans doute minuit passé lorsque je sortis de sa chambre et pris le chemin de l'escalier.

La résidence Arcadia était plongée dans l'obscurité et le silence presque total était seulement interrompu par le ronronnement du réfrigérateur à médicaments et la respiration de la chaudière. Sur le palier du premier étage, j'avais cependant entendu un bruit étrange, un cri aigu semblable à celui d'un animal. Comme le bruit se reproduisait, je remontai jusqu'à sa source : la chambre d'Henri dont j'ouvris tout doucement la porte.

Alice était penchée sur le lit du vieillard, le visage empourpré, la main posée sur sa béquille. Henri haletait bruyamment entre deux accès de toux. Je ne m'étais pas retrouvé seul à seule avec Alice depuis cette malencontreuse soirée. Naturellement, par la force des choses, nous nous étions croisés dans les couloirs. Elle n'avait fait aucun effort pour cacher sa colère. J'avais bien essayé de lui parler, mais elle avait repoussé toute tentative de ma part. Aussi m'étais-je résigné à être désormais en froid avec elle. Mais à présent, à ma stupéfaction, elle leva vers moi des yeux brillants d'inquiétude.

– Qu'est-ce que tu fais ? demandai-je.

– Rien.

Je balayai la pièce du regard, ne trouvant pas l'origine du bruit que j'avais entendu.

– Qu'est-ce que c'était que ce bruit ?

– Quel bruit ?

– On aurait dit des cris.

Elle appuya la béquille contre le lit...

– C'était juste Henri. Il refuse une fois de plus de prendre son sirop.

A cet instant, le malheureux fut pris d'une quinte qui lui arracha la poitrine. Alice déclara alors d'une voix douce, presque mielleuse :

– On dirait que son état empire. Tu as l'air d'être le seul à pouvoir lui donner ce fichu sirop pour la toux. Quel est ton secret ?

– Il ne veut pas toujours le prendre, rectifiai-je.

Alice monta les couvertures jusqu'au menton du vieux monsieur et s'écarta du lit.

– Il faudra qu'il s'en passe pour ce soir, décréta-t-elle.

Puis elle me regarda et ajouta :

– Je te croyais rentré chez toi.

– J'étais là-haut, avec Esther.

– Elle a de la chance d'avoir un ami comme toi, énonça-t-elle en éteignant la lumière de la chambre. Bonsoir ! À lundi.

Je ne pus m'empêcher de penser que quelque chose n'allait pas, mais j'aurais été bien incapable de dire quoi exactement.

20

Les geôles d'Ogden

> « Le vent de l'oppression ou la flamme de la
> liberté souffle chez certains et, chez d'autres, attise
> au contraire la flamme de la résistance. »
> *Extrait du journal intime d'Esther Huish*

*C*omme en général je ne travaillais pas le week-end, je me sentais dans ces moments-là affreusement solitaire. Faye me manquait encore plus que de coutume. Je me trouvais une foule d'occupations dans le seul but de me distraire de sa pensée obsédante. Ce samedi matin, je sortis avant le petit déjeuner jogger dans les rues bordées de neige, puis je fis mon expédition hebdomadaire à la laverie, feuilletant un magazine tout en surveillant du coin de l'œil mon linge qui tournoyait dans le hublot de la machine. De retour chez moi, je venais tout juste de m'installer devant le poste de télévision pour regarder un match de base-ball quand on sonna à ma porte. C'était un inconnu. Un jeune homme à peine plus âgé que moi, au physique athlétique, vêtu d'un jean, d'un polo beige et d'un anorak. Il portait une casquette de base-ball de l'équipe des Cubs et des lunettes noires.

– Michael Keddington ?

– Oui.

– Je suis l'inspecteur Kinkaid de la police d'Ogden. Je voudrais vous poser quelques questions.

– Des questions à propos de quoi ? m'étonnai-je.

– D'Henri McCord.

Je ne voyais pas du tout de qui il voulait parler.

– Je ne connais personne de ce nom.

– Vous travaillez bien à la résidence Arcadia ?

– Oui, monsieur.

– Vous devriez le connaître, dit-il sèchement. Il est un de vos malades.

Tout à coup, je compris de qui il s'agissait. Je ne l'avais jamais connu que sous son prénom. Henri.

– Que voulez-vous dire, un de mes malades ?

– C'est justement là-dessus que je voudrais quelques éclaircissements. Je peux entrer ?

Je m'écartai pour le laisser passer et l'invitai à prendre place sur le canapé. L'inspecteur s'assit, puis enleva ses lunettes et son anorak.

– Que savez-vous sur M. McCord ?

– Vous voulez dire, d'un point de vue personnel ?

Il acquiesça.

– Pas grand-chose. Il n'est guère loquace. Il est très affaibli depuis un certain temps. Les antibiotiques n'ont pas l'air de lui faire beaucoup d'effet.

– Vous lui donnez ses médicaments ?

– Pas habituellement. Je m'occupe surtout du deuxième étage. Mais je donne un coup de main de temps en temps. Pourquoi ?

– Henri McCord est mort ce matin.

Je fronçai les sourcils.

– Je suis désolé d'apprendre ça. Je l'ai vu pas plus tard qu'hier soir. Il toussait énormément. En plus, il ne voulait pas arrêter de fumer.

– A quelle heure l'avez-vous vu pour la dernière fois ?

– Vers minuit.

Kinkaid nota quelque chose sur son calepin.

– Que savez-vous d'autre sur M. McCord ?

– Pourquoi est-ce que la police s'intéresse à sa mort ? Il était vieux. Ces choses-là arrivent hélas !

– Pas de cette manière, répliqua-t-il. A quelle heure êtes-vous parti hier soir ?

– Vers minuit. J'ai vu Henri juste avant de partir.

Il nota de nouveau quelques mots sur son calepin, puis il se leva...

– Ce sera tout pour le moment. Merci.

A la porte, il s'enquit :

– Vous n'avez pas l'intention de quitter la ville ?

– Non, pourquoi ?

– On vous recontactera.

Je retournai à la retransmission du match de base-ball et j'oubliai cette étrange visite.

Dimanche fut un jour tout aussi morne et ennuyeux que la veille. Je passai la soirée devant la télévision à regarder un film d'Hitchcock. Le lundi matin, je me levai un peu en retard pour le travail. J'étais en train de m'habiller en toute hâte, quand on sonna à la porte. C'était de nouveau l'inspecteur Kinkaid. Il était, ce matin, en cravate et en caban bleu marine, mais il portait toujours des lunettes noires. Une voiture de police bleue attendait dans la contre-allée avec un policier en uniforme au volant.

– Monsieur Keddington. J'ai plusieurs questions supplémentaires à vous poser. Voulez-vous me suivre au commissariat ?

Je consultai ma montre.

– Pas tout de suite, je dois me rendre à mon travail.

– J'ai téléphoné à votre patronne. Elle est au courant. Ne vous inquiétez pas.

– Comment ? Mais que se passe-t-il ?

L'inspecteur Kinkaid resta impassible.

– Henri McCord est mort suite à des coups violents qui lui ont été portés. Un témoin vous a désigné comme son assaillant.

Mon cœur s'arrêta de battre.

– Qui vous a dit ça ?

– Qu'est-ce que ça peut vous faire ? dit-il d'un air soupçonneux. Allons-y...

– Je prends ma voiture.

– Il vaut mieux prendre la nôtre, répondit-il d'un ton qui n'admettait pas de réplique.

Ce n'était pas la première fois que je me retrouvais sur la banquette arrière d'une voiture de police. Quand j'étais enfant, mon père s'était fait arrêter pour ivresse sur la voie publique. Après l'avoir jeté dans une cellule pour qu'il y cuve son vin, ils m'avaient ramené chez moi. A l'époque aussi, je ne m'étais pas senti tellement fier.

Toute une faune plutôt louche après les réjouissances du week-end grouillait dans le commissariat. Assis sur des bancs le long des murs, quelques fêtards encore passablement éméchés me regardèrent passer en marmonnant des propos incompréhensibles. Dans la salle où m'emmena l'inspecteur, je remarquai un assez grand miroir encastré dans le mur du fond et me demandai si une caméra de surveillance n'était pas en train de me filmer à mon insu.

Une fois installés tous les deux l'un en face de l'autre autour d'un bureau, l'inspecteur Kinkaid sortit de sa poche un petit carton et lut à haute voix d'une voix monocorde :

« Monsieur Keddington, vous avez le droit de garder le silence. Tout ce que vous direz pourra être utilisé contre vous devant un tribunal. Vous avez le droit de parler à votre avocat et de lui demander d'être présent lors de votre interrogatoire. Si vous n'avez pas les moyens d'engager un avocat, il vous en sera commis un d'office avant tout interrogatoire, si tel est votre souhait. Vous pouvez décider à tout moment d'utiliser vos droits et de ne pas répondre aux questions ni faire quelque déclaration que ce soit. Avez-vous bien compris quels sont vos droits ?»

– Vous m'arrêtez ? soufflai-je, consterné.

– C'est seulement pour la bonne règle. Comprenez-vous ce que je viens de vous lire ?

– Au cas où je serais arrêté ? dis-je sans trop y croire.

– Vous avez compris ? répéta-t-il.

J'acquiesçai. Kinkaid se pencha vers moi.

– Que savez-vous à propos des coups reçus par Henri McCord ?

– Rien, je n'en sais rien.

– Vous avez admis l'avoir vu autour de minuit et pourtant vous ne savez rien.

– Non, c'est sûrement arrivé après mon départ.

– Et vous n'avez rien vu, rien entendu ? fit l'inspecteur en penchant la tête de côté.

Je me remémorai la scène. Un souvenir me revint soudainement.

– En fait, j'ai entendu un bruit bizarre sortir de la chambre d'Henri.

– Quel genre de bruit ?

– On aurait dit un animal qui jappait. Comme un chien à qui on vient de marcher sur la queue.

– Vous avez cherché à savoir d'où venait ce cri ?

– Je suis entré dans sa chambre, mais une aide-soignante se trouvait déjà avec lui. Elle essayait seulement de lui donner son sirop pour la toux. Alors je suis reparti.

Il me considéra d'un air sceptique.

– Vous avez rempli une fiche signalant l'incident ?

– Pour moi, il n'y avait pas eu d'incident.

– Monsieur Keddington, faites-vous usage de stupéfiants ?

– Je ne vois pas le rapport.

– Ça en a un, pourtant, et de taille.

– Non, je ne prends aucune drogue, répondis-je, indigné.

Kinkaid se renfonça dans son siège. Son expression s'était subitement durcie.

– Nous avons fouillé votre casier hier à la résidence Arcadia et nous y avons découvert plusieurs flacons d'un médicament classé au tableau A. Nous avons aussi trouvé plusieurs pilules de la même drogue dans la poche de votre blouse.

J'en eus le souffle coupé. Le rouge me monta au visage.

– Je ne sais pas, c'est impossible, bredouillai-je finalement.

– D'après une infirmière, on aurait signalé récemment la disparition de quelques flacons.

– Qui a dit ça ?

– Pourquoi est-ce si important ?

J'étais en train de m'enfoncer moi-même. Cela me terrorisait.

– C'est Alice qui est responsable de la pharmacie, expliquai-je. Elle est la seule à avoir la clé de l'armoire.

Soudain, tout s'éclaira et je m'exclamai :

– Alice ! C'est Alice qui m'accuse !

Kinkaid pencha de nouveau la tête de côté, puis il ouvrit le tiroir du bureau et en sortit une feuille sur laquelle il se mit à écrire. Une minute s'écoula ainsi, puis il leva les yeux vers moi :

– Je vous arrête pour homicide volontaire. Je vais vous conduire en bas. Nous allons vous trouver une cellule. En bas, vous pourrez passer les coups de téléphone que vous souhaitez. Vous avez des questions ?

Je sentis mon cœur se serrer dans ma poitrine.

– Mais comment pouvez-vous penser une chose pareille ?

– Il y a trop de preuves contre vous.

– Je veux parler à un avocat.

– Tout à l'heure. Au fait, vous en avez un ?

– Non.

– Si vous voulez, le juge en désignera un pour vous demain matin au moment de votre inculpation.

– Demain ? Je vais passer la nuit ici ?

Il se leva et me présenta une paire de menottes.

– Mettez les mains derrière le dos, s'il vous plaît.

– Je n'arrive pas à y croire !

– Quelques jours ici feront de vous un vrai croyant, ne vous inquiétez pas.

J'admirai son sens de la repartie. On avait de l'humour dans la police, quoique un peu noir à mon goût.

21

Le cauchemar

«Même dans le cauchemar le plus abominable
se glisse la promesse de l'aube.»
Extrait du journal intime d'Esther Huish

*A*u sous-sol du commissariat, un policier releva mes empreintes digitales en manipulant mes doigts comme s'ils étaient des éléments détachés du reste de mon corps. Ils me confisquèrent mes vêtements et me passèrent une salopette bleue avant de m'enfermer dans ce qui n'était guère mieux qu'une cage. L'espace d'un instant, je me demandai ce que dirait Faye en me voyant. Mais de toute façon, ça lui aurait été bien égal.

Le lendemain matin, on me réveilla à sept heures pour me conduire avec les autres nouveaux prévenus à la cafétéria. Le petit déjeuner était froid. On ne nous donna que quinze minutes pour manger. Puis, on nous passa des chaînes autour de la taille attachées aux fers fixés à nos chevilles. Naturellement, on nous mit aussi des menottes pour nous emmener – nous étions vingt-deux – dans un large couloir. Là, nous avons dû attendre notre tour pour passer devant le juge et, alignés contre le mur en face de nous, les inculpés reconnaissables à la couleur orange de leur salopette, patientaient comme nous.

Un juge au visage rond et glabre lut la feuille d'accusation d'un ton neutre. Comme j'étais accusé de crime au premier degré, il décida sans me consulter que je plaidais «non coupable». Il me demanda ensuite si j'avais un avocat. Lorsque je répondis par la négative, il me tendit un papier où je devais établir la liste de mes biens personnels et immobiliers. Puis il commit d'office un avocat, me donna la date et l'heure de mon prochain passage devant le tribunal et fixa ma caution à soixante-quinze mille dollars – il aurait aussi bien pu dire un million. Puis, on me ramena à ma cellule. Au cinéma, les gens sont jetés en prison à midi et en ressortent toujours quelques heures plus tard, grâce à un compte en banque bien rempli ou à la générosité d'un ami fortuné et bienveillant. Je n'avais ni l'un ni l'autre.

Les six jours suivants se déroulèrent avec des allures de mauvais rêve. Le lundi, je comparus de nouveau devant le juge. Cette fois, une femme se tenait debout, à côté du bureau du juge. Les yeux noisette, les cheveux blonds et raides. Elle portait un foulard bleu et or sur un tailleur rouge. Elle était mince et élancée, mais la rondeur de son tour de taille trahissait une grossesse déjà avancée. Son nez était rouge, comme si elle était enrhumée; d'ailleurs un mouchoir sortait à moitié de la poche de sa veste. Je ne pus m'empêcher de me dire qu'elle avait l'air bien jeune pour une avocate.

Une fois les paroles d'usage prononcées, le juge me permit de parler à celle qui devait assurer ma défense. Elle me tendit la main avec un sourire amical.

– Bonjour, Michael, je m'appelle Amanda. Je suis votre avocate.

Pour la première fois depuis des jours, quelqu'un m'adressait la parole de façon naturelle, sans avoir l'air de me trouver ni repoussant ni effrayant.

– Vous avez des ennuis, hein?

– Plutôt, oui.

– Homicide volontaire plus possession de stupéfiants.

Je regardai autour de moi.

– Vous pouvez me faire sortir d'ici ?

– L'évaluation de vos biens ne vous permet pas d'offrir une assez bonne garantie pour la caution. Mais si vous aviez des références, on pourrait peut-être essayer.

– Que voulez-vous dire ?

– Le tribunal cherche à être sûr que vous n'allez pas prendre la fuite et vous réfugier dans un autre État. Vous avez de la famille dans la région ?

– Non.

– Des amis ?

J'hésitai, puis déclarai :

– J'ai une amie, une vieille dame qui est résidente dans la maison de retraite où je travaille.

Amanda eut un sourire crispé. Elle feuilleta distraitement mon dossier.

– Vous avez un casier judiciaire vierge. Où travailliez-vous avant la maison de retraite ?

– Je me suis occupé de ma mère qui est morte d'un cancer. Avant cela, j'ai passé un an à l'université. D'ailleurs, je vais y retourner. J'ai obtenu une bourse, la bourse d'excellence de l'université de l'Utah.

– Mes félicitations, dit-elle. La bourse d'excellence ? Hmm... On peut peut-être faire quelque chose avec ça...

Elle semblait pensive. Mon cœur se mit à battre dans ma poitrine.

– Quand vous reverrai-je ?

– Oh ! fit-elle d'un ton distrait. Je vous recontacterai plus tard...

En fin d'après-midi le même jour, un policier vint me libérer. Ils me rendirent mes vêtements. J'avais passé huit jours complets en prison. J'appelai un taxi et rentrai chez moi vers dix-neuf heures. Le lait, laissé sur la table, était rance. J'allai me coucher sans dîner, mais je n'arrivais pas à trouver le sommeil. Et quand enfin je m'endormis, ce fut pour être la proie d'affreux cauchemars. Je rêvai que je me trouvais dans une pièce obscure, avec des rideaux noirs aux fenêtres et de grands bouquets de fleurs sombres disposés çà et là. Je m'aperçus que je faisais la queue avec des inconnus tout de noir vêtus avançant lentement vers un cercueil dans lequel reposait le corps martyrisé d'Henri. Mais à mesure que j'approchais, je me rendais compte que le mort n'était pas Henri, mais mon père et qu'il y avait une bouteille couchée à côté de lui. Comme je me détournais, horrifié, le cadavre se souleva pour m'attraper, me tirer vers lui dans le cercueil et le couvercle se referma sur nous deux.

Je me réveillai en sueur, haletant, et rejetai violemment le drap dans lequel je m'étais entortillé.

Le lendemain je descendis de bonne heure en ville pour rendre visite à mon avocate. Mais j'étais parti trop tôt. J'arrivai dans les bureaux de l'office public en même temps que la secrétaire. J'attendis patiemment en feuilletant des magazines tandis que le téléphone ne cessait pas de sonner. Peu après neuf heures, Amanda surgit avec un gobelet de café dans une main et un croissant dans l'autre.

– Tiens ! fit-elle en me voyant. On avait rendez-vous ?

– Non, excusez-moi, je suis juste passé...

– Suivez-moi, dit-elle en montrant d'un signe de tête son bureau.

Son bureau était un vrai capharnaüm. Des piles de dossiers, de papiers, de formulaires administratifs s'entassaient entre les pots de plantes vertes à demi mortes. Sur la table, dans des plateaux en plastique, des vieux biscuits secs prenaient la poussière. Le téléphone sonna. L'avocate s'excusa et prit l'appel pendant que je continuais mon inspection des lieux.

Le mur était tapissé de toile de jute blanc. Deux diplômes encadrés surmontaient une grande photographie d'Amanda en shorts de velours côtelé, débardeur et chaussures de marche. Elle était assise au bord du plateau d'un pick-up avec un labrador à ses pieds. L'instant d'après, l'avocate raccrocha et souleva un dossier qui portait mon nom.

– Merci de m'avoir sorti de là, dis-je.

– Vous avez eu de la chance. Le juge était de bonne humeur.

– Vous avez l'air tellement jeune. Vous êtes avocate depuis longtemps ?

– Six mois en mars.

– Vous avez déjà plaidé une affaire comme la mienne ? demandai-je, soudain inquiet.

– Cela dépend de ce que vous voulez dire par là. Je n'ai jamais défendu un aide-soignant accusé de meurtre, mais vous n'êtes pas mon premier homicide.

– Combien en avez-vous plaidé ?

Après une seconde d'hésitation, elle répondit :

– Trois.

– Vous avez gagné ?

– Un seul est allé jusqu'au tribunal. Les autres ont plaidé coupables avant le jugement pour bénéficier d'une remise de peine.

– Et le cas qui a été jugé ?

– Les jurés l'ont déclaré coupable, avoua-t-elle à regret.

J'enfouis mon visage entre mes mains.

– Si ça peut vous rassurer, j'étais en tête de ma promotion.

– A combien de places de la tête?

Elle me contempla, visiblement embarrassée par mon désarroi.

– Une vingtaine.

– Désolé, mais j'espérais tomber sur quelqu'un avec un peu plus d'expérience.

– Je comprends votre inquiétude, dit-elle en reposant mon dossier. Mais il faut que je vous précise quelques points. D'abord, tout ce qui sera dit entre nous restera entre nous.

– Alors demandez-moi si je suis coupable.

Le téléphone sonna de nouveau. Elle confirma un rendez-vous avec un client, puis raccrocha.

– Je ne demande jamais à mes clients s'ils ont commis le crime dont ils sont accusés.

– Pourquoi pas?

– Un jury ne vous déclare jamais innocent, mais non coupable, ce qui n'est pas la même chose. Le travail du procureur consiste à prouver que vous êtes coupable. Si vous m'avouez que vous l'avez fait – que vous avez pris plaisir à battre un vieux monsieur à mort et que vous êtes prêt à recommencer –, j'aurai du mal à trouver de bons arguments pour assurer votre défense.

– Ce n'est pas moi! dis-je.

Elle resta imperturbable.

– Alors que se passe-t-il maintenant? continuai-je.

– Dans une semaine, nous retournons devant la cour pour une audience préliminaire. Un magistrat va décider si oui ou non l'État doit se porter partie civile contre vous. S'il décide de vous poursuivre, vous serez convoqué une semaine plus tard devant un juge de district qui fixera la date de votre procès.

– Et combien de temps faudra-t-il attendre?

– En général de quatre-vingt-dix à cent vingt jours.

La sonnerie du téléphone interrompit de nouveau la conversation. Elle m'adressa un sourire d'excuse. Pendant qu'elle parlait, je me demandai si je devais me réjouir ou non de ces quatre mois d'attente. Je ramassai distraitement sur son bureau un presse-papiers : un scorpion inclus dans un bloc en matière plastique. Dès qu'elle raccrocha le combiné, la sonnerie retentit.

– Combien de dossiers traitez-vous en ce moment ? questionnai-je sans cesser d'examiner l'insecte.

– Cent six.

Cette nuit-là, la neige se remit à tomber. A dix heures mon téléphone sonna. C'était une journaliste de l'*Odgen Herald Examiner*. Je ne compris pas tout de suite ce qu'elle était en train de me dire. Elle cherchait tout simplement à vérifier ce qu'elle savait déjà.

22

L'article

« Quand j'y pense, comparés aux difficultés auxquelles sont confrontées certaines personnes, mes ennuis me semblent bien fades et bien bêtes – une suite de batailles à la don Quichotte. Au regard de notre Seigneur, les unes comme les autres ne sont peut-être que des moulins à vent. »

Extrait du journal intime d'Esther Huish

*C*e fut un article minuscule – une petite colonne à la sixième page de la section régionale du *Herald Examiner*. Mais du point de vue des conséquences que cet article eut sur ma vie, ces quelques phrases auraient aussi bien pu faire les gros titres du *New York Times* :

> *« Meurtre dans une maison de retraite*
>
> *Michael Keddington, 22 ans, originaire d'Odgen, a été inculpé de coups et blessures volontaires ayant entraîné la mort sur la personne d'un vieil homme noir résident à la maison de retraite Arcadia. »*

Cette publication eut au moins un mérite. Pour la première fois depuis mon arrestation, je parvins à comprendre ce qui s'était passé cette nuit-là. Le cri que j'avais entendu en sortant de la chambre d'Esther avait été poussé par le malheureux vieillard qu'Alice était en train de frapper, sans doute avec la propre béquille du malheureux. Au cours de la nuit, sa bronchite, aggravée par les sévices, avait provoqué une insuffisance respiratoire grave. Il avait été conduit d'urgence à l'hôpital dans le coma, accompagné de l'infirmière de garde au premier étage : Alice. En déshabillant Henri, les médecins avaient découvert la trace des coups. Alice, par peur d'être découverte, m'avait accusé. Puis, pour appuyer ses dires, elle avait caché cette drogue dans mon casier. Un homme a tout à craindre d'une femme qui se sent bafouée, jusqu'aux feux de l'enfer.

Les premières conséquences de la publication de cet article ne se firent pas attendre longtemps. A dix heures du matin, le téléphone sonna.

– Michael, ici Craig Scott, le recteur de l'université de l'Utah.

– Professeur, vous me faites un grand honneur...

J'entendis au ton de sa voix que la chaleur de mon accueil le plongeait dans l'embarras.

– Je crains que vous ne changiez d'opinion quand j'en aurai terminé.

– Que se passe-t-il ?

– Étant donné les circonstances, eh bien ! nous pensons que, eh bien ! l'université ne peut plus vous accorder la bourse d'excellence.

– Les circonstances ? m'exclamai-je. Vous voulez parler de l'article ?

– Je veux parler de votre inculpation pour meurtre.

– Mais je ne suis pas coupable.

– En ce qui concerne cette bourse, peu importe que vous le soyez ou non.

– Comment est-ce possible ?

– Imaginez dans quelle position se retrouverait l'université si jamais on venait à apprendre qu'elle accordait la plus prestigieuse de ses bourses à un criminel ?

Je restai un moment sans voix, puis repris :

– Y a-t-il une chance pour que j'en bénéficie une fois lavé de tout soupçon ?

– Selon le règlement, la commission doit aussitôt transférer la bourse au prochain candidat sur la liste.

– Je ne suis pas coupable.

Je le sentais à bout d'arguments.

– Vous avez mon numéro de téléphone. Appelez-moi quand ce sera fini et nous en discuterons.

– Vous ne pourrez plus me donner la bourse, n'est-ce pas ?

– Nous en discuterons, dit-il d'une voix hésitante.

Deux heures plus tard, je ressassais encore ma conversation avec le recteur quand Amanda fit son apparition. Elle portait un cartable en cuir en bandoulière.

– Je ne savais pas que les avocats faisaient des visites à domicile.

– Croyez-moi, ce n'est pas courant, répondit-elle d'un ton enjoué en enlevant du revers de la main les flocons de neige sur son cartable. Il y a du nouveau. Je peux vous parler ?

– Vous voulez déjeuner avec moi ?

– Non, merci. Mais je veux bien boire quelque chose.

Elle s'assit à la table de la cuisine pendant que j'ouvrais la porte du réfrigérateur.

– J'ai du Coca-Cola.

– Parfait.

Je posai la canette sur la table et lui donnai un verre.

– Vous ne pouvez pas imaginer le nombre d'appels que je reçois à cause de cet article du *Herald Examiner,* dit-elle en se versant à boire. Heureusement qu'il a été publié après votre libération. Sinon le juge ne vous aurait jamais laissé sortir.

– Comment ont-ils pu laisser passer un article pareil ? On dirait que je suis déjà condamné. Ça n'est pas de la diffamation ?

– Non, dès que l'accusation est prononcée, la presse a le droit de publier l'information. Et dans votre cas, la presse va mettre un maximum de pression sur la direction de la Santé publique de l'Utah. Il va y avoir une levée de boucliers.

– Qu'est-ce que la direction de la Santé a à voir dans cette affaire ? m'étonnai-je.

– La résidence Arcadia est sous sa tutelle, donc sous sa responsabilité. Non seulement ce crime ternit leur image, mais ils risquent de se retrouver avec un procès embêtant sur les bras s'ils n'épinglent pas très vite un coupable...

– Ce qui signifie pour moi... ?

– Si vous allez jusqu'au tribunal, vous jouez à quitte ou double. On prétend que tout homme accusé est présumé innocent jusqu'à ce qu'il ait été déclaré coupable, mais en réalité, les jurés partent déjà avec une opinion défavorable à votre égard. Vous comprenez ? Ils se disent : si ce type n'a rien fait, alors pourquoi est-il ici ? Et puis, il y a certaines circonstances particulières. La fille du directeur des Affaires sociales y est mêlée de près. C'est même elle qui vous accuse. Et puisqu'il n'y a pas d'autre témoin, c'est sa parole contre la vôtre. Du point de vue des jurés, vous n'êtes guère crédible. Elle est la fille d'un politicien en vue qui se consacre à l'aide à l'enfance, tandis que votre père était un alcoolique notoire au casier judiciaire bien rempli. De plus, on a trouvé de la drogue dans votre casier et dans votre blouse. Alice est une infirmière agréée et cela fait trois ans qu'elle est à Arcadia, tandis que vous êtes là depuis quelques mois seulement et vous ne détenez aucun diplôme. Pour couronner le tout, vous avez abandonné vos études en cours de route et d'après mes sources, vous êtes plutôt sauvage, je veux dire, vous n'avez pas d'amis. Pour finir, vous êtes un homme et elle est une femme. Ce qui dans ce genre de meurtre n'est pas un atout.

Elle me considéra d'un air soucieux, puis ajouta :

– Qui est-ce qu'un jury croira, à votre avis ?

J'avais l'impression qu'on venait de me condamner.

– Que peut-on faire ?

Amanda prit une profonde inspiration.

– Il y a une solution. Le principal, pour la direction de la Santé, c'est qu'une tête tombe. Peu leur importe laquelle. Le ministère public propose une transaction. Si vous plaidez coupable de délit de non-assistance à personne en danger – un délit mineur – vous serez condamné à deux semaines de prison – vous en avez déjà purgé une –, plus une amende de cinq cents dollars et dans trois ans la condamnation sera rayée de votre casier.

– Mais si je plaide coupable, ce sera annoncé dans la presse...

– Sans doute.

J'enfouis de nouveau mon visage entre mes mains.

– Et si je refuse ?

Amanda se pencha pour bien appuyer ses paroles :

– Vous risquez quinze ans dans un établissement pénitentiaire d'État. Plus un casier judiciaire peu présentable. Vous deviendrez un criminel à perpétuité. Dans une affaire aussi délicate, je ne m'attendrais à aucune tolérance de la part du juge.

– Je n'arrive pas à y croire ! fis-je en me passant d'un geste presque rageur les doigts dans les cheveux.

Amanda me contempla d'un air de compassion. Je levai les bras pour m'étirer et chasser la tension qui enserrait mes épaules et mon cou comme dans un étau.

– Le ministère public est chargé de laver l'administration de tout soupçon. Pour ça, il a besoin d'un bouc émissaire.

– Et c'est tombé sur moi, dis-je, découragé. Mais si je décide de me battre, quels vont être vos arguments ?

Elle fronça les sourcils.

– Je n'ai pas encore eu le temps d'y réfléchir. Qui avez-vous de solide de votre côté ?

– Helen Staples, la directrice d'Arcadia. Helen n'aime pas beaucoup Alice.

– Ce n'est pas Alice qui sera dans le box des accusés. Et vous ne pouvez pas lui demander de témoigner contre la fille du directeur des Affaires sociales. Je parie que Starley Richards a déjà sérieusement parlé à la directrice d'Arcadia. Elle n'a pas voulu me dire grand-chose au téléphone ce matin.

– Helen ? fis-je, stupéfait.

Amanda acquiesça d'un signe de tête. J'étais affreusement déçu. Je pensais qu'Helen était au-dessus de ce genre de chose. Je la considérais comme une amie.

Amanda repoussa sa chaise pour croiser les jambes.

– Je suis désolée, Michael. Je sais combien cette décision vous coûte. C'est tout ce qu'il y a de plus injuste. Mais dans votre intérêt, sincèrement, je vous conseille de plaider coupable.

Elle jeta un coup d'œil à sa montre puis se leva.

– Excusez-moi, on m'attend au tribunal. Vous avez une semaine pour prendre votre décision. Pesez bien le pour et le contre avant de me donner votre réponse.

Je pensais que rien désormais ne pouvait m'arriver de pire. Je me trompais. Mes ennuis s'accumulaient au même rythme que la neige dans les rues d'Ogden. Vers sept heures du soir, le téléphone sonna.

– Allô !

Quelques secondes de silence, puis une voix grave résonna à mon oreille :

– Michael Keddington ?

– Lui-même.

– Ici le Dr Murrow. Je voulais vous dire que j'ai faxé l'article vous concernant à Faye ce matin. Tout à l'heure, au téléphone, elle m'a juré qu'elle ne voulait plus avoir à faire à vous. Cela est mon dernier avertissement. Laissez-la tranquille. J'ai des amis haut placés et, si vous continuez à embêter Faye, je veillerai à ce que vous le payiez en terme d'années d'emprisonnement.

Je raccrochai. Encore et toujours des menaces. J'avais l'habitude. Non, ce qui me blessait profondément, c'était qu'il venait de confirmer que Faye m'avait bien abandonné.

Je pensais que pour être un homme, il fallait se montrer stoïque ; il fallait cacher sa peine sous un masque imperturbable et ne pas se laisser ébranler par les assauts du malheur. Pourtant, j'avais entendu dire qu'il arrive aux soldats les plus courageux de sangloter et d'appeler leurs mères quand ils sont blessés. J'ai honte de l'avouer, car c'est exactement ce que j'avais envie de faire : appeler ma mère, chercher le réconfort de ses bras et de sa voix me murmurant des paroles tendres. C'est alors que je compris l'essence de ma profonde affection pour Esther : d'une certaine façon, elle remplaçait ma mère. On avait beau m'avoir formellement interdit de m'approcher de près ou de loin de la résidence Arcadia sous peine de me remettre sous les verrous, j'enfilai mon manteau et pris le volant de ma voiture pour aller retrouver la vieille dame.

Alice était derrière son comptoir lorsque j'entrai. Elle leva vers moi un visage d'abord sidéré, puis apeuré, puis enfin glacial.

– Qu'est-ce que tu fais ici ? dit-elle d'un ton acerbe.

– Et toi ?

– Je remplis les feuilles de soins.

Je la fixai sévèrement. Elle semblait indifférente.

– Tu n'as pas le droit de me parler, Michael, prononça-t-elle d'un air dégagé.

– Tu ne devrais parler à personne et fermer ton clapet. Tu te rends compte qu'à cause de tes mensonges je risque de passer des années et des années en prison?

Un vilain sourire retroussa ses lèvres.

– Oh! je ne me fais pas de souci, tu t'y trouveras facilement une petite amie.

Jamais auparavant je n'avais éprouvé un tel sentiment; presque de la haine. Mais je gardai mon sang-froid.

– Tu finiras bien par payer pour tout le mal que tu fais, dis-je.

– Quoi? fit-elle avec une moue innocente.

– Ce que tu as fait subir à Henri.

Elle baissa les yeux sur ses papiers et reprit d'une voix plus douce :

– Tu penses vraiment qu'on va te croire? Tu auras seulement l'air d'un petit garçon qui essaye de sauver sa peau.

Je me penchai vers elle par-dessus le comptoir. Tout à coup, j'eus la sensation que, au fond, elle était terrifiée.

– Ne raconte plus n'importe quoi, c'est tout ce que je te demande.

J'étais encore en proie à une pénible agitation lorsque j'ouvris la porte d'Esther.

– Esther?

Une voix affaiblie s'éleva.

– C'est vous, Michael? chuchota la vieille dame.

– Oui, c'est moi.

– Laissez-moi vous toucher.

Je pris sa main dans la mienne.

– J'ai appris qu'ils vous avaient mis en prison.

– C'est vrai.

– Que se passe-t-il ?

– On m'accuse d'avoir battu Henri à mort.

– Comment ont-ils pu penser une chose pareille ?

– C'est ce que leur a dit Alice. Vendredi, quand je vous ai quittée, j'ai entendu un bruit qui sortait de la chambre d'Henri. J'y ai surpris Alice. Elle se tenait à côté du lit, la béquille d'Henri à la main. Sur le moment, je n'ai pas compris. Mais en réalité elle était en train de le frapper. Quelques heures plus tard, ils ont emmené Henri d'urgence à l'hôpital. C'est là qu'elle m'a accusé.

– Je vous avais prévenu à propos d'Alice...

– Oui, je sais. A cause d'elle, je risque de passer les quinze prochaines années en prison.

– Qu'est-ce que vous allez faire ?

– Je n'en sais rien. On m'a proposé une transaction. Si je plaide coupable, je m'en sors avec seulement quinze jours.

– Vous plaideriez coupable d'un crime que vous n'avez pas commis ?

– Je pars perdant, Esther. J'ai perdu mon travail. L'université m'a retiré ma bourse. Et, le plus horrible...

Les mots s'étouffèrent dans ma gorge. J'étais au bord du sanglot. Esther caressa doucement ma main.

– Vous avez eu des nouvelles de Faye ?

– Son père m'a téléphoné pour m'annoncer qu'elle ne voulait plus jamais entendre parler de moi.

– Et vous l'avez cru ?

– Que faire d'autre ? m'exclamai-je. Elle n'a pas donné signe de vie depuis son départ !

– Ce sont des moments difficiles pour elle aussi. Mais Faye ne vous abandonnera pas.

Je pris une profonde inspiration.

– Je n'en sais rien.

L'instant d'après, Helen ouvrit la porte. Dans le noir, elle ne me reconnut pas tout de suite.

– Que faites-vous ici, Michael ?

Je trouvais sa question stupide.

– Je suis venu voir Esther.

– Vous n'avez pas le droit d'être ici. Vous n'avez même pas le droit de téléphoner à la résidence.

– Dieu du ciel, Helen, c'est Michael ! dit Esther d'une voix qui avait soudain retrouvé sa vigueur. Ce n'est pas un criminel !

– Ce n'est pas à moi d'en décider. Michael, il faut partir tout de suite ou j'appelle la police.

Esther serra ma main de toutes ses forces.

– Ne perds pas la foi, Michael.

Helen s'effaça pour me laisser sortir de la chambre d'Esther. En tournant la clé de contact de ma voiture, je me demandai en quoi exactement je devais garder la foi.

23

Une deuxième visite

«Je vois plus de rides aujourd'hui dans le miroir. Le temps qui passe est maître de notre chair.»

Extrait du journal intime d'Esther Huish

J e trouve en général plus commode de remettre au lendemain les décisions difficiles ou désagréables jusqu'au moment où, de toute façon, il n'y a plus d'échappatoire. J'avais attendu toute la semaine avant de téléphoner à Amanda. Pourtant en mon for intérieur, je savais d'avance quelle allait être ma réponse. La peur avait été le meilleur avocat de ma défaite, en dépit de mon idéal de Justice et de Vérité. Les ombres noires de l'inconnu rongeaient ma vie. J'étais à la merci d'un destin hostile guidé par le hasard et l'incertitude. La seule chose qui me parût claire, c'était que, désormais, je savais qui compter parmi mes vrais amis. Helen, par exemple, en était exclue : elle s'était montrée, à ma stupéfaction, aussi lâche que les autres. Dans un sens évidemment, je la comprenais : elle tenait à conserver sa place. Mais je dois avouer que cela ne me faisait pas plaisir.

Aussi fus-je stupéfait d'entendre sa voix au téléphone la veille du jour où je devais communiquer ma décision à Amanda.

– Michael, ici Helen.

Je ne répondis pas.

– Je sais que n'avez pas envie de me parler, mais il faut que vous sachiez.

– Que voulez-vous ?

– Esther est en train de mourir.

Mon cœur se serra.

– Maintenant ?

– Non, elle s'en va tout doucement.

– Esther se meurt depuis que je l'ai emmenée voir Thomas.

– Il y a pire. Le jour avant votre visite, Esther s'est cogné la jambe contre je ne sais quoi. Pas très fort, mais elle s'est coupée. La gangrène s'est installée. Il faut l'opérer avant que le mal ne se répande. Mais elle refuse.

– Quel genre d'opération ?

– Un pontage fémoral, mais si sa jambe est trop atteinte, on sera obligé de la couper. Et le mal gagne du terrain tous les jours.

– Vous lui avez parlé ?

– Oui, mais elle refuse de m'écouter depuis que je vous ai renvoyé l'autre jour. Vous seul pouvez lui faire entendre raison.

Elle marqua une pause, puis elle me proposa la chose suivante :

– Si vous venez ce soir, je veillerai à ce que personne ne remarque votre présence.

Je songeai aux conséquences si jamais j'étais pris sur le fait. Je me demandai même s'il ne s'agissait pas d'un piège. Pour aussitôt me reprocher ma méfiance. Je devais penser seulement à Esther.

– A quelle heure ?

– 22 h 30.

– Je vous retrouve dehors devant votre bureau.

– Merci, Michael.

– Vous n'avez pas à me remercier. Je ne fais pas ça pour vous.

Sous le couvert de la nuit, Helen me fit entrer dans son bureau. Elle avait veillé à confier au personnel de garde des tâches qui les retenaient dans d'autres coins de la résidence. Sur sa demande, je gardai la capuche de mon anorak sur la tête jusqu'à la chambre d'Esther. Manifestement, ce n'était pas pour moi, mais pour elle-même, qu'elle se montrait aussi prudente. Dès que je me trouvai au chevet d'Esther, elle se retira sans me saluer, comme si je n'existais pas.

– Esther?

Je perçus un vague mouvement sous les couvertures.

– Esther, c'est moi. Michael.

– Michael? murmura-t-elle d'une voix étouffée et rauque. Helen sait que vous êtes ici?

Je m'assis au bord du lit et pris sa main dans la mienne. Elle releva légèrement la tête.

– Helen m'a appris que vous vous étiez blessé la jambe.

Elle ne répondit pas tout de suite.

– Oh! ça.

– D'après elle, vous avez besoin d'une opération.

Esther se tut.

– La gangrène va se répandre. Elle va vous tuer.

– C'est inévitable, prononça-t-elle d'un ton très las.

– La gangrène n'a rien d'inévitable.

– Mais la mort, oui.

Je restai assis dans le noir sans prononcer un mot, plein de mélancolie, frustré de ne pouvoir lutter contre l'indifférence de mon amie devant sa propre mort. Puis, finalement, je m'écriai:

– Vous ne pouvez pas... vous n'avez pas le droit de renoncer!

Quand elle reprit la parole, ce fut d'une voix raffermie:

– Vous vous apprêtez à perdre Votre Honneur, l'amour de votre vie, en plaidant coupable pour un crime que vous n'avez

213

pas commis, et vous me dites que je ne dois pas renoncer à la vie ? Nous formons une belle paire, tous les deux, Michael. Mais moi, au moins, j'ai attendu quarante ans avant de renoncer, soupira-t-elle. Vous aviez raison. La vie nous donne parfois une seconde chance, mais peu importe, puisque de toute façon nous recommençons éternellement les mêmes erreurs.

Elle se laissa retomber d'épuisement sur son oreiller et détourna de moi son visage. Si seulement j'avais su trouver les mots, si seulement j'avais su trouver les bons arguments contre ses idées morbides. Mais j'avais l'impression que mon esprit était totalement vide. Je me levai pour partir.

Quelques minutes plus tard, Helen m'arrêta alors que j'ouvrais la portière de ma voiture.

– Vous avez réussi ? me demanda-t-elle d'un ton inquiet où perçait cependant un certain espoir.

– Vous m'avez déjà vu réussir quelque chose ? annonçai-je d'une voix chargée d'amertume, le cœur alourdi par une immense tristesse.

24

Une bulle d'amour

«Aujourd'hui je me suis promenée sous le ciel étoilé en compagnie de Thomas. Il m'a parlé avec profondeur de choses légères, ce qui, je suppose, est mieux que l'inverse. Au clair de lune, je ne sais pourquoi, il m'a semblé différent. Peut-être parce que la lune ne prête un visage qu'à ce qui nous habite déjà.»

Extrait du journal intime d'Esther Huish

*D*ans un fade clair de lune, je filais le long des routes loin d'Arcadia. Puis je traversais des quartiers enveloppés de silence, de plus en plus sombres à mesure que les réverbères se faisaient plus rares, jusqu'à ma destination, le cimetière de la ville que seule la voûte du ciel éclairait.

Il régnait en ces lieux un calme infini. Le grand portail était fermé depuis le crépuscule. Une lumière ambrée filtrait derrière les rideaux tirés des fenêtres de la maison du gardien. Je garai ma voiture le long du mur occidental, non loin de là où était enterrée ma mère. La rue était aussi déserte que les pelouses ouatées du cimetière dont j'étais à présent séparé par une grille en fer forgé d'une hauteur d'un mètre cinquante et soutenue tous les dix mètres par des piliers de brique rouge au revêtement supérieur en ciment. J'escaladai un de ces derniers et sautai de l'autre côté, atterrissant sur une couche de neige verglacée qui craqua sous mon poids. Par endroits, la neige m'arrivait plus haut que les genoux. J'avançai tant bien que mal vers les deux grands arbres, un chêne et un saule, qui déployaient leurs branches au-dessus du recoin de l'endroit où ma mère reposait, à deux pas de la grille, sous une petite dalle de granit. Mes fleurs en plastique étaient toujours là, émergeant de la surface blanchâtre de la neige. Je restai debout devant sa tombe.

« *Caitlin Keddington*
Une mère aimante
1ᵉʳ août 1944 – 30 octobre 1988»

J'essuyai la neige qui recouvrait la dalle.
«Que dois-je faire, maman? pensais-je. Que faire?»
Je m'agenouillai devant la tombe, écartant les bras pour saisir la pierre entre mes mains gantées. Puis, soudain, je hurlai:
– Qu'est-ce que je dois faire?
L'air glacé me renvoya le son déformé de ma voix dans un écho cruel et moqueur.
Les reproches d'Esther m'accusant de commettre un suicide spirituel résonnaient peut-être encore dans mon esprit. A moins que ce ne fût la vue du nom gravé dans la pierre froide. Mais ce qui s'est passé à cet instant-là me semble encore aujourd'hui inexplicable. Et ma description en sera forcément incomplète. Une émotion puissante s'empara de moi. Une émotion que je me souvenais avoir déjà éprouvée quand j'étais enfant. Une nuit, alors que j'étais tout petit, un cauchemar m'avait réveillé. Ma mère était venue me voir et je m'étais blotti sur ses genoux en pleurant, les yeux grands ouverts pour mieux scruter ce noir qui me terrorisait. Ma mère m'avait bercé doucement, en me répétant d'une voix tendre: «Ne pleure pas, petit homme. Il n'y a rien là que tes propres peurs. » Dans ses bras, je savais que je n'avais rien à craindre. Et voilà

que, à cet instant, je me sentis tout à fait rassuré, aussi serein que si j'avais été dans les bras de ma mère.

C'est alors que je compris. Je sus exactement ce que je devais faire. J'ignorai ce qui m'attendait au bout du chemin, mais je savais lequel prendre. Cette prise de conscience aurait dû me glacer le sang. Mais au contraire, pour la première fois de ma vie, je voyais les choses de façon tout à fait sereine. Pour la première fois, tout me paraissait d'une clarté limpide.

Je n'avais jamais compris certaines choses à propos de ma mère. Par exemple, le fait qu'elle ait conservé le nom de famille de mon père. J'avais toujours supposé qu'elle l'avait fait pour moi, comme elle avait supporté tant d'autres contrariétés pour m'éviter les situations inconfortables. Mais il y avait un autre détail dans le comportement de ma mère qui n'avait jamais cessé de m'étonner.

Elle avait pleuré en apprenant la mort de mon père.

Et tout d'un coup, je comprenais pourquoi. Ma mère avait gardé son nom parce qu'elle l'aimait toujours. Aussi incroyable que cela pût me paraître, il y avait en lui quelque chose qui le rendait encore digne de son amour. Et le plus extraordinaire, c'est qu'elle semblait l'avoir aimé encore plus après qu'il nous eut abandonnés.

Je compris aussi combien Esther avait eu raison, non seulement à mon sujet, mais aussi au sujet de mon père. Mon père n'avait jamais aimé la boisson. L'alcoolisme le possédait à la manière d'un démon ou d'une maladie, mais il n'aimait pas s'enivrer. En revanche, il nous aimait, nous, de tout son cœur. Dans ses heures de sobriété, il lui arrivait de pleurer amèrement à la pensée du chagrin qu'il nous causait, à ma mère et à moi. Je me rappelai un incident, un souvenir que je laissais rarement émerger jusqu'à ma conscience, sans doute par crainte d'être tenté de me montrer indulgent à l'égard de mon père.

Juste avant de partir pour ne jamais revenir, il s'était approché de moi et m'avait supplié de lui pardonner ; et moi je l'avais rejeté sans cacher la haine qu'il m'inspirait. Je me souviens de son visage, déformé par l'angoisse, mais bienveillant. Il m'avait dit alors qu'il ne méritait que ça : mon hostilité. Ensuite il avait disparu totalement de notre vie.

Esther avait raison. Mon père n'avait jamais cessé de nous aimer. Mais il savait, après des années de vaines tentatives de désintoxication, que jamais il ne pourrait se libérer des chaînes de l'alcoolisme. Il avait sacrifié notre amour pour nous rendre notre liberté. Et lui était mort dans la solitude.

Pour la première fois, je pleurai non pas pour le mal qu'il nous avait fait, mais pour le malheur qu'avait été sa vie. Je pleurai pour lui. Et d'une manière miraculeuse, presque mystique, je trouvai dans ces larmes quelque chose qui m'échappait depuis que j'étais assez âgé pour en souffrir : l'absence. Je trouvai la paix. Elle qui m'avait semblé si insaisissable, elle m'attendait, en fait, là où elle s'était toujours trouvée, derrière la porte du pardon.

Je regardai de nouveau le nom sur la pierre tombale, désormais convaincu de la voie à suivre. Il fallait que je me dégage des entraves du passé pour voler sur les ailes neuves de l'avenir. Je devais défendre et protéger l'honneur du nom de mon père.

25

Avant le procès

« J'ai observé que dans ce bas monde on
construit souvent des monuments à la mémoire
de ceux qu'on a lapidés de leur vivant. »

Extrait du journal intime d'Esther Huish

*L*e bureau était tranquille. Amanda se pencha vers moi
au-dessus du gobelet en faïence plein de café fumant. Son visage
était l'image même de la stupéfaction. Elle secoua la tête,
comme si elle n'arrivait pas à croire ce que je venais de lui dire.

– Pas de transaction ?

– Non.

Elle se renfonça dans son fauteuil, sans me lâcher des yeux.

– Faut-il que je vous rappelle la gravité de l'accusation ?

Je hochai négativement la tête.

– Je sais que ce n'est pas très bien parti pour moi. Je mentirais en prétendant ne pas avoir peur. Mais c'est plus fort que
moi. Je ne peux pas me condamner moi-même de ce crime.
Même si cela me mène en prison.

– Il y a de fortes chances pour que le juge ne voie, dans
votre attitude, qu'une absence de remords.

– Je ne peux pas accepter ça, Amanda, répondis-je doucement. Je ne peux pas salir mon nom. C'est tout ce qu'il me
reste.

L'avocate posa son coude sur le bureau et son menton sur le
dos de sa main repliée.

– Quand est-ce que vous avez pris cette décision ?

– Hier soir, devant la tombe de ma mère.

Elle laissa échapper un soupir.

– J'admire votre courage, Michael. Hélas ! la plupart des héros que je connais sont en général aussi des martyrs.

– Je ne veux être ni l'un ni l'autre. Je fais seulement ce que je dois faire. Alors, où en sommes-nous ? demandai-je.

– Je vais d'abord téléphoner au bureau du procureur pour lui annoncer qu'on se retrouvera au tribunal, dit-elle en se levant. Ensuite, on va avoir beaucoup de travail, croyez-moi.

Amanda Epperson était originaire de Woodstock, dans l'Illinois, une banlieue pittoresque de Chicago souvent choisie pour tourner des films et des téléfilms. Elle avait rencontré son mari, Phil, en terminant sa maîtrise de droit à Northwestern et il l'avait ensuite fidèlement suivie à l'université de l'Utah travaillant comme livreur pour les messageries de presse pour payer ses dernières années d'études.

Amanda attendait une petite fille pour le milieu du mois de mai. Et je me disais que, avec mon acharnement à me torturer l'esprit face aux préjugés d'une poignée de jurés, je ne verrais sans doute pas cette enfant avant son adolescence.

Amanda aimait porter de gros souliers de marche et conduisait une Jeep Wrangler avec une capote de toile qu'elle enlevait à la première occasion. Un autocollant au-dessus du pare-chocs arrière annonçait : « Quand le soleil brille, j'enlève le haut ! » Amoureuse des grands espaces, elle passait ses vacances à parcourir à pied les paysages grandioses du Zion National Park. En fait, je la soupçonnais d'avoir choisi l'Utah autant pour ses montagnes que pour l'intérêt de son système juridique.

Au cours des mois qui précédèrent mon procès, j'ai rencontré Amanda trois ou quatre fois par semaine. A chacun de nos rendez-vous, je la trouvais plus ronde. Je finis par m'habituer à ce qu'elle appelait ses « envies » et l'une des plus grandes contributions que j'aie apportées au dossier, outre le récit de ma visite à l'hôpital des anciens combattants avec Henri, consista à dégoter les meilleurs endroits ouverts tard le soir qui servaient de la glace au caramel et aux amandes ou des bretzels au yoghourt.

Par absolue nécessité financière, je pris un emploi temporaire comme manutentionnaire dans le nord d'Ogden. Compte tenu de nos horaires respectifs, je retrouvais Amanda généralement le soir, souvent à une heure où Phil dormait déjà. Je voyais bien qu'elle était partie en guerre. Au fond, elle était convaincue de mon innocence. Je sais que, normalement, la défense ne doit pas se laisser influencer par de telles considérations, mais seule une machine est capable d'un tel détachement. Il n'y a pas de belle plaidoirie qui ne soit animée par les feux de la passion, car sans passion on ne récolte que la médiocrité. On n'y peut rien, les hommes sont ainsi faits. Phil était fort heureusement un mari compréhensif et très tolérant. Plus d'une fois, il rapporta des plats préparés qu'il achetait chez des traiteurs italiens ou chinois afin que nous puissions travailler tranquillement chez eux. Il m'était souvent pénible, en l'absence de Faye, d'être le témoin de leur bonheur. J'appris par la suite qu'il lui avait un jour demandé s'il n'y avait rien entre nous ; elle l'avait alors embrassé en répondant que non ; les choses en étaient restées là. Phil était un homme de cœur et j'étais sûr qu'il serait un bon père pour leur enfant.

Les semaines se succédèrent avec des hauts et des bas : le compte à rebours était enclenché. J'étais, j'imagine, un peu comme un politicien avant le jour de l'élection. Sauf que je ne voulais pas de mandat. Pour le meilleur ou pour le pire, l'angoisse qui présidait à la mise au point d'un système de défense repoussait mes autres soucis dans les replis obscurs de mon cerveau, au point qu'il m'arrivait parfois d'oublier les deux femmes qui avaient occupé une si grande place dans ma vie. La veille de mon procès, l'une d'elles me téléphona.

26

Le procès

« J'ai parfois été tentée de me garder des déceptions futures en adoptant une attitude cynique... Mais ce serait comme s'empoisonner soi-même pour éviter d'être assassiné. »

Extrait du journal intime d'Esther Huish

L'interdiction qui m'avait été faite d'approcher de près ou de loin de la résidence Arcadia faisait en quelque sorte office de glace sans tain, puisqu'elle permettait à Esther de continuer à s'intéresser au déroulement de ma vie tandis que je ne pouvais plus rien savoir sur la sienne. Je ne reconnus pas tout de suite sa voix : elle était changée et je la trouvai plus lente et plus fatiguée que lors de notre dernière conversation. J'en ressentis aussitôt une vive inquiétude.

– Michael.

– C'est vous, Esther ?

– Votre procès est demain ?

– Demain matin.

– Je ne pourrai pas venir, dit-elle tristement.

– Comment vous sentez-vous ?

Elle laissa ma question sans réponse.

– Faye est venue ?

Moi non plus je n'avais pas envie de lui répondre. Je le fis à contrecœur :

– Non.

Une pause s'ensuivit qui me sembla se prolonger indéfiniment. J'entendais sa respiration courte et irrégulière.

– Je ne vous ai jamais dit combien je suis fière de votre courage.

– Vous aviez raison, Esther. J'espère que le destin se montrera clément.

– Vous êtes un brave garçon. Le Seigneur sera miséricordieux.

– Pourvu que vous ayez raison. Merci, Esther.

Sa voix se cassa soudain.

– Venez me voir quand tout cela sera terminé.

– Si je le peux, bien sûr.

Elle raccrocha. Je me demandai si je la reverrais un jour.

Amanda se présenta chez moi une bonne heure avant le procès. Je venais de terminer ma toilette. De manière détournée, c'était elle qui m'avait suggéré ce que je devais porter au tribunal.

– Comme un enfant de chœur, avait-elle répliqué quand je lui avais demandé conseil sur ce point.

J'avais donc mis un pantalon de flanelle gris, une chemise bleue, une cravate et une veste en tweed empruntée à Phil.

Amanda et moi avions passé la soirée de la veille à répéter les différentes questions susceptibles d'être posées. Je la soupçonnais d'avoir pris ce soin afin de ne pas me laisser seul avant l'épreuve – je serais devenu fou sans sa compagnie. Elle prévoyait que le procès durerait deux ou trois jours.

Je grimpai à bord de sa Jeep.

– Vous avez dormi ? me demanda-t-elle.

– Très peu.

– C'est bien ce que je pensais.

– Et vous ?

Elle sourit.

– Je dors toujours bien quoi qu'il arrive. Même avec ce bébé, dit-elle en me jetant un coup d'œil. A propos, en m'endormant hier soir, j'ai eu l'intuition que le procureur va vous appeler à la barre.

– Je croyais qu'ils n'avaient pas le droit.

– J'ai dit qu'ils n'avaient pas le droit de vous obliger à témoigner contre vous-même. Mais ce procès a mis toute la région en effervescence. J'ai peur qu'on vous cite comme témoin, rien que pour vous obliger à faire appel au cinquième amendement qui garantit tout citoyen contre toute justice arbitraire. Cela fera très mauvais effet sur le jury.

– Que dois-je faire ?

– A mon avis, vous devez témoigner. Vous allez vous en sortir. De toute façon, il est hors de question de refuser de monter à la barre.

Elle m'adressa un grand sourire et posa une main amicale sur mon genou.

– Ne vous inquiétez pas trop. Ils ne vous appelleront peut-être pas ; c'est juste une possibilité. Surtout n'oubliez pas ceci : quoi qu'il arrive aujourd'hui, gardez votre calme. C'est juste le premier jour et le ministère public a le beau rôle. Tout va vous sembler négatif. Et rien ne plairait plus à l'accusation que de vous voir l'air penaud et déconfit.

Elle s'exprimait avec gravité et assurance. Je ne l'avais jamais vue aussi sûre d'elle – peut-être à l'approche du moment crucial avait-elle déjà revêtu son masque d'avocate à la cour. En tout cas, son aplomb me rendit ma sérénité. Elle prit ma main.

– Notre dossier est solide. Ne perdez surtout pas cela de vue.

Son optimisme ne m'avait préparé à ce qui nous attendait au centre de la ville. La grande allée bordée de haies qui menait au palais de justice était obstruée par le grouillement d'une foule de curieux, de journalistes de tous bords, presse écrite, radio, télévision, de membres d'associations de défense du troisième âge et de gens qui avaient tout simplement besoin de déverser leur haine sur quelqu'un. Une petite fille brandissait une pancarte où était écrit : « Lévitique, XX, 9 ». Je ne me souvenais plus de ce passage de la Bible.

Comme la plupart de mes contemporains, j'avais toujours considéré que la société était plus humaine à notre génération qu'à celle de nos parents. Mais ce que j'ai vu ce jour-là m'a fait changer d'avis. Le lynchage n'est pas, contrairement à ce qu'on pourrait croire, une barbarie appartenant au passé, du moins en esprit sinon dans la lettre. A la base, on y reconnaît toujours la même indignation vertueuse, les mêmes préjugés. Amanda me prit par le bras et fendit la foule, déterminée à ne pas laisser paraître son embarras et faisant comme si je n'avais rien remarqué.

Je n'avais jamais eu de démêlés avec la justice, je n'avais même jamais mis les pieds dans un tribunal. Mais j'avais l'impression d'avoir déjà assisté à un nombre incalculable de procès grâce aux vieux films d'Hollywood avec, entre autres, Gregory Peck ou Spencer Tracy, sans parler de la série *Perry Mason* que les chaînes de télévision rediffusaient en permanence. La salle d'audience était plus vaste que je ne m'y attendais, même si elle ne l'était pas assez pour contenir la masse de ceux qui me vouaient à la potence. La salle de forme oblongue et très haute de plafond était éclairée par des lustres en verre de style Art déco diffusant une lumière crue. Je fus frappé par l'éclat du vernis qui laquait le chêne sombre du banc des jurés et du siège du juge. A côté de ce dernier, un grand drapeau bleu roi portait l'emblème de l'Utah, une ruche jaune.

Je comptai plus d'une douzaine de journalistes que je repérai au fait qu'ils griffonnaient avec ardeur sur leurs blocs-notes. Toutes les places étaient prises. Il y avait même des gens debout au fond de la salle, appuyés à la boiserie.

Alice était assise non loin du procureur. Auprès d'elle se tenait un homme élégant que je reconnus immédiatement : Starley Richards, son père. Je l'avais vu de temps en temps au journal télévisé parler aux journalistes de mon procès, se lançant dans de violentes diatribes contre la dégénérescence des jeunes d'aujourd'hui. Je ne pus m'empêcher de me demander si Alice et lui s'étaient jamais vraiment parlé à cœur ouvert. Le jury était déjà assis. Au signal de l'huissier, tout le monde se leva au moment où le juge entra. J'admirai le calme avec lequel maître Howard Wells, un petit homme au visage renfrogné sous un front dégarni, s'installa, à l'image d'un hôte qui vous reçoit en vous mettant à l'aise sans pour autant laisser oublier que vous vous trouvez sous son toit.

Après l'entrée en matière d'usage, le procès commença.

Le ministère public énuméra les chefs d'accusation d'une voix vibrante d'émotion, démontrant l'horreur de ce crime, crime abominable, en effet, mais que je n'avais pas commis. D'après les visages crispés des jurés, je pense que son discours ne les laissait pas insensibles. C'était la première fois que je voyais le procureur. Jusqu'ici, il n'avait été pour moi qu'un pantin caricatural, ou plutôt une étiquette mise à une force adverse et, dans mon esprit, un envoyé de Satan. Et voilà que cet « ange du mal » se révélait être un jeune homme maigre aux cheveux roux et au regard perçant derrière ses petites lunettes d'intellectuel. Il flottait dans un costume trop grand pour lui. En d'autres lieux et en d'autres temps, je crois qu'il m'aurait été sympathique.

Amanda démarra sa plaidoirie en reprenant point par point les conclusions de l'accusation. Elle admit que le mauvais traitement infligé à un malade sans défense par la personne censée le soigner est un crime aussi effroyable que celui d'un adulte maltraitant un enfant ; et que, dans le cas d'Henri McCord, c'était spécialement atroce. Mais elle rappela ensuite aux jurés qu'ils n'étaient pas là pour évaluer le degré d'horreur de ce crime, mais pour déterminer la culpabilité ou l'innocence du jeune homme accusé de l'avoir commis : un garçon qui avait toujours eu une excellente conduite, qui n'avait jamais même eu de contravention pour excès de vitesse ; un garçon qui était non seulement un employé modèle mais un étudiant brillant, lauréat de la bourse d'excellence de l'université de l'Utah et un fils attentionné qui avait soigné sa mère mourante jusqu'au bout.

– L'indignation est une arme et, comme toute arme, il faut la manipuler avec prudence, déclara-t-elle. Car une arme peut tout aussi bien tuer l'innocent que le criminel.

A la suite de cette intervention, le procureur dressa un tableau plus précis des griefs retenus contre moi, faisant défiler à la barre des témoins secouristes et infirmières ayant assisté aux dernières heures d'Henri. Pour finir, il appela son témoin principal, le médecin qui avait constaté le décès. Ce dernier avait si soigneusement préparé son intervention, qu'il semblait connaître son texte par cœur. L'intention de l'accusation était de persuader les jurés qu'Henri était mort suite aux coups reçus et non de sa bronchite asthmatique. On présenta d'horribles photos en couleurs des blessures d'Henri, rendues encore plus macabres par le fait qu'une jambe manquait au cadavre. Les grands vieillards n'ont plus beaucoup de graisse entre la peau et les os, ce qui provoque, au moindre choc, des ecchymoses. Pour exemple, un coup contre le bord d'un lit laisserait à peine une marque sur le corps d'un enfant, mais provoquerait chez eux des bleus impressionnants. Alice avait tapé assez fort pour lui arracher la peau.

L'audience fut suspendue pour l'heure du déjeuner. Nous prîmes notre repas à la cafétéria afin d'éviter la foule déchaînée qui se pressait toujours à la porte du palais. Les événements de l'après-midi ne différèrent guère de ceux de la matinée. Il y avait tellement de monde dans le tribunal que le juge demanda à ce qu'on ouvre les portes pour faire entrer un peu d'air frais. Le défilé des témoins n'apporta rien de nouveau, à l'exception d'une surprise : un des témoins à charge, un médecin, stupéfia le procureur en déclarant que, à son avis, des coups de cette nature n'auraient pas entraîné la mort d'Henri si ce dernier n'avait pas été très affaibli par sa bronchite. Le ministère public s'empressa de mettre un terme à ce témoignage tandis qu'Amanda insistait sur ce diagnostic pour bien en graver le souvenir dans la mémoire des jurés. Amanda avait interrogé tous les témoins cités à comparaître ce jour-là, mais sans trop approfondir pour bien montrer qu'elle cherchait moins à débattre des causes du décès du vieux monsieur que de mon rôle dans cette abominable affaire. Mais elle avait quand même tenu à prouver aux jurés que même sans mauvais traitements, Henri n'avait plus que quelques jours à vivre.

En sortant du palais de justice, nous nous arrêtâmes prendre un cachet d'aspirine et manger quelques *tacos* dans un café. Puis elle me ramena chez moi et, suivant son conseil, je m'abstins de regarder les actualités à la télévision. Je me préparai donc une tasse de thé et allai me coucher.

Amanda vint me chercher à sept heures le lendemain matin. Cette fois, elle gara sa Jeep dans le parking souterrain réservé au personnel du palais. Ce qui nous épargna les assauts de la foule en colère et de la presse dont les rangs avaient grossi depuis la veille. L'audience s'ouvrit sur un nouveau témoignage de médecin. C'était un témoin à charge et il se contenta de résumer ce qui avait été dit la veille en omettant néanmoins la question de l'affaiblissement d'Henri. Ensuite, le procureur prit la parole et répéta une fois de plus, mais en d'autres termes, ce qui venait d'être dit. Tant et si bien que je compris la stratégie du ministère public : ils partaient du principe que la répétition génère forcément un consensus. Si vous rabâchez assez longtemps la même chose, les gens se mettent malgré eux à vous croire et ne demandent pas de preuves.

Le procureur appela finalement l'inspecteur Kinkaid à la barre. Sa tenue un peu guindée – veste bleu marine, chemise et cravate – détonnait avec son allure décontractée et athlétique. Il s'installa avec des mouvements souples dans le box des témoins.

– Inspecteur, à quel service de la police appartenez-vous ?

– Au service des homicides.

– Vous y travaillez depuis longtemps ?

– Environ trois ans. J'ai en tout onze ans d'ancienneté dans les forces de police.

– C'est vous qui êtes chargé de l'affaire Henri McCord, corrigez-moi si je me trompe.

– Oui, tout à fait.

– Racontez-nous ce qui est arrivé le matin du 7 janvier.

L'inspecteur se frotta énergiquement le visage.

– On a reçu un appel au poste de l'hôpital McKay-Davis. Un homme âgé avait été sévèrement battu. Il avait été victime d'un arrêt cardiaque.

– Vous êtes allé enquêter à l'hôpital ?

– Oui, tout à fait.

— Et qu'avez-vous trouvé ?

— M. McCord avait effectivement reçu des coups, seize au moins.

— Vous avez recueilli un témoignage à ce propos ?

— J'ai parlé aux médecins, répondit-il. Le Dr Williams ici présent. Et deux de ses collègues.

— Et ont-ils confirmé que M. McCord avait été battu ?

— Bien sûr. C'était évident. Il suffit de regarder les photos.

Le procureur acquiesça d'un signe de tête.

— Y avait-il quelqu'un de la résidence Arcadia présent sur les lieux ?

— Oui, Mlle Richards. C'est elle qui l'avait amené.

— Comment se comportait-elle ?

— Elle avait l'air bouleversé.

— Que vous a-t-elle dit ?

— Elle a dit qu'elle ignorait tout de ces coups. Je lui ai demandé si elle avait une idée de l'identité de la personne qui avait fait ça et elle m'a affirmé qu'elle avait vu M. Keddington sortir de la chambre de M. McCord vers minuit, deux heures après la fin de ses heures de travail à elle. Elle m'a confié qu'elle avait trouvé ça curieux puisqu'il ne travaillait en général pas à cet étage. Elle a aussi ajouté qu'il se conduisait bizarrement, comme s'il avait été surpris ou quelque chose dans ce genre.

Je hochai la tête. Comment Alice avait-elle pu mentir aussi effrontément ? Je n'arrivais pas à y croire. Amanda posa une main amicale sur mon genou pour me rappeler que je devais garder tout mon sang-froid.

— Au cours de votre enquête, avez-vous interrogé M. Keddington ?

— A plusieurs reprises.

– Avez-vous noté quelque chose d'inhabituel pendant ces entretiens ?

– Au départ, il a nié savoir qui était Henri McCord, mais quand je l'ai pressé un peu, la mémoire lui est revenue d'un seul coup.

– A-t-il nié avoir vu M. McCord le soir en question ?

– Non. Il m'a dit qu'il l'avait vu, mais qu'il n'avait rien remarqué.

– Quand il a appris la mort d'Henri, comment a-t-il réagi ?

– Il a commencé par dire qu'il était désolé...

– Désolé ? s'exclama le procureur. Désolé de quoi ?

– Désolé qu'il soit mort, je suppose.

Le procureur esquissa un geste lourd de sous-entendus à l'adresse du jury.

– A quel moment M. Keddington a-t-il appris qu'il était accusé de voie de fait ?

– Le matin où je l'ai amené au poste.

– Quelle a été sa réaction ?

– Il a voulu savoir qui était la personne qui l'avait accusé.

– Qu'est-il arrivé d'autre ce matin-là ?

Kinkaid posa sur le procureur un regard vide. Il avait oublié cette partie du dialogue soigneusement mis au point dans les bureaux du ministère public. Le procureur lui tendit la perche :

– Avant de passer prendre M. Keddington, vous êtes-vous rendu à la résidence Arcadia ?

– Ah oui ! dit l'inspecteur. Oui, bien sûr.

– Pour quelle raison ?

– Un témoin nous avait signalé... Mlle Richards, précisa-t-il en jetant un coup d'œil dans la direction d'Alice. Elle avait surpris M. Keddington en train de voler de la drogue et pensait qu'il l'avait cachée dans son casier.

– Et avez-vous trouvé de la drogue dans son casier ?

– Oui. Trois flacons de Percocet. Nous avons aussi trouvé des pilules du même médicament dans la poche de sa blouse.

– Quelle a été la réaction de M. Keddington quand vous lui avez parlé de cette... drogue?

– Il a nié qu'il en prenait.

– Après avoir conduit M. Keddington au poste, l'avez-vous interrogé?

– Oui.

– A-t-il dit quelque chose qui vous a paru curieux pendant l'interrogatoire?

– Il a voulu savoir qui l'avait accusé d'avoir volé les médicaments dans la pharmacie de la résidence.

– Et que lui avez-vous répondu?

– Je lui ai demandé pourquoi c'était si important pour lui. Il semblait vouloir à tout prix savoir qui l'avait dénoncé.

– A quel moment avez-vous décidé de l'arrêter?

– Quand il a compris qu'il s'agissait de Mlle Richards. Pour assurer sa protection. Il valait mieux le mettre là où il ne pouvait plus nuire à personne.

– Merci, inspecteur, fit le procureur en s'écartant.

Tous les regards convergèrent sur l'avocate.

Le juge intervint alors pour s'enquérir:

– Contre-interrogatoire?

– Merci, Votre Honneur.

Ce fut au tour d'Amanda de se poster devant l'inspecteur de police.

– En dehors du témoignage de Mlle Richards, avez-vous interrogé d'autres personnes à Arcadia?

– Oui.

– Y a-t-il une autre personne qui ait accusé Michael?

– Non.

– Ou qui ait soupçonné Michael?

– Non.

– Quelqu'un d'autre a-t-il vu Michael sortir de la chambre d'Henri McCord?

– Non.

– Quelqu'un d'autre a-t-il dit qu'il soupçonnait Michael de se droguer?

– Pas à ma connaissance.

– Le mandat de perquisition qui vous a permis de fouiller le casier de Michael vous a été conféré uniquement à partir du témoignage de Mlle Richards?

– Oui.

– Ce que vous êtes en train de nous dire, c'est que vos soupçons sont basés uniquement sur le témoignage d'une seule personne: Alice Richards?

– Eh bien! oui! et sur les interrogatoires de M. Keddington.

– Pensez-vous qu'il soit possible, étant donné ce que vous avait dit le témoin, que vous ayez entretenu un *a priori* défavorable à l'égard M. Keddington avant même de le rencontrer?

– On aurait eu du mal à ne pas en avoir.

– Nous avons eu l'impression, à vous écouter, que vous cherchiez à nous convaincre que Michael Keddington agissait de façon suspecte en insistant pour savoir qui l'accusait. Si vous étiez accusé à tort d'un crime, ne chercheriez-vous pas à savoir qui fait retomber tous les soupçons sur vous?

– Objection, Votre Honneur! s'écria le procureur. On ne peut pas préjuger des actions hypothétiques du témoin.

– Objection acceptée.

– Votre Honneur, je tente simplement de montrer que la réaction de mon client est tout à fait normale étant donné les circonstances.

– Continuez, maître.

Amanda avait l'air un peu déconfit.

– Vous chercheriez à le savoir, bien sûr, reprit-elle en s'adressant à Kinkaid.

Le procureur leva les bras en l'air en s'exclamant :

– Votre Honneur...

– C'est assez, maître, dit sévèrement le juge. Greffier, ne notez pas la phrase de maître Epperson.

– Excusez-moi, Votre Honneur, dit-elle, puis se tournant de nouveau vers Kinkaid : Pour la drogue, c'est vous qui avez eu l'idée de chercher dans la blouse de M. Keddington ou bien quelqu'un d'autre vous l'a suggérée ?

Kinkaid eut un sourire crispé : manifestement, cette question n'était pas prévue.

– Je ne me rappelle pas.

Amanda s'écarta du banc des témoins.

– Ce sera tout pour le moment.

Le procureur consulta brièvement ses collègues du ministère public, puis, comme Amanda l'avait prévu, il me cita à comparaître. Le box des témoins se trouvant légèrement en surplomb au-dessus de la salle, je balayai l'assemblée du regard en m'asseyant. Soudain, j'eus le souffle coupé. A la sixième rangée se trouvait Faye. Je ne l'avais pas repérée tout de suite, car elle était assise entre deux hommes de forte corpulence. Elle avait changé de coiffure mais, comme pour bien m'assurer que je ne rêvais pas je la considérais avec plus d'insistance, nos regards se croisèrent. Ses yeux étaient brillants, doux et elle posa un doigt sur ses lèvres. Tout à coup, malgré tout ce qu'on m'avait dit et tout ce que j'avais craint, je sus qu'elle était de mon côté. Sa présence en soi en apportait la preuve. Je me sentis rempli d'une inexplicable confiance en moi et en ce que me réservait le sort.

Le procureur s'approcha, plein d'arrogance.

– Monsieur Keddington, connaissez-vous Alice Richards ?

Je jetai un coup d'œil du côté d'Alice qui s'agitait nerveusement près de son père, l'air boudeur.

– Oui, je travaillais avec elle.

– Et que savez-vous d'autre à propos d'Alice ?

– C'est la femme qui m'accuse d'avoir battu Henri.

– Quand avez-vous su que c'était elle qui avait témoigné contre vous ?

– Quand j'ai été arrêté. L'inspecteur de police me l'a dit.

– Quand vous avez été libéré de prison, êtes-vous allé voir Alice ?

Je consultai rapidement Amanda, qui me parut elle aussi prise de court.

– Non. Je suis allé à Arcadia rendre visite à une amie et Alice se trouvait là, voilà tout.

– Vous lui avez adressé la parole ?

– Oui.

– Lui avez-vous dit : tu ne dois parler à personne et – je vous cite – fermer ton clapet ?

Amanda eut l'air horrifié. J'avais complètement oublié cet incident. Sur le moment, dans le feu de la discussion, cela m'avait paru si naturel que je n'avais pas un instant songé à le rapporter à mon avocate.

– Oui.

Un soupir d'horreur s'exhala des rangs du public.

– Vous rendez-vous compte que la subornation de témoins est un délit très grave ?

– J'ai perdu mon sang-froid, répondis-je bêtement.

– Vous avez perdu votre sang-froid, répéta après moi le procureur d'un ton sardonique. Ce n'est pas une excuse pour violer la loi, monsieur Keddington. Vous aviez aussi perdu votre sang-froid, le jour où vous avez frappé Henri McCord ?

– Objection, Votre Honneur, s'écria Amanda en se levant.
Il n'a pas été prouvé que mon client a frappé Henri McCord.

– Objection acceptée, maître.

– Je vais formuler ma question différemment. Avez-vous
perdu votre sang-froid et frappé Henri McCord ?

– Je n'ai jamais frappé aucun résident d'Arcadia. J'en serais
incapable.

– Vous vous droguez, monsieur Keddington ?

– Non, je n'ai jamais pris de drogue.

– Comment expliquez-vous la présence de trois flacons de
Percocet dans votre casier à la résidence et de pilules dans la
poche de votre blouse ?

– Ce n'est pas moi qui les y ai mis.

– Alors comment sont-ils arrivés là ?

– Je n'en sais rien. Alice était responsable de la pharmacie.

– Êtes-vous en train de nous dire que c'est Alice ?

– Je ne peux rien vous dire.

Le procureur hocha la tête, puis esquissa quelques pas en
direction du jury comme s'il venait de marquer un point.

– Votre père était alcoolique, non ?

Amanda s'empressa de se lever.

– Objection, Votre Honneur. Ce que le père du témoin a
fait n'a rien à voir avec l'affaire en cours.

Le procureur eut un sourire de défi.

– Votre Honneur, il a été démontré que les gens qui ont été
maltraités dans leur enfance deviennent eux-mêmes, en gran-
dissant, des adultes violents. C'est ainsi que la maltraitance se
transmet dans les familles de génération en génération. Nous
sommes aujourd'hui confrontés à une affaire extrêmement
sérieuse, je trouve, au contraire, que l'histoire familiale de
l'accusé est d'une importance primordiale.

– Entendu, dit le juge, mais uniquement si c'est pour apporter la preuve de la maltraitance.

– Merci, Votre Honneur, répondit le procureur en se tournant de nouveau vers moi. Votre père était-il alcoolique ?

– Oui.

– Il y avait donc de l'alcool à la maison.

– Quelquefois.

– Il buvait tous les jours ?

– Oui.

– Et il y avait seulement de l'alcool, quelquefois ?

– Ma mère ne lui permettait pas de boire à la maison. Quand elle trouvait une bouteille, elle la jetait ou la cachait quand il dormait. En fait, mon père n'apportait que la bouteille qu'il était en train de boire.

– Votre père vous battait ?

– Non.

– Il battait votre mère ?

– Non.

– Il ne battait jamais votre mère quand elle jetait sa bouteille ?

– Je l'ai vu une fois la pousser contre le mur.

– Et c'est tout ?

– Il s'est arrêté net en me voyant. Il n'était pas brutal.

Le procureur se frotta le menton.

– Je ne sais pas ce que je trouve de plus troublant, ou de plus révélateur, vous admettez que votre père a jeté votre mère contre un mur et vous affirmez qu'il n'était pas brutal. Quelle est votre définition de la brutalité ?

– Si, ce geste est brutal, bien sûr, bredouillai-je, mais ce que je veux dire, c'est que d'habitude il ne l'était pas. Quand il était ivre, il avait tendance à s'assoupir ou à pleurer.

– Est-il possible que votre père ait battu votre mère sans que vous le sachiez ?

Amanda se leva.

– Objection, Votre Honneur. Comment le témoin pourrait-il répondre à une question pareille ?

– Retirez votre question.

– Comment se conduisait votre mère après ces nuits de beuverie ?

– Elle avait l'air d'une âme en peine. Elle était la bonté même. Elle ne méritait pas d'être traitée comme ça. Personne ne le mérite, d'ailleurs.

– Elle aurait eu honte de vous voir ici, non ?

– Elle aurait été terrifiée, vous voulez dire. Elle a passé une grande partie de sa vie à trembler. Mais elle n'aurait eu aucune raison d'avoir honte.

Le procureur esquissa un sourire cynique.

– Au cours des deux dernières années, vous avez abandonné vos études et quitté un emploi dans une supérette dont vous étiez sur le point d'être renvoyé. A la résidence Arcadia, c'était la première fois que vous restiez un certain temps dans une place, c'est-à-dire, avant qu'on vous interdise d'y retourner. N'est-ce pas ?

– Oui, mais c'était à cause de la maladie de ma mère, je l'ai soignée.

– Ce sera tout, monsieur Keddington, dit le procureur en se tournant vers Amanda : Le témoin est à vous, maître.

– La défense ne souhaite pas de contre-interrogatoire, Votre Honneur.

– Vous pouvez retourner à votre place, m'ordonna le juge.

J'obtempérai. Avant de m'asseoir, je tournai les yeux vers Faye, puis jetai un coup d'œil en direction des jurés. Pas un seul ne me regardait. C'était mauvais signe.

Le procureur reprit :

– Je voudrais appeler à la barre... Mlle Alice Richards.

Alice se leva et s'avança en me jetant seulement un bref regard.

– Mademoiselle Richards, depuis combien de temps travaillez-vous à la résidence Arcadia ?

– Ce fera trois ans en juillet prochain.

– Pendant ces trois années, a-t-on signalé des cas de maltraitance ?

– Pas à ma connaissance.

– Vous étiez de garde le soir du 6 janvier ?

– Oui.

– S'il vous plaît, racontez au jury ce qui s'est passé ce soir-là.

– J'étais de garde de nuit. J'étais déjà là depuis quelques heures, quand j'ai été vérifier si Henri allait bien. On le surveillait de près parce que sa bronchite s'aggravait. Quand je suis entrée dans sa chambre, il était dans le coma.

– Vous êtes suffisamment qualifiée pour poser vous-même ce diagnostic ? Je veux dire, vous n'avez pas pensé qu'il dormait, tout bêtement ?

– Je suis infirmière. Henri n'avait pas l'air bien. On l'entendait à peine respirer. J'ai tâté son front. Il était brûlant.

– Qu'est-ce que vous avez fait ensuite ?

– J'ai appelé police secours et on l'a emmené d'urgence à l'hôpital.

– A ce moment-là, soupçonniez-vous qu'il avait été battu ?

– Non. Il était très malade depuis plusieurs mois.

– Quand avez-vous appris qu'il avait été battu ?

– Quand les médecins du service des urgences lui ont enlevé sa chemise. Il était couvert de bleus, dit-elle en montrant du doigt les pièces à conviction. Comme sur ces photographies. On voyait bien qu'il avait reçu des coups. Certaines de ses blessures saignaient encore.

– Quelle a été votre première réaction?

– Je ne savais pas quoi penser, je dois avouer. Puis, je me suis souvenue d'avoir entendu de drôles de bruits et d'avoir vu sortir Michael de sa chambre. J'ai trouvé ça étrange, car Michael était censé être parti depuis longtemps.

– Avez-vous dit au médecin que vous le soupçonniez?

– Oui.

– Que s'est-il passé?

– Henri a eu une crise cardiaque. Il est mort tout de suite.

– Savez-vous que M. Keddington vous a accusée d'avoir battu Henri?

– Oui.

– Qu'avez-vous à dire à ce sujet?

– Je suppose que Michael a peur.

– Objection, Votre Honneur. Le témoin n'a pas à faire ce genre de supposition.

– Objection acceptée. Ne notez pas au procès-verbal.

Le procureur reprit:

– Est-il vrai que M. Keddington est entré dans votre résidence la nuit du 20 janvier – une dizaine de jours après avoir été relevé de ses fonctions?

– Oui.

– Quel était le but de cette visite?

– Je ne sais pas.

– L'avez-vous vu entrer dans la résidence?

– Oui. Il a marché droit sur moi.

– Vous a-t-il adressé la parole?

– Oui.

– Que vous a-t-il dit exactement?

– Il m'a ordonné de ne parler à personne. Puis il ajouté que j'avais intérêt à «fermer mon clapet».

– Il vous a menacé ?

– De la part d'un homme qui a battu à mort un vieux monsieur, je l'ai pris comme une menace.

Le procureur fit un pas en arrière et regarda le jury avec insistance comme pour bien appuyer les propos d'Alice. Puis il se tourna de nouveau vers elle :

– On a trouvé des pilules dans le casier de M. Keddington. Savez-vous ce que c'était ?

– Du Percocet. On en donne à quelques patients. C'est un puissant analgésique.

– Que faisaient-ils dans le casier de M. Keddington ?

– Je n'en sais rien. Ils appartenaient aux patients.

– C'est vous qui vous occupez de la pharmacie à Arcadia.

– En effet.

– Vous étiez-vous aperçue de la disparition de ces flacons ?

– Non. On a tellement de médicaments qu'on a tendance à se laisser envahir et on ne jette pas toujours ce qui doit être jeté. J'avais eu l'impression qu'il en manquait et j'avais même dû en recommander plusieurs fois.

– Vous rappelez-vous à quelle époque ont débuté ces mystérieuses disparitions de médicaments ?

– Vers le début du mois de novembre.

– Et que s'est-il passé à cette époque ?

– C'est le moment où Michael a commencé à travailler à Arcadia.

Le procureur marqua une nouvelle pause. Je regardai du côté du jury. Un ou deux jurés détournèrent leurs yeux des miens.

– Avez-vous à aucun moment soupçonné M. Keddington d'être l'auteur de ces vols ?

Alice se tourna alors vers moi.

– Non, je pensais que c'était un type bien.

– Le soupçonniez-vous de maltraitance ?

– Non, vraiment pas. Il se conduisait tout à fait correctement. En fait, il compte même des amis parmi les résidents.

– Considérez-vous Michael Keddington capable de maltraiter un patient ?

– Objection, Votre Honneur. Ce n'est que pure supposition.

– Votre Honneur, le témoin nous donne son avis sur un collègue. Il n'y a pas d'avis sans subjectivité...

Le juge répondit avec un temps de retard :

– Entendu, continuez.

– Encore une fois, mademoiselle Richards, considérez-vous Michael Keddington capable de maltraiter un patient ?

Elle me glissa un regard en dessous.

– Je n'en sais rien. Je pense qu'il a eu beaucoup de malheurs dans la vie et qu'il a besoin d'aide.

– Pas d'autre question, mademoiselle Richards.

Pendant que le procureur regagnait son banc, le juge scruta la salle d'audience.

– La défense souhaite-t-elle interroger le témoin ?

Amanda se leva.

– Pas aujourd'hui, Votre Honneur.

Le juge consulta l'horloge murale, puis déclara :

– Il est presque cinq heures de l'après-midi. L'audience est suspendue jusqu'à demain matin. Je conseille aux jurés de ne pas regarder le journal télévisé ni de lire quoi que ce soit à propos de ce procès pour éviter de se former une opinion avant d'avoir entendu les arguments de la défense. Vous ne devez parler à personne de ce procès et cela s'adresse aussi aux témoins. S'il arrive qu'une personne quelle qu'elle soit vous pose des questions sur ce procès, vous êtes prié de signaler cette personne à la cour. L'audience est maintenant levée jusqu'à demain matin, neuf heures.

27

Un dernier adieu

> « Certains ont pour seule ambition dans la vie de laisser leur nom gravé dans un petit coin du globe. C'est absurde. La plus grande tragédie n'est pas de mourir méconnu des inconnus, mais mal aimé de ses compagnons. »
>
> *Extrait du journal intime d'Esther Huish*

À peine le juge avait-il levé l'audience, que la salle se remplit d'une immense clameur. La foule était houleuse. Je me retournai pour regarder Faye. Elle se frayait tant bien que mal un passage dans la cohue pour venir me rejoindre. Comme elle avait l'air inquiet, triste et livide... Nous nous contemplâmes comme deux étrangers. Puis, je vis les larmes briller dans ses yeux. Elle s'approcha tout près de moi et m'entoura de ses bras. Je la tins serrée tendrement contre moi. A cet instant, une femme affublée d'épaisses lunettes argentées et d'un très haut chignon se rua sur moi en hurlant, le visage déformé par la haine :

– Sale meurtrier !

Je sentis Faye tressaillir. Elle voulut répondre à l'inconnue, mais je la retins.

– Laisse tomber, Faye.

– Comment peux-tu te laisser faire comme ça ?

– Ça ne servirait à rien.

Elle se blottit de nouveau contre moi et enfouit son visage dans le creux de mon épaule. Amanda se tourna alors vers moi :

– Michael, j'ai besoin de vous parler.

Et elle ajouta avec un signe de tête vers celle que je tenais dans mes bras :

– Faye ?

Faye releva la tête et regarda brièvement les rondeurs de mon avocate.

– Oui, je suis Faye.

Et elle lui tendit la main.

– Je suis contente de vous voir là, dit Amanda. Mais je pense que vous préféreriez qu'on vous laisse un peu seuls.

Faye me regarda droit dans les yeux.

– Mes parents ne savent pas que je suis ici.

– Tu peux loger chez moi.

Amanda me donna une petite tape amicale sur le bras.

– Allons, sortons d'ici. On préparera la journée de demain en chemin.

Nous nous arrêtâmes tous les trois dans un restaurant japonais. Amanda fit les frais de la conversation. Faye était silencieuse, comme ailleurs. Et moi j'avais si mal à l'estomac que je consommai juste un bol de soupe *miso*. Amanda nous déposa ensuite chez moi. Il était huit heures à peine. J'avais à peine ouvert la porte, que Faye jeta à terre son sac à dos au fond doublé de cuir et se laissa tomber dans le canapé.

– Maintenant, parlons, dit-elle.

Je m'assis en face d'elle, les doigts joints. Faye poussa un soupir.

– Je suis désolée de t'avoir laissé endurer cette épreuve tout seul. Je ne savais plus où j'en étais. Mon père m'a raconté votre dîner. Il a eu l'impression que tu ne tenais pas tellement à moi et m'a parlé de ses menaces... Je suis désolée, Michael. J'étais folle de chagrin quand je suis partie. Mais toi, tu faisais ça pour mon bien.

Elle marqua une pause avant de poursuivre :

– J'ai décidé d'attendre un mois... juste pour avoir les idées plus claires. Mais avec chaque journée qui passait, mon amour pour toi devenait plus fort...

Son front se plissa d'inquiétude.

– Et ensuite il y a eu toute cette histoire. Mon père m'a faxé l'article, puis il m'a dit que tu avais avoué avoir battu à mort ce vieux monsieur.

Une bouffée de colère, autant dirigée contre Faye que contre son père, me fit m'exclamer :

– Et tu l'as cru ?

– Non.

Une minute s'écoula en silence, puis Faye vint s'asseoir à côté de moi. Elle mit son bras autour de mon cou, puis m'attira tout doucement vers elle, pressant d'une manière presque maternelle ma tête contre sa poitrine. Nous restâmes un moment sans rien dire. J'entendais seulement les battements de son cœur. Puis elle parla.

– Amanda avait l'air de dire que ce serait peut-être fini demain.

– C'est possible. Soit je rentre ici libre, soit je ne reverrai plus jamais cette maison. Ni toi non plus.

Elle s'écarta légèrement de moi pour me contempler.

– Non, Michael. Je ne te quitterai plus jamais.

Sa promesse ne fit hélas que m'attrister davantage.

– Et si on me déclare coupable ?

– Je resterai avec toi aussi longtemps qu'on me le permettra. Je ne sais pas si oui ou non on t'emmènera... Eh bien ! on verra bien. Je ne te quitterai pas, Michael, répéta-t-elle.

– Et si on me déclare non coupable ?

Elle réfléchit un instant.

– Je retournerai à la faculté. J'ai un examen lundi. Mais la semaine d'après, je serai en vacances. Nous les passerons ensemble.

Je laissai échapper un soupir.

– Je n'arrive pas à croire que, à la même heure demain, je risque d'être en prison.

Des larmes embuèrent les yeux de Faye.

– Je suis prête à te donner ce que tu voudras, Michael. Laisse-moi te prouver que je t'aime. S'il te plaît, accorde-moi une chance.

Je plongeai mon regard dans le sien, moi aussi au bord des larmes. Elle s'offrait à moi. Mais je n'avais pas le droit d'en profiter. Je me contentai de m'appuyer contre elle. Elle m'embrassa longuement, puis me serra tendrement dans ses bras. Une demi-heure plus tard, juste avant onze heures, le téléphone sonna. J'hésitai un instant à répondre. Puis, me disant que c'était peut-être Amanda, je décrochai. Une voix faible résonna à mon oreille.

– Michael.

Esther ! Je fus atterré de l'entendre si fatiguée.

– Faye est venue ? souffla-t-elle.

Son ton avait quelque chose de désespéré.

– Elle est ici avec moi.

Silence. Je l'imaginai louant le Seigneur. Puis, finalement :

– Je savais qu'elle reviendrait.

– Vous allez bien ?

– Je suis tellement lasse, Michael. Je ne suis pas en très bonne forme. Vous viendrez me voir quand ce sera fini ?

– C'est la première chose que je ferai.

– Michael...

Elle marqua une pause si longue que je craignis qu'elle ne se fût endormie. Mais elle ajouta :

– Je vous aime.

Il est stupéfiant de constater le pouvoir de ces mots pourtant en soi insignifiants, quand ils sont prononcés par la bonne personne et juste au bon moment.

– Je vous aime, moi aussi, Esther.

Elle raccrocha.

28

La lettre d'Esther

« Souvent, la seule chose qui sépare une meute de lyncheurs d'une bande de danseurs est un bon violoniste. »

Extrait du journal intime d'Esther Huish

*L'*Utah possède un climat aussi varié que ses paysages ; au sud la pierre rouge des canyons écrasés de soleil ; au nord les montagnes enneigées où mars arrive et repart à pas feutrés, comme un fauve. Cette nuit-là, la neige refit son apparition. Je m'en réjouis, me disant que la tempête découragerait les curieux. Mais je m'étais trompé, après le battage médiatique de la veille au soir, la foule aux abords du palais de justice avait encore grossi. Si l'entrée avait été payante, je suppose qu'il y aurait eu des revendeurs à la sauvette, cédant leur billet à prix d'or. Je suppose que tous ces gens flairaient l'odeur du sang.

Après cette nuit avec Faye je me sentais, dans un sens, plus vulnérable. J'avais si peur de la perdre. Et je savais qu'à la fin de cette journée, le verdict allait tomber, nous séparant peut-être à jamais.

– Il faut se préparer à quelques surprises aujourd'hui, dit Amanda en chemin pour le palais de justice.

– Quel genre de surprises ?

Elle prit un air grave.

– Je préfère que cela reste une surprise. Sachez quand même que je vais vous citer à comparaître en premier. Je tiens à ce que vous racontiez aux jurés ce qui s'est passé cette nuit. Je veux que vous leur parliez du bruit que vous avez entendu et de ce que faisait Alice dans la chambre. Mais je vous préviens. Surtout, ne leur laissez pas entendre que vous êtes en train d'accuser Alice. On ne peut rien prouver contre elle et le procureur se ferait une joie de vous dépeindre comme un vil calomniateur. Je veux simplement que vous semiez le doute dans leur esprit. Je vous demanderai aussi si vous avez frappé Henri McCord.

– Vous croyez que ça va changer quelque chose ?

– Je tiens à ce que le jury l'entende de votre bouche. Vous êtes d'une sincérité et d'un naturel désarmants. Je voudrais qu'ils puissent le constater eux-mêmes avant de passer aux autres témoins. Je pense que les deux mères de famille du jury n'y seront pas insensibles.

Faye me prit la main.

– Pensez-vous que le procureur procédera à un contre-interrogatoire ?

– C'est difficile à dire. Sans doute pas, si on ne lui donne pas matière à discussion. Il a déjà tiré ses meilleures cartouches. Il ne voudra pas paraître manquer de munitions. Non, du moment que vous n'accusez personne, il se tiendra coi. Ça va, conclut-elle, vous n'êtes pas trop nerveux ?

– Je n'ai jamais eu l'estomac aussi noué...

– A mon avis, la journée sera bonne, déclara-t-elle d'un ton dégagé comme s'il s'agissait d'une partie de pêche et non du moment le plus décisif de mon existence.

Une demi-heure après l'ouverture de l'audience, je fus appelé à la barre. L'huissier me rappela que j'étais toujours sous serment. Puis Amanda s'approcha, le ventre en avant ; je me demandai si elle n'exagérait pas les rondeurs de sa maternité pour le bénéfice du jury, car elle avait pris soin de se vêtir d'un caleçon long et d'une longue chemise moulante à souhait. A la réflexion, je me dis que ce n'était sûrement pas une coïncidence. Amanda laissait, en effet, très peu de place au hasard ; elle devait partir du principe que les gens n'aimaient guère contrarier une femme enceinte.

– Bonjour, Michael ! dit-elle gaiement comme si elle était vraiment contente de me voir là.

Je ne pus m'empêcher de sourire ; elle avait compté là-dessus.

– Dites-moi, vous aimiez travailler à la résidence Arcadia ?

– J'ai mis un peu de temps à m'y habituer, mais une fois que j'ai connu un peu tout le monde, je m'y suis beaucoup plu, oui.

– La nuit du 6 janvier, la nuit où Henri McCord a été battu à mort, vous avez arrêté votre travail à neuf heures, mais vous n'avez quitté la résidence qu'à minuit passé. Pourquoi être resté si tard ?

– Une amie à moi – une résidente – ne se sentait pas très bien. Elle était alitée et j'espérais pouvoir lui remonter le moral.

– A quelle heure êtes-vous parti ?

– Je ne sais pas l'heure exacte. Je suis rentré chez moi vers minuit et demi. Sans doute était-ce un peu après minuit.

– A quel étage loge votre amie ?

– Au deuxième.

– Au moment de votre départ, s'est-il passé quelque chose d'inhabituel ?

– J'ai entendu un drôle de bruit au premier étage. Je me suis arrêté pour voir d'où ça venait et je me suis aperçu que ça sortait de la chambre d'Henri. Quand je suis entré, Alice était debout à son chevet.

– Que faisait-elle ?

– Elle était juste là. Elle m'a dit qu'elle essayait de lui donner son sirop pour la toux.

– Avait-elle le flacon à la main ?

– Non. Elle avait la main posée sur la béquille d'Henri. Je suppose qu'elle avait abandonné l'idée de lui faire prendre son médicament.

– Quel genre de bruit diriez-vous avoir entendu ?

– Des sortes de jappements. En fait, j'ai d'abord pensé qu'un animal était entré dans la résidence.

Amanda marqua une pause, comme si mes paroles étaient pour elle une révélation.

– Michael, vous aimiez Henri McCord ?

– Je le connaissais à peine. Il me semblait très seul, si vieux, et c'était le seul Noir de la résidence. Il me faisait pitié. Mais oui, au fond, je l'aimais bien.

– Michael, avez-vous frappé Henri McCord ?

– Non. Je m'occupais de lui.

Amanda m'enveloppa d'un regard affectueux.

– Merci, Michael. Ce sera tout, Votre Honneur !

Elle n'avait pas regagné sa place, que le procureur bondit presque de son siège, comme s'il venait de trouver un nouvel argument.

– Monsieur Keddington, dans quelles dispositions êtes-vous vis-à-vis des Noirs ?

– Des dispositions favorables.

– Avez-vous déjà participé à une manifestation contre les actions anti-discriminatoires ?

– Non, jamais.

– Est-ce que vous êtes contre les Noirs ?

– Bien sûr que non, répondis-je sèchement, ce serait aussi ridicule que d'être contre les gens âgés parce qu'ils sont vieux.

Amanda sourit. Le procureur se détourna, furieux de constater qu'il s'était trompé.

– Ce sera tout, marmonna-t-il.

– Vous pouvez retourner à votre place, monsieur Keddington, dit le juge.

Amanda m'adressa un clin d'œil tandis que je descendais du box des témoins. Elle se leva.

– La défense voudrait appeler Mme Helen Staples à la barre.

C'était l'une des surprises d'Amanda, car Helen me semblait plutôt un témoin à charge qu'à décharge. Helen s'avança vers le box des témoins. Elle portait une blouse médicale.

– Madame Staples, quelle est votre fonction à la résidence Arcadia?

– Je suis la directrice de cet établissement.

– Depuis quand occupez-vous ce poste?

– Près de huit ans.

– C'est vous qui avez embauché Michael Keddington. Dites-moi si je me trompe.

Helen me regarda.

– Oui, c'est moi.

– Quel genre d'employé était Michael Keddington?

– Très consciencieux. Le travail ne lui faisait pas peur.

– A votre avis, Michael aurait-il frappé un malade?

– Non.

– Vous en avez l'air convaincue.

– Je surveille de très près mes employés, souvent à leur insu d'ailleurs. J'ai vu comment il traitait les résidents. Avec une grande humanité. Il les respectait. C'est une qualité que l'on a ou que l'on n'a pas. Il est peu probable qu'une personne capable de frapper un malade passe ses heures libres à leur rendre des visites amicales.

Amanda se planta résolument au milieu du prétoire.

– Votre Honneur, Mme Staples a apporté une lettre écrite par une résidente d'Arcadia à propos de mon client. Je sollicite votre autorisation de la lire à haute voix devant cette assemblée.

Le procureur se leva, comme mû par un ressort.

– Objection, Votre Honneur ! Ce n'est pas une pièce à conviction !

– Votre Honneur ! riposta Amanda, cette lettre contient des éléments qui permettent d'éclairer la personnalité de mon client.

– Vous avez mon accord.

Le procureur insista :

– Votre Honneur, cette lettre n'a pas plus de valeur qu'un ragot de village. Ce n'est pas sérieux.

– La défense invoque la clause 804. Faut-il vous rappeler que la lecture d'une lettre est autorisée dans le cas où la personne qui l'a écrite est physiquement incapable de se déplacer jusqu'au tribunal pour témoigner ? dit Amanda.

– Et pour quelle raison, peut-on savoir, maître, ne peut-elle se déplacer ?

Amanda eut un moment d'hésitation. Elle jeta un coup d'œil gêné dans ma direction.

– La femme qui a écrit cette lettre est morte hier matin.

J'en eus le souffle coupé. Je contemplai d'abord bêtement Amanda, puis regardai du côté d'Helen, qui me renvoya un regard peiné comme pour confirmer la déclaration de mon avocate. Mes yeux se remplirent de larmes. J'enfouis mon visage entre mes mains.

– Je le répète, vous avez mon autorisation. Lisez, prononça patiemment le juge.

Amanda déplia la feuille de papier.

– Elle est datée du 24 mars. Il y a trois jours.

Elle s'éclaircit la gorge.

« Chers Jurés,

Je m'appelle Esther Huish. J'ai passé les sept dernières années de mon existence à la résidence Arcadia. Parce que tel était mon souhait, j'y ai mené une existence solitaire. Du moins fut-elle solitaire jusqu'à l'automne dernier, où j'ai rencontré Michael Keddington. La bonté de Michael a eu raison de mon obstination ; il a trouvé la clé de mon cœur. Il venait souvent me rendre visite après son travail. Il me tenait compagnie. Il n'est pas aimé seulement de moi mais de tous les résidents qui le connaissent. J'ai recueilli leurs signatures pour une pétition en sa faveur.

Michael a été accusé d'avoir frappé un de nos résidents, Henri McCord. Nous espérons que la personne coupable de ce terrible méfait sera rapidement arrêtée et mise hors d'état de nuire. Mais nous sommes sûrs et certains qu'il ne s'agit pas de Michael. La vie a été cruelle pour Michael, mais son âme, au lieu de s'endurcir, est restée tendre. Une société qui détruit des âmes de cette qualité récoltera ce qu'elle a semé : des fils aigris et furieux, résignés à végéter dans un monde aussi impitoyable qu'injuste.

Si mon fils avait pu grandir et devenir un homme, j'aurais voulu qu'il ressemble à Michael.

Bien cordialement,

Madame Esther Huish »

Cette lettre était accompagnée d'une pétition affirmant l'innocence de Michael Keddington.

Amanda brandit la lettre vers le banc des jurés.

– J'ai compté vingt-huit signatures. Je voudrais que cette lettre et cette pétition figurent parmi les pièces à conviction.

On entendit alors la voix du procureur tonner :

– Objection, Votre Honneur ! Cette pétition est signée par des vieillards. Ils sont séniles ; ils signeraient n'importe quoi.

– Votre Honneur, les résidents dont les noms sont inscrits sur cette feuille sont tous en possession de leurs facultés mentales, jouissant de la totalité de leurs droits et ont, en outre, signé en présence d'un témoin, Mme Staples ! prononça Amanda, indignée. Je m'avoue scandalisée de voir que le ministère public cherche à influencer le jury en accusant les personnes du troisième âge de gâtisme.

Le juge semblait pour sa part tout aussi irrité par la remarque du procureur.

– Objection rejetée !

– Je n'ai plus de question à poser à Mme Staples.

Amanda se rassit et se pencha vers moi.

– Excusez-moi, Michael, chuchota-t-elle. Je ne pouvais pas vous le dire avant que vous ne témoigniez.

Je ne répondis rien. J'essuyai une larme. Elle me prit gentiment la main. Même si j'avais voulu parler, j'en aurais été incapable. J'avais la gorge nouée.

Du coin de l'œil cependant, je voyais que le procureur consultait un de ses collègues.

– Le ministère public souhaite-t-il soumettre le témoin à un contre-interrogatoire ? demanda le juge, manifestement impatient.

Le procureur leva vers le juge un visage sombre.

– Oui, Votre Honneur.

Il se leva et s'approcha lentement d'Helen qui le regardait d'un air de vive appréhension.

– Madame Staples, au cours de vos huit années à la direction de la résidence Arcadia, votre établissement a-t-il été accusé de maltraitance vis-à-vis d'un résident ?

– Non.

– Jusqu'ici, s'entend, corrigea-t-il. Vous imaginez, huit ans sans un seul incident et tout à coup, alors que Michael n'est que depuis deux mois votre employé, c'est le drame. Vous ne trouvez pas la coïncidence plutôt curieuse, non?

– Elle est malencontreuse, voilà tout.

– Avez-vous jamais soupçonné M. Keddington d'usage de stupéfiants?

– Si j'avais pu croire une seule seconde une chose pareille, je ne l'aurais pas embauché.

– Quand on vous a dit qu'il avait été trouvé en possession de stupéfiants, qu'avez-vous pensé?

– J'étais sceptique.

– Pourquoi sceptique?

– Michael ne me semble vraiment pas le genre de personne susceptible de se droguer.

– Parce que vous êtes capable de détecter, sans vous tromper, qui se drogue et qui ne se drogue pas? demanda-t-il d'un air facétieux.

– Souvent, oui.

– Michael est-il jamais arrivé au travail en état d'ébriété?

– Pas à ma connaissance. Sinon je l'aurais prié de prendre la porte.

– Il ne buvait donc pas?

– Pas que je sache. Je n'ai jamais rien remarqué.

– Comment pouvez-vous savoir si quelqu'un a bu ou non?

– Ma mère était alcoolique.

Voyant qu'il était engagé sur une mauvaise piste, le procureur changea aussitôt de tactique.

– Savez-vous qu'une des conditions de la libération de Michael est qu'il ne doit pas s'approcher ni de près ni de loin de votre établissement?

– Certes.

– En d'autres termes, il n'a le droit d'avoir aucun contact avec la résidence, même téléphonique.

– Tout à fait.

– Est-il venu à la résidence ?

Après une demi-seconde d'hésitation, elle répondit :

– Oui.

– Nous avons la preuve qu'il est entré dans la résidence quelques jours après sa libération et qu'il a parlé à Mlle Richards, chose que vous n'avez pas signalée à la police.

– En effet. Je l'ai prié de partir. Ce qu'il a fait.

– Est-il revenu ensuite ?

De nouveau Helen hésita imperceptiblement.

– Oui.

– A quel moment ?

– Il y a huit semaines. Il est venu rendre visite à une résidente, à ma demande.

– Alors que vous saviez parfaitement que sa présence était une violation d'une décision du tribunal, vous l'avez quand même admis dans votre établissement ?

– C'était une question de vie ou de mort. La résidente dont je vous parle refusait de se soigner. J'espérais que Michael la persuaderait de bien vouloir suivre un traitement médical.

– A-t-il réussi dans cette mission ?

Elle me contempla d'un air attristé et murmura :

– Non.

– Ce sera tout, dit le procureur en retournant à sa place.

– Vous pouvez aller vous rasseoir, madame, déclara le juge.

Amanda se leva.

– La défense appelle le Dr Raymond Heath de l'hôpital des anciens combattants d'Ogden.

Le médecin, très calme, chemise bleue et cravate en laine, s'installa en face d'Amanda.

– Docteur Heath, d'après le dossier médical de M. McCord, vous l'aviez examiné environ six semaines avant sa mort.

– C'est exact.

– Et c'est bien Michael Keddington qui l'a accompagné à l'hôpital ? questionna Amanda en me montrant du doigt. Reconnaissez-vous cet homme ?

Le médecin se tourna vers moi.

– Je me rappelle lui avoir parlé.

– Pour quelle raison vous avait-on adressé Henri McCord ?

– Il traînait une bronchite chronique. Son état ne s'améliorait pas malgré un traitement aux antibiotiques.

– Et à quel genre d'examen l'avez-vous soumis ?

– Je l'ai tout simplement ausculté – cœur, bronches, sinus.

– Lui avez-vous fait retirer sa chemise ?

– Oui.

– Avez-vous constaté quelque chose d'anormal pendant l'examen ?

– Oui. Il portait des traces de contusions.

– C'est-à-dire ?

– Il était couvert d'ecchymoses. Sur le moment, je me suis dit qu'il avait dû tomber car il n'avait qu'une seule béquille. Je lui ai recommandé l'usage du fauteuil roulant.

– D'après ce que vous avez vu, vous est-il possible de préciser depuis quand il avait reçu ces traumatismes ?

– Oui, le sang des ecchymoses se déplaçant à un certain rythme, on peut plus ou moins dater un traumatisme.

– Dans le cas d'Henri McCord, ils dataient de combien de temps quand vous l'avez vu ?

– Neuf à dix jours avant sa visite.

Amanda se tourna vers les jurés.

– Messieurs et mesdames les jurés noteront que, d'après les dossiers de la résidence Arcadia, Michael Keddington a commencé son travail le 9 novembre, quatre jours seulement avant la visite de M. McCord à l'hôpital.

Elle se retourna vers le médecin et ajouta :

— Vous pensez que ces traumatismes remontaient à une semaine avant l'arrivée de Michael à Arcadia ?

— En tout cas, je peux vous garantir qu'ils dataient d'au moins cinq jours.

— Avez-vous fait remarquer ces ecchymoses à M. Keddington ?

— Oui.

— Comment a-t-il réagi ?

— Il s'est inquiété. Il m'a demandé si ça pouvait être des escarres.

— C'étaient des escarres ?

— Non, c'étaient des marques de coups.

— Vous rappelez-vous si Michael Keddington a dit autre chose ?

— Il m'a demandé si je voulais que la directrice d'Arcadia me téléphone.

— Est-ce habituel de la part d'un individu maltraitant de signaler ce genre de chose à son supérieur ?

— Objection, Votre Honneur, question subjective !

— Rejeté ! dit le juge. Continuez, s'il vous plaît.

— C'est tout à fait inhabituel. En général un tel individu s'est déjà trouvé un alibi. Une chute. Ou alors, il s'est cogné contre la porte. J'ai tout entendu. Il y en a un, un jour, qui m'a dit qu'un extraterrestre avait enlevé son père.

Des rires fusèrent dans les rangs du public. Amanda avait l'air satisfait.

— Merci, docteur, ce sera tout.

— L'accusation souhaite-t-elle procéder au contre-interrogatoire du témoin ?

– Merci, Votre Honneur, dit le procureur en approchant d'un pas qui se voulait manifestement menaçant.

– Docteur Heath, il y a combien de temps que vous avez examiné Henri McCord ?

– A la mi-novembre. Il y a environ quatre mois.

– Combien de malades avez-vous examinés depuis ?

– Il faudrait que je consulte les dossiers du service.

– Je n'ai pas besoin du chiffre exact.

Le médecin posa un doigt sur son front.

– Mille cinq cents peut-être. Au moins.

– Au moins ! Eh bien ! Vous devez avoir une excellente mémoire si vous arrivez à vous souvenir aussi précisément d'un patient que vous avez examiné il y a quatre mois.

– En effet, j'ai une très bonne mémoire. En plus, un unijambiste noir, ça ne s'oublie pas facilement.

Un rire fusa dans le public.

– Vous souvenez-vous du jour de la semaine où vous avez examiné Henri ?

– Non.

– Mais après avoir vu mille cinq cents malades, vous vous rappelez à quel stade précis étaient ses ecchymoses ?

– Non, quand même pas.

Le procureur leva les bras au ciel.

– Pourtant vous avez témoigné devant cette cour que vous étiez certain que ses bleus remontaient à neuf ou dix jours.

Le médecin resta inébranlable.

– J'ai vérifié le dossier du malade et les photographies avant de témoigner. Nous en avons besoin pour l'assurance, précisat-il en montrant du doigt les pièces à conviction. Les nôtres ressemblent étonnamment à celles-ci.

Le procureur recula de quelques pas.

– Je n'ai plus de question !

Amanda fouilla dans son cartable et se redressa.

– J'appelle de nouveau Alice Richards, dit-elle.

Le père d'Alice caressa affectueusement le dos de sa fille en guise d'encouragement. Elle monta dans le box des témoins et fixa Amanda d'un air insolent.

– Mademoiselle Richards, avez-vous un casier à votre nom à la résidence Arcadia ?

– Tous les employés en possèdent un.

– Y a-t-il un moyen de les fermer à clé ou de les verrouiller ?

– Non.

– Certains casiers sont-ils équipés de cadenas ?

– Non. Ils ressemblent plutôt à des placards.

– Donc rien n'aurait été plus facile à quelqu'un de glisser de la drogue dans le casier de Michael ?

– Sans doute, si quelqu'un avait eu une bonne raison de le faire.

– Merci. Si quelqu'un avait eu une bonne raison de le faire, répéta Amanda. Est-il vrai que, hormis Helen Staples, vous êtes la seule à avoir le droit de remplir des ordonnances ?

– C'est en effet une de mes responsabilités.

Amanda hocha la tête, puis retourna à notre table pour ramasser une pile de feuilles dactylographiées.

– Je vais vous lire une liste de noms. Leah Marsh. Anna Crockett. Doris Curtis. Lucille Haymond. Wilma Bettilyon. Harvey Stromberg. Clara George. Jakob Romney. Vous les connaissez ?

– Certains ont effectué un séjour à Arcadia.

– Tous ont été des résidents d'Arcadia, dit Amanda. Vous rappelez-vous ce qu'ils avaient en commun ?

– Ils étaient vieux, répliqua vivement Alice.

Un gloussement courut parmi le public. Alice sourit, contente de sa plaisanterie.

– Ils prenaient du Percocet – un puissant antalgique dont la consommation répétée entraîne une forte dépendance. C'est ce qu'on a trouvé dans le casier de Michael.

Alice sembla soudain mal à l'aise.

– Je ne me souviens absolument pas de ce que prenaient ces malades.

– Il y a quelque chose d'autre que tous ces gens ont en commun. Vous avez une idée de ce que ça peut être ?

– Votre Honneur ! s'exclama le procureur depuis son bureau, c'est du harcèlement ! Mlle Richards a déjà répondu à ces questions !

– Je répondrai à cette question moi-même, Votre Honneur, déclara Amanda en se tournant vers les jurés. Ces gens dont je viens de vous lire les noms sont tous morts. Lucille Haymond, par exemple, est morte il y a plus d'un an.

– C'est la raison pour laquelle je ne me souviens pas très bien de tous ces gens.

– Mais vous pourrez peut-être répondre à la question suivante : pourquoi avez-vous renouvelé l'ordonnance de Lucille Haymond tous les mois depuis un an ?

Alice devint blême.

– Mais je n'ai jamais rien fait de pareil.

– Mais si, Alice. Vous avez renouvelé l'ordonnance de Lucille et des sept autres personnes décédées dont je viens de vous lire les noms. Nous tenons les ordonnances, remplies par vos soins. Les pilules qu'on a trouvées dans le casier de Michael ont été commandées par vous pour Lucille Haymond deux heures avant la mort d'Henri McCord et n'ont pas été livrées avant le dimanche matin.

Amanda haussa la voix en esquissant un sourire tranquille :

– Vous avez vous-même signé l'accusé de réception du pharmacien. Personne, sauf vous, ne savait qu'elles étaient là, dit-elle en se penchant légèrement en avant pour regarder Alice droit dans les yeux. Avez-vous déposé ces pilules dans le casier de Michael ?

Alice détourna son regard, jetant un coup d'œil du côté de son père par-dessus l'épaule de l'avocate, comme pour l'appeler à l'aide.

– Alice, je vous ai posé une question.

– Je veux parler à mon avocat.

– Le procureur est votre avocat, repartit Amanda. Répondez-moi, mademoiselle Richards.

Comme Alice continuait à se taire, le juge intervint :

– Mademoiselle Richards, si ce que vous allez nous dire risque de vous incriminer, nous devons engager quelqu'un pour vous représenter.

Alice fondit subitement en larmes. Elle secouait désespérément la tête. Amanda s'approcha encore plus près d'elle.

– Alice, voulez-vous nous raconter de nouveau comment Michael Keddington a frappé Henri McCord ?

– Je n'ai rien à dire. Je veux un avocat.

Amanda garda le silence. On n'entendait plus que les sanglots d'Alice dans le prétoire. Puis, Amanda prononça doucement :

– La défense n'a plus rien à dire, Votre Honneur.

Le procureur se leva pour clore cette deuxième journée d'audience. Un murmure courut dans la salle. Amanda avait prononcé un brillant plaidoyer. J'aurais dû m'en réjouir. Mais ma joie était assombrie par mon chagrin d'avoir perdu Esther. Quelle que soit l'issue de ce procès, j'avais été cruellement puni.

29

Le dernier réquisitoire

> «Aujourd'hui un homme est venu demander
> une chambre à l'auberge. Il m'a parlé avec une
> telle froideur que j'en frissonne encore. Je lui ai
> menti ; je lui ai dit qu'on était complet. Cette
> méfiance instinctive qu'éveillent en nous certaines
> personnes n'est pas liée au hasard. Ce que nous
> cherchons à tenir secret, nous le trahissons dans
> nos attitudes. »
>
> *Extrait du journal intime d'Esther Huish*

*D*ans son dernier réquisitoire, le procureur ne reprit finalement que la longue énumération de ses arguments, lesquels ne semblaient désormais guère convaincants. Il ne mentionna que très brièvement le témoignage d'Alice. Il s'exprimait dans un style heurté, allant parfois jusqu'à bégayer. Vu les circonstances, j'étais content, je dois l'avouer, de constater qu'il avait perdu toute sa superbe. Les jurés l'écoutaient d'un air ennuyé. Sans doute écourta-t-il, d'ailleurs, son discours pour éviter de les dresser tout à fait contre lui. En revanche, c'est avec confiance qu'Amanda s'approcha du jury. Son visage respirait une joyeuse amabilité ; à croire qu'elle comptait tous les inviter à un barbecue dans son jardin après l'audience. Elle avait les mains stratégiquement posées sur ses reins comme si elle cherchait à soulager sa colonne vertébrale du poids de sa grossesse. Je crois que, parmi les jurés, plusieurs la regardèrent avec sympathie. Elle les considéra tour à tour.

– L'accusation voudrait vous faire croire que Michael a battu impitoyablement à mort un vieil homme sans défense. Autrement dit, elle prétend que ce jeune homme est un meurtrier. Ce jeune homme qui n'a jamais commis la moindre infraction, ce jeune homme qui s'est distingué dans ses études, lauréat de la bourse la plus prestigieuse de notre université, ce jeune homme qui a tout quitté pour s'occuper de sa mère malade, ce jeune homme que tout le monde à la résidence où il travaillait adorait ! Pouvez-vous le croire coupable d'une chose pareille ?

Tout en gardant les yeux fixés sur le jury, elle indiqua d'un signe de la main la porte de la salle d'audience.

– Mais il y a des gens, là-bas, dehors, qui le croient. Des gens qui crient «justice ! » sans savoir quel genre d'homme est Michael ni ce qui s'est passé exactement la nuit où Henri McCord a été battu à mort. En fait, si votre nom avait été imprimé dans le journal au lieu de celui de Michael, ce serait vous qu'ils condamneraient !

Elle jeta de nouveau un regard vers la sortie, mais elle aurait tout aussi bien pu le promener dans le public.

– La vérité, c'est que l'accusation a tenté de vous brouiller la vue en vous décrivant ce crime abominable et en rejetant la faute sur un innocent. L'accusation avait besoin d'un bouc émissaire, car la résidence Arcadia est financièrement et légalement responsable de ce qui peut se produire sous son toit. Et, au fond de chacun d'entre nous, il y a le désir de voir la faute châtiée. Nous aussi nous réclamons un coupable. La nature humaine est ainsi faite. Parfois, peu nous importe qui est condamné, du moment que nous avons la conscience tranquille. Voilà pourquoi il se produit tant d'erreurs judiciaires dans ce pays.

» C'était donc au ministère public qu'il incombait de prouver la culpabilité de Michael Keddington. Et qu'a-t-il prouvé ? Que Michael s'est montré ulcéré de se voir faussement accusé. Qu'auriez-vous dit à sa place ? Que son père était alcoolique. Mais Michael ne boit pas. Comme si Michael n'avait pas assez souffert comme ça. On devrait plutôt le féliciter d'avoir réussi à surmonter les difficultés d'une enfance malheureuse. Il ne mène pas la vie d'une victime, il n'a jamais rien demandé à personne. Seulement un peu de justice.

» Mais quoi qu'il en soit, vous devez oublier vos *a priori* et votre indignation pour considérer le fait suivant. Vous avez supporté des heures et des heures de témoignages à propos de l'horrible crime qui a été commis. Personne ne conteste cette triste et lamentable vérité. Mais, parmi tous ces témoins, *un seul* a accusé Michael... et ce témoin est justement cette femme qui se trouvait dans la chambre d'Henri à l'heure où le meurtre a été perpétré. En outre, une fois soumise au contre-interrogatoire de la défense, elle n'a pas réitéré ses accusations. Au lieu de cela, elle a fait appel au cinquième amendement en refusant de répondre à une question bien simple : avait-elle placé de la drogue dans le casier de Michael ? De la drogue qu'elle a achetée elle-même, cela on en est certain maintenant. De la drogue que Michael n'a pas pu mettre là puisqu'il était absent entre la livraison des médicaments et leur découverte. Et, comme par hasard, c'est cette même femme qui a signalé à la police qu'il y avait de la drogue dans le casier de Michael !

» En outre, si l'accusation était vraiment convaincue de la culpabilité de Michael, lui aurait-elle proposé un arrangement si avantageux pour lui ? Plaidez coupable et vous ne ferez que quelques jours de prison, lui a-t-on dit ! Est-ce ainsi que l'on punit un homme qui a torturé un vieillard ? Et un homme qui

269

aurait commis un crime aussi affreux n'aurait-il pas profité de l'aubaine ? Moi je l'aurais fait à sa place. Je l'aurais fait parce que j'aurais eu peur d'un procès et du verdict des jurés !

» Si Michael a refusé toute transaction, c'est qu'il se sait innocent et qu'il ne veut pas laisser ce crime abominable impuni. Car si le coupable n'est pas arrêté, Dieu sait quelles autres atrocités il commettra demain. Michael était prêt à risquer sa liberté parce qu'il avait confiance dans votre perspicacité, mesdames et messieurs les jurés.

» C'est à vous de déterminer si oui ou non le ministère public a présenté suffisamment de preuves contre Michael. De toute évidence, ce n'est pas le cas. Et il ne suffit pas d'affirmer qu'il n'est pas coupable, il faut le déclarer innocent. Michael a déjà perdu sa bourse, son emploi, sa réputation. Il n'est pas en votre pouvoir de lui rendre tout cela, mais vous pouvez lui en restituer une partie.

Amanda s'éloigna pour boire un peu d'eau avant de poursuivre :

– Le plus ironique, dans cette affaire, c'est que de toutes les personnes dans cette salle, c'est sans doute Michael le plus choqué et le plus attristé par ce qui est arrivé à Henri. Il l'est en tout cas bien plus que ceux qui l'accusent. Plus que cette meute de lyncheurs qui l'attendent sur le parvis du palais de justice. Michael était l'ami d'Henri. Il veillait sur lui.

» L'accusation vous a suppliés de montrer à la société que ce genre de crime ne doit pas rester impuni. Je suis tout à fait d'accord sur ce point. Mais fermez les yeux et imaginez qu'au lieu de Michael, vous ayez devant vous votre fils ou votre petit-fils.

La voix d'Amanda devint un peu rauque, comme si elle était saisie par l'émotion. Elle me regarda brièvement et je vis que ses yeux étaient humides. Elle prit une profonde inspiration et fit face de nouveau au jury.

– Michael n'a pas plaidé coupable, parce qu'il a eu confiance en votre jugement. Alors, pour l'amour du ciel, ne le décevez pas !

Amanda alla se rasseoir. Un murmure courut dans la salle.

Le juge se tourna vers le procureur :

– Réfutation ?

Le procureur fit non de la tête. Au signal du juge, les jurés se levèrent et sortirent les uns après les autres de la salle d'audience. Ils revinrent une heure et quarante-cinq minutes plus tard.

30

Le verdict

— Vous pouvez vous asseoir, dit l'huissier.

Le juge balaya la salle d'audience d'un long regard indéfinissable.

— Le jury a terminé de délibérer, déclara le juge en se tournant vers le banc de la défense. Toutes les personnes concernées sont-elles présentes ?

— Oui, Votre Honneur, répondirent de concert Amanda et le procureur.

— Faites entrer le jury.

Un silence impressionnant accompagna l'entrée des jurés qui reprirent tour à tour leur place. Je n'entendais plus que les battements de mon cœur. J'avais beau avoir attendu ce moment avec impatience, à présent, j'aurais donné cher pour pouvoir le repousser au lendemain, à un autre jour, peut-être pour toujours. Faye, qui était assise derrière moi, se pencha en avant pour m'entourer de son bras tandis que, sous la table, Amanda me prit la main.

Une fois le jury au complet réinstallé, le juge demanda :

— Avez-vous un porte-parole ?

Un des jurés se leva.

– Moi, Votre Honneur.

C'était un homme assez massif, vêtu d'une chemise rayée à manches courtes et aux aisselles humides. Il s'exprimait avec un accent rocailleux qui évoquait les grandes plaines de l'Ouest. On l'imaginait avec un Stetson et des bottes de cow-boy.

– Monsieur Olsen ?

– Oui, Votre Honneur.

– Est-il exact que le jury a rendu son verdict à l'unanimité ?

– Oui, Votre Honneur.

– Je vous prie de passer votre déclaration au greffier.

L'homme tendit une enveloppe au greffier qui en sortit deux feuilles. Il rendit la première, le double, au juré et donna l'original au juge.

– Monsieur Olsen, c'est bien le verdict du jury ? interrogea de nouveau le juge.

– Oui, Votre Honneur.

Le juge contempla les jurés d'un air imperturbable, puis il ordonna :

– Lisez, s'il vous plaît.

Le porte-parole prit une profonde inspiration.

– Le jury déclare l'accusé non coupable.

Un cri s'éleva des rangs du public. J'embrassai Amanda.

– C'est vous qui aviez raison, avoua-t-elle avec un sourire ému qui en disait long sur l'importance qu'avait eue pour elle, d'emblée, cette affaire.

Sentant les bras de Faye autour de moi, je me retournai. Ses larmes mouillèrent mes joues.

Comme le porte-parole des jurés ne se rasseyait pas, le juge lui demanda :

– Vous souhaitez ajouter quelque chose ?

– Votre honneur, si vous le permettez, les jurés ont rédigé une courte déclaration.

Le juge fit retomber son marteau sur le bois de son bureau.

– Silence, je vous prie ! Monsieur, ayez l'obligeance de donner votre déclaration au greffier.

Ce dernier passa la feuille au juge, qui après une lecture rapide, la rendit au greffier.

– Le greffier va lire la déclaration des jurés, annonça-t-il.

Le greffier se racla la gorge.

– Le jury estime que Michael Keddington a été l'objet d'une accusation mensongère contre laquelle il a courageusement lutté. Nous nous déclarons solidaires de son combat pour la vérité et nous sommes fiers de sa confiance en la justice. Nous sommes heureux de penser qu'il est des nôtres et nous espérons que la presse, la résidence Arcadia et toutes les organisations qui ont pu lui faire du tort s'efforceront de réparer leur erreur.

Je buvais chacune des paroles de cet homme. A la fin, nos regards se croisèrent. Il me salua d'un signe de tête ; d'un air de respect grave et amical. Le juge remercia les jurés.

– J'ai menti, vous savez, m'avoua Amanda tandis que la salle d'audience se vidait doucement.

Je la contemplai d'un air interrogateur.

– A quel propos ?

– Quand je vous ai dit que j'avais été reçue dans les vingt premiers de ma promotion.

– Ce n'est pas vrai ?

– Dans les 20 % plutôt.

Je l'embrassai de nouveau.

– Je ne sais pas comment vous prouver ma gratitude.

– Vous viendrez vous occuper de mon bébé, dit-elle en souriant. Nous devons bien ça à Phil !

Je ne pus m'empêcher de rire. A mes côtés, Faye restait muette. Elle se contentait de me tenir la main, les joues encore tout humides de larmes. Je la pris par les épaules et la serrai contre moi.

A cet instant, Helen s'approcha de nous. Une curieuse expression se peignait sur son visage, tout à la fois triste et reconnaissante.

– Je vous félicite, Michael. Je suis désolée que vous ayez appris... pour Esther... de cette façon, bredouilla-t-elle.

– Vous étiez avec elle?

– Non. Mais Sharon était auprès d'elle. Elle est partie paisiblement, dit-elle en posant une main affectueuse sur mon épaule. Quand vous serez un peu remis de tout ça, j'aimerais que vous repreniez votre place à la résidence.

– Je vous téléphonerai. Merci pour votre témoignage.

– C'était tout ce qu'il y a de plus naturel.

Je me tournai vers Amanda.

– Nous avons terminé?

– Oui, vous pouvez partir, me répondit-elle. Sauf que c'est moi qui prends le volant.

Faye se tourna vers Amanda.

– Merci d'avoir sauvé celui que j'aime.

Amanda sourit.

– Il le vaut largement.

Tous les trois nous sortîmes ensemble, fendant une foule de reporters qui mitraillèrent Amanda et moi de questions jusqu'à ce que Starley Richards ct sa fille fissent leur apparition à l'autre bout de la salle. La nuée des journalistes se rua alors vers eux comme un seul homme.

– J'espère que mes parents ne regarderont pas les nouvelles ce soir à la télévision, fit observer Faye.

– Et que faites-vous de leurs amis ? ajouta Amanda.

Faye poussa un soupir.

– Je vais sans doute avoir à fournir quelques explications quand je vais rentrer chez moi pour les vacances de printemps.

– Quand pars-tu ? questionnai-je.

Elle se serra plus tendrement contre moi.

– Il y a un vol pour Baltimore ce soir.

– Tu en sais des choses.

– J'agis toujours en toute connaissance de cause, répondit-elle d'un ton pragmatique.

– Tu as déjà ton billet ?

Elle plongea son regard dans le mien et sourit.

– Non, je n'étais quand même pas aussi sûre que ça, m'avoua-t-elle en me prenant la main. Je serai de retour samedi prochain, pour les vacances.

Je consultai ma montre.

– A quelle heure est ton vol ?

– Nous avons jusqu'à neuf heures et demie.

– Je vais vous déposer chez vous, Michael, dit Amanda. Phil et moi sortons aussi pour un petit dîner en tête à tête ce soir...

31

La chambre d'Esther

«Je me suis demandé si je n'essayais pas de
forcer à tort le destin. Après tout, même si la vie
que je mène ne correspond pas à mon idéal, elle
est peut-être tout aussi pleine de joie, ses couleurs
sont peut-être tout aussi vives, que l'autre.»

Extrait du journal intime d'Esther Huish

*L*e deuxième départ de Faye ne ressembla en rien au premier. Mais la séparation n'en fut pas moins pénible. Pourtant, cette fois, elle fut la dernière à embarquer à bord de l'avion. Sur le chemin du retour, au volant de ma voiture, j'eus tout le temps de réfléchir. Tandis que la neige fondue giclait sous mes pneus, je me disais que c'était incroyable ; que le procès était pourtant bel et bien terminé ; que la balance de la justice avait penché, finalement, en faveur de la vérité et donc en ma faveur. Je n'avais plus cette épée de Damoclès suspendue au-dessus de ma tête. Une joie profonde s'empara de moi, une joie que j'avais envie de partager avec ma vieille amie Esther. Soudain, je me souvins et mon cœur se serra.

Une fois à Ogden, je pris la première sortie et grimpai jusqu'à la résidence Arcadia où je n'étais pas revenu depuis si longtemps.

Il était tard, plus de 23 h 30. La résidence était plongée dans l'obscurité. En entrant, j'entendis seulement le ronronnement de la télévision. Sharon se trouvait dans le foyer en compagnie d'une aide-soignante, une jeune femme que je ne connaissais pas. Toutes deux se turent à mon arrivée. Sharon vint à ma rencontre et m'embrassa gentiment.

– Tu nous as donné tellement de soucis !

– Merci, Sharon.

Son visage s'assombrit : elle venait de se rendre compte de la raison de ma visite.

– Tu es venu voir Esther. Personne ne t'a dit...

– Je sais qu'elle nous a quittés. Helen me l'a dit.

– Je suis désolée, Michael.

– Helen m'a aussi dit que tu étais avec elle quand elle est morte.

– Oui, j'étais près d'elle.

– T'a-t-elle parlé ?

Sharon fit non de la tête.

– Elle délirait. J'avais dû lui donner de la morphine. Elle s'est éteinte paisiblement.

Mon front se plissa sous l'effet du chagrin. Sharon serra ma main.

– Je suis tellement désolée que tu n'aies pu te trouver auprès d'elle. Je sais que c'est ce qu'elle souhaitait.

– J'aimerais monter dans sa chambre un moment.

– Bien sûr. Elle est fermée à clé. Tiens, prends la mienne.

J'étais sur la première marche de l'escalier, quand la voix de Sharon reprit derrière moi :

– Tu sais qui est Thomas ?

Je me retournai, étonné.

– Thomas ? Pourquoi ?

– Avant de mourir, elle a crié son nom. Je me demandais si on ne devrait pas le lui dire ?

– Non, dis-je tristement. Cela ne ferait aucune différence.

Au deuxième étage, tout était calme, comme d'habitude à cette heure tardive. Un peu de lumière filtrait sous la porte de la salle des infirmières et j'entendais le bruit étouffé d'une voix : quelqu'un devait parler au téléphone. Je m'arrêtai devant la porte de la chambre d'Esther. Un frisson glacé me parcourut, comme s'il faisait plus froid à cet endroit. Sans doute était-ce une illusion, due à l'échauffement inhabituel de mon imagination. Je tournai la clé dans la serrure. Puis, soudain, j'hésitai. Je me sentais étrangement coupable d'entrer dans cette pièce comme un voleur, en l'absence d'Esther. Mon intrusion allait peut-être trahir notre amitié et gâcher les souvenirs de tous les bons et les moins bons moments que nous avions partagés. Mais ce furent sans doute ces mêmes souvenirs qui me décidèrent, finalement, à entrer.

La petite pièce était plongée dans la pénombre. En face de moi, dans l'encadrement de la fenêtre, les falaises abruptes du canyon baignaient dans un clair de lune blafard. Je refermai doucement la porte derrière moi et promenai un regard attristé sur ce qui m'entourait. Les dernières paroles qu'Esther m'avaient dites résonnèrent alors dans mon esprit comme si elle venait de les prononcer. J'entendais sa voix. Elle avait su que c'était notre dernier moment ensemble, instinctivement, comme l'oiseau migrateur sait qu'il est arrivé à destination. Je ramassai la photo d'Esther sur le secrétaire et me demandai si elle ressemblait désormais à ce qu'elle avait été dans sa jeunesse. Il était possible que, libéré du carcan d'un corps vieillissant, son esprit ait retrouvé la beauté des premières années de sa vie.

Mon expérience m'a appris que l'existence ne se déroule pas selon un ordre chronologique, rythmé par la course circulaire des aiguilles d'une montre ou le va-et-vient d'une pendule, mais plutôt à la façon d'une échelle dont chaque barreau mène à de plus hautes sphères. C'est ainsi, peut-être, que je définirais Dieu – il serait l'Architecte de cette ascension sacrée, le bras invisible qui nous ouvre un passage dans la végétation luxuriante de notre destinée.

Esther faisait partie de ces arcanes divins, comme si elle était apparue dans ma vie pour cet unique instant – étape vitale de ma propre évolution spirituelle. Je ne pus m'empêcher de songer qu'elle était peut-être plus ange que femme. Un ange triste.

Pas un objet de cette chambre qui ne fût pour moi chargé de souvenirs... Sur le mur au-dessus de son lit étaient accrochées des fleurs séchées, les roses d'hiver que je lui avais envoyées le lendemain de notre visite à Thomas. Tout aussi sèches, me dis-je sans réprimer le sourire qui me montait aux lèvres, que le cake anglais que je lui avais offert pour Noël et qui attendait encore d'être mangé sur le coin du secrétaire.

On frappa discrètement à la porte. Helen entra dans la pièce.

– Sharon m'a dit que je vous trouverais ici, dit-elle d'un ton plus grave. Vous allez bien ?

– Très bien, merci. Et vous ? Votre témoignage risque-t-il de compromettre votre situation ici ?

– Starley Richards a d'autres soucis en tête en ce moment, heureusement pour moi. Je suis désolée de m'être montrée si froide et distante avec vous. Depuis le départ, je soupçonnais Alice, mais je savais que ce ne serait pas commode de la démasquer. Je devais avoir l'air impartial.

Soudain, tout s'éclaira pour moi.

– C'est vous qui avez informé Amanda pour les médicaments...

– Contrairement à Alice, je n'oublie jamais le nom d'un résident. J'étais avec les policiers qui ont fouillé votre casier.

Quand j'ai vu le nom de Lucille Haymond sur le flacon, j'ai compris que c'était elle.

– Je ne sais pas comment je peux vous remercier.

– Moi si. En revenant travailler ici. Vous nous manquez beaucoup.

– Je vais y réfléchir. J'ai beaucoup de sujets de réflexion en ce moment.

Je balayai la chambre d'Esther du regard.

– Qu'allez-vous faire de toutes ses affaires ?

– En général, quand il n'y a pas de famille, les biens d'un résident défunt vont dans des ventes de charité. Mais Esther avait d'autres projets pour les siens.

Helen sortit une enveloppe de sa poche.

– Esther m'a dicté deux lettres avant de mourir. Celle destinée au tribunal et celle-ci, pour vous seul.

Je lui pris la lettre des mains.

– Alors vous savez ce qu'elle dit ?

Helen acquiesça d'un signe de tête.

– Je vous laisse maintenant, me répondit-elle en m'embrassant affectueusement. Vous êtes un brave garçon, Michael. Et Dieu sait si nous avons besoin d'hommes dans votre genre.

Elle était sur le point de sortir, lorsqu'elle se retourna :

– Les funérailles d'Esther ont lieu demain matin à dix heures dans l'église baptiste, près du cimetière. Si vous le voulez bien, il serait bon que vous disiez quelques mots pour lui rendre hommage.

J'acquiesçai d'un signe de tête. Elle referma la porte derrière elle. J'allumai la petite lampe de chevet, éteignis le plafonnier et m'assis sur le bord du lit à côté du fauteuil à bascule d'Esther, à l'endroit même où je m'installais chaque jour pour lui lire la rubrique nécrologique. Avant d'ouvrir la lettre, je caressai le bras du fauteuil comme si son esprit s'y attardait encore.

«*Mon très cher Michael,*

J'aurais préféré vous dire tout cela de vive voix, mais comme nous le savons bien tous les deux, nos désirs sont rarement satisfaits. J'ai donc demandé à Helen de m'aider à écrire car on ne sait jamais. C'est un drôle de testament. Tout d'abord, je ne connais pas encore l'issue du procès. Vous me lirez peut-être en prison. J'espère seulement que ma lettre pour le tribunal et la pétition de vos amis vous auront été utiles. Mais j'ai confiance. Je vais donc vous parler comme si vous étiez libre en fermant mon cœur à la tentation de la peur.

Je voudrais que vous gardiez mes lettres et mes journaux intimes. Ce sont les cicatrices des plaies infligées à mon pauvre cœur. J'y ai consigné mes sentiments les plus profonds. C'est à vous tout spécialement que je tiens à les laisser. Je vous laisse aussi mes meubles et ma Bible. Mon secrétaire est une jolie pièce d'antiquité qui porte la signature "Marius Morrell", un ébéniste d'un certain renom. Peut-être a-t-il quelque valeur. En tout cas, il est solide. La Bible appartenait à mon père. Elle est vieille et n'a d'autre valeur que sentimentale.

Dans le dernier tiroir de mon secrétaire, sous la pile de lettres, vous trouverez un cartable en cuir. Pendant des années, William et moi y avons déposé nos économies sous forme de titres d'emprunt de guerre. Ils étaient destinés à permettre à Matthew de vivre convenablement à notre mort. Je n'ai pas eu besoin de cet argent et ces titres ont pris de la valeur avec le temps. Peut-être rassemblerez-vous une somme suffisante pour payer vos études.

Dans le tiroir du haut, vous trouverez une bourse en velours contenant deux bijoux. Le premier est mon médaillon. Je voudrais que vous le rapportiez à Béthel pour moi – je voudrais que vous le posiez dans la cheminée où j'ai perdu mon amour il y a tant d'années. J'ai jadis souhaité être enterrée à Béthel, mais tel n'est plus mon désir. Le médaillon suffira. J'ai aidé Helen à dessiner une carte. Les routes ont sûrement été envahies par la végétation, mais vous reconnaîtrez l'endroit.

Dans la bourse se trouve aussi la bague de fiançailles de Thomas que j'ai sortie des cendres. Vous en ferez ce que vous voulez. Qui suis-je pour donner des conseils ? Mais je sais que votre cœur est généreux et bon. Et c'est le plus grand trésor qui soit au monde. Il n'y a pas de plus bel accomplissement spirituel que celui de préserver sa noblesse d'âme de tout cynisme alors que l'on sort des bas-fonds de l'humanité. N'ayez pas peur de vous faire du bien, Michael. Je sais que vous avez du mal à l'admettre, mais Faye a une chance folle de vous avoir à ses côtés.

Je suis fière de vous, Michael. Aussi fière, je crois, que votre propre mère le serait. Si jamais je la rencontre dans l'au-delà, je lui témoignerai toute ma gratitude de m'avoir prêté son fils. Je ne sais pas ce que je pourrais ajouter à ce que j'ai écrit au jury – si mon fils avait vécu et s'il n'avait pas été handicapé, j'aurais aimé qu'il devienne un homme comme vous.

Dieu nous accorde bien une seconde chance, Michael, mais parfois, c'est par procuration.

Soyez heureux, mon très cher Michael,

Esther. »

32

Le médaillon

> « Les erreurs que j'ai commises tout au long
> de ma vie m'ont appris une grande vérité : il faut
> croire. Croire en la providence et en notre propre
> étoile. Croire que l'on est une des flèches déco-
> chées ici-bas par le Seigneur tout-puissant.
>
> Cette vérité universelle berce depuis la nuit
> des temps les plus grands de ce monde, tandis que
> les fantômes réfugiés dans l'ombre hurlent dans le
> vent leurs regrets plaintifs.
>
> Croire comme si votre vie en dépendait, car il
> n'y a pas de vie sans foi. »
>
> *Extrait du journal intime d'Esther Huish*

Béthel, 2 avril 1989

*L*es villes minières abandonnées sont imprégnées
d'une atmosphère spectrale – on y a le sentiment étrange et
inexplicable d'être épié, non seulement par les quelques rep-
tiles qui ont établi leur territoire dans ces ruines, mais aussi par
les esprits des anciens habitants enchaînés à ce coin de désert
par leur insatiable avidité, cette soif d'or qui, de leur vivant, les
avait conduits jusqu'en ces régions reculées.

Dieu sait quand Béthel avait été visitée pour la dernière fois
par un être humain. Il n'y avait pas la moindre trace d'un quelconque passage, pas une trace de pneu dans la boue, pas une

canette de bière vide, pas un mégot de cigarette. L'ancienne ville minière, jadis si prospère, avait été rendue à la nature.

J'arrêtai la voiture devant le seul édifice qui parût à peu près intact au milieu des décombres, une église en grès de taille monumentale. Le clocher était toujours debout, mais la cloche manquait ; sans doute avait-elle été fondue pour servir à d'autres usages.

Faye et moi entrâmes dans l'église. Notre surprise fut grande d'y trouver des restes d'ameublement et les stalles renversés, pêle-mêle, comme un jeu dc dominos. Des rais de lumière passant dans les fissures des murs éclairaient des recoins poussiéreux. Au-dessus de nos têtes, un hibou nous observait du haut des poutres plongées dans une demi-obscurité.

Nous ressortîmes pour contourner le bâtiment. Derrière l'église, un corral et deux maisons, dont l'une d'elles, ayant sans doute abrité l'atelier d'un maréchal-ferrant, achevait de tomber en ruine. J'avais lu quelque part que les Indiens Shoshone n'enterraient pas leurs morts, se contentant de les enfouir sous les décombres de leur logis. C'est l'impression que me donna ce spectacle de désolation.

A une cinquantaine de mètres, derrière un bosquet de cèdres, nous découvrîmes l'ouverture d'une ancienne mine barrée par un amoncellement de poutres et de planches pourries.

Faye et moi n'étions guère bavards comme si, en gardant le silence, nous rendions hommage à la ville défunte. Faye me prit la main en traversant la place en direction de l'unique maison qui avait l'air de tenir encore debout, un grand édifice carré, sans doute l'ancienne auberge de Béthel. Une véranda à colonnes courait encore autour de l'ancienne maison à pignons surmontée d'un toit préservé par miracle. Les murs en terre, les tuiles, les cheminées en pierres, tout cela semblait avoir résisté à l'usure du temps. Même les marches en bois menant à la véranda étaient seulement blanchies par les intempéries.

– C'est sûrement l'auberge d'Esther, dis-je en posant avec prudence le pied sur la première marche qui se contenta de plier légèrement sous mon poids. Attention, doucement.

– Je fais toujours attention, répondit Faye sans lever les yeux. Elle entra par la porte étroite derrière moi.

La salle était vaste et basse de plafond. A côté de l'escalier en bois qui grimpait à l'étage s'ouvrait une porte voûtée. Je savais d'avance qu'elle donnait sur la cuisine et les appartements des aubergistes. Et je n'eus aucun mal à trouver l'emplacement de la cheminée. Son encadrement en bois de pin avait basculé en avant sur le parquet de planches. Mais je vis qu'il restait une bûche à moitié calcinée et des cendres dans l'âtre.

– Voilà, c'est ici, déclarai-je en me tournant vers Faye. C'est ici qu'Esther a laissé échapper la chance de trouver le bonheur.

Faye vint se tenir tout près de moi. Je m'accroupis, redressai l'encadrement en bois en prenant soin de bien le caler contre la pierre, puis me reculai, m'imaginant les scènes qui avaient dû se dérouler à cet endroit. Je voyais les visages burinés des chercheurs d'or, j'entendais leurs voix rudes tandis qu'ils rêvaient tout haut à la fortune qui les attendait au détour d'un filon ou se languissaient d'une vie de famille tranquille et routinière. Et surtout, je voyais deux amoureux, une jeune femme aux cheveux blonds, au visage craintif, et un jeune homme brun, sensible, à genoux devant sa bien-aimée, la suppliant d'accepter, avant son départ pour le front, son cœur en gage de son amour. Je vis l'éclat doré d'une bague projetée dans les flammes tandis que le jeune homme se levait et la quittait brusquement.

Je plongeai ma main dans la poche arrière de mon jean et en retirai une petite bourse en velours. J'écartai les liens de cuir et le médaillon ravissant d'Esther brilla au creux de ma main. Je l'ouvris délicatement, exposant à nos regards les deux portraits miniatures. Faye posa sa tête sur mon épaule et glissa sa main dans la mienne. Elle aussi était sous le charme de la beauté presque irréelle des visages juvéniles figurant sur les photographies jaunies.

– Esther était une belle jeune femme, dit-elle doucement.

– Elle a été belle toute sa vie, rectifiai-je sans quitter le portrait des yeux.

Je m'accroupis et, du dos de la main, balayai les cendres de façon à dégager une dalle du foyer. Je posai le médaillon ouvert sur la pierre et enroulai soigneusement la chaîne en or autour du bijou. Je sentis Faye tressaillir contre moi ; elle se demandait quel étrange rite nous étions venus accomplir tous les deux dans ce coin désert. Je me levai lentement et elle entoura ma taille de ses deux bras. Au bout d'un moment, je murmurai :

– Nous sommes venus pour elle.

Elle plongea le regard sombre de ses yeux en amande au fond des miens, comme si elle cherchait à scruter mon âme. Je l'attirai tout contre moi et embrassai ses cheveux.

– Non, nous sommes venus pour nous.

Je relâchai mon étreinte et sortis de nouveau la bourse en velours de ma poche que je secouai au-dessus de ma paume ouverte. La bague d'Esther vint rouler au creux de ma main. L'émeraude luisait dans la clarté douce de l'ancienne cuisine. Je pris la main de Faye et, le cœur battant, glissai l'anneau à son doigt. Pendant un temps qui me parut une éternité, elle contempla le bijou sans dire un mot. Son regard m'était caché, mais je voyais bien qu'elle tremblait.

Une petite brise souleva les lambeaux de rideaux aux fenêtres sans carreaux. Faye leva tout doucement son visage vers moi. Ses yeux étaient embués de larmes. Je vis qu'elle avait compris que le mauvais sort qui avait pesé sur notre histoire venait d'être conjuré. Désormais nous étions libres de nous aimer. Un sourire flotta sur ses lèvres.

– Pourquoi as-tu mis tout ce temps ?

Je lui pinçai tendrement le menton et l'embrassai longuement sur la bouche. J'allais remettre la petite bourse dans ma poche quand je sentis qu'elle n'était pas tout à fait vide. C'était un minuscule bout de papier plié. Avec un frisson, je le dépliai, m'attendant à un dernier message d'Esther. C'était la page déchirée d'un livre – *Le Paradis perdu*. Je me souvins de sa voix douce et un peu rauque me récitant les premiers vers du poème et je souris, plein de respect pour la sagesse d'Esther. Je lus tout haut le passage à Faye – les derniers vers :

«*Adam et Ève laissèrent tomber quelques larmes naturelles qu'ils essuyèrent vite. Le monde entier était devant eux, pour y choisir le lieu de leur repos, et la Providence était leur guide. Main dans la main, à pas incertains et lents, ils prirent à travers Éden leur chemin solitaire.*»

Et main dans la main, Faye et moi traversâmes une dernière fois les ruines de la ville en direction de la voiture. Le vent soufflait à présent entre les vestiges d'une vie disparue depuis longtemps. J'emportai avec moi le souvenir de la femme qui m'avait mené jusqu'ici et sans qui je n'aurais jamais trouvé les clés du bonheur. Nous laissions Béthel à ses fantômes.

Remerciements

« Ce n'est pas compliqué d'écrire un roman, a dit un célèbre auteur, il suffit de vous ouvrir les veines et de laisser votre sang se répandre sur la page. » Il en a été déversé bien des litres sur celles que vous venez de lire. Je suis profondément reconnaissant à mon grand-père, Marius O. Evans, et à mon ami Tom Sanford pour leur profonde générosité.

Je voudrais aussi remercier les personnes suivantes : mon amie et agent Laurie Liss, pour sa confiance et son amitié. Mon éditeur, Laurie Chittenden, pour son intelligence, son inspiration, ses idées et le plaisir qu'elle manifeste à lire mes histoires. (Je suis heureux d'avoir la chance de travailler avec vous, Laurie !) Brandi Anderson pour son excellent travail de recherches. Mes assistants : Barry Evans, Melyssa Romney, Lisa May et Elaine Peterson. David Rosenthal et Annick LaFarge pour leur soutien constant et leur contribution au succès du livre. Carolyn Reidy pour l'intérêt qu'elle prend toujours à ce que j'écris. Isolde C. Sauer et Chuck Antony. Jackie Seow. Le service commercial de Simon & Schuster sans qui tout ceci n'aurait pas été possible. Rick Bragg, du *New York Times*, qui, en l'espace d'une matinée, a ouvert une porte que je pensais m'être fermée depuis des années. Kris Rogers, avocat de Salt Lake City. L'inspecteur Steve Cheever, de la police de Salt Lake City. Ron Stromberg et Nancy Stallings, de l'Association pour la protection du troisième âge. Carin Hadley, du Service de la santé de Holladay. Kent Vandegraff, de Weber State College. Christine Johnson, d'Heritage Management. Les membres du groupe de lecture du Colorado, qui me tiennent lieu de fans.

Une pensée très affectueuse pour notre regretté Ken Bell, lecteur et défenseur du *Coffret de Noël*. Tu vivras toujours dans nos cœurs.

Cet ouvrage composé
par D.V. Arts Graphiques à Chartres
a été achevé d'imprimer sur presse Cameron
dans les ateliers de Brodard et Taupin
à La Flèche (Sarthe)
en mars 2000
pour le compte des Éditions l'Archipel
département éditorial
de la S.A.R.L. Écriture-Communication

Imprimé en France
N° d'édition : 325 – N° d'impression : 1083
Dépôt légal : mars 2000